Der Mörder bläst die Kerzen aus

Geburtstags-Krimis

Herausgegeben von Leo P. Ard

Inhalt

Ard u.a.: Der Mörder kennt die Satzung nicht - Der Mörder würgt den Motor ab - Der Mörder bittet zum Diktat - Der Mörder kommt auf sanften Pfoten - Der Mörder kommt auf Krankenschein - Der Mörder bricht den Wanderstab - Der Mörder packt die Rute aus - Der Mörder schwänzt den Unterricht - Der Mörder zieht die Turnschuh an - Der Mörder bläst die Kerzen aus - Der Mörder ist immer der Gärtner • Die Meute von Hörde • Good bye, Brunhilde • *Leo P. Ard/Michael Illner:* Flotter Dreier - Gemischtes Doppel • *Leo P. Ard/ Reinhard Junge:* Der Witwenschüttler - Meine Niere, deine Niere - Die Waffen des Ekels - Das Ekel schlägt zurück - Bonner Roulette • *Dorothee Becker:* Mord verjährt nicht - Der rankende Tod • *Jacques Berndorf:* Eifel-Feuer - Eifel-Schnee - Eifel-Filz - Eifel-Gold - Eifel-Blues • *Horst Bieber:* Kaiserhof • *Horst Eckert:* Bittere Delikatessen - Annas Erbe • *Anatol Feid:* Tote schweigen besser • *Christoph Güsken:* Bis dann, Schnüffler • *Harald Irnberger:* Das Schweigen der Kurschatten - Geil - Stimmbruch - Richtfest • *Andreas Izquierdo:* Das Doppeldings - Der Saumord • *Reinhard Junge/Leo P. Ard:* Das Ekel von Datteln • *Reinhard Junge:* Totes Kreuz - Klassenfahrt • *Jürgen Kehrer:* Bären und Bullen - Spinozas Rache - Schuß und Gegenschuß - Wilsberg und die Wiedertäufer - Kein Fall für Wilsberg - Killer nach Leipzig - Gottesgemüse - In alter Freundschaft - Und die Toten läßt man ruhen • *Agnes Kottmann:* Tote streiken nicht • *Leenders/Bay/ Leenders:* Feine Milde - Jenseits von Uedem - Belsazars Ende - Königsschießen • *Fabian Lenk:* Brandaktuell • *Hartwig Liedtke:* Tod auf Rezept - Klinisch tot • *Reiner Nikula:* Laurins Garten - Tödliches Schach - Ein Stückchen Hirn • *Theo Pointner:* Scheinheilige Samariter - Tore, Punkte, Doppelmord • *Werner Schmitz:* Mord in Echt - Nahtlos braun - Dienst nach Vorschuß - Auf Teufel komm raus • *Gabriella Wollenhaupt:* Killt Grappa! - Grappa und der Wolf - Grappa fängt Feuer - Grappa dreht durch - Grappa macht Theater - Grappas Treibjagd - Grappas Versuchung

grafit

© 1993 by GRAFIT Verlag GmbH
Chemnitzer Str. 31, D-44139 Dortmund
Internet: http://www.grafit.de
e mail: grafit@knipp.de
Alle Rechte vorbehalten.
Umschlaggestaltung: Peter Bucker
Druck und Bindearbeiten: Fuldaer Verlagsanstalt
ISBN 3-89425-081-X
2. 3. 4. / 98 97 96

Gert Prokop

Selbstmord auf Bestellung

Teller stierte zum Fenster. Der Sturm trieb dicke Regenschlieren über das Glas, in dem sich die bunten Lichter der Leuchtreklamen zu eigenartigen Mustern brachen. »Nicht mal einen räudigen Hund möchte man da hinausjagen«, sagte er und trank sein Glas aus.

Die Bardame zog die Augenbrauen hoch und zuckte mit den Schultern, dann zeigte sie auf Tellers Glas und sah ihn fragend an.

»Ja«, sagte Teller.« Was soll man sonst bei solch einem Wetter machen als sich betrinken.«

Die Bardame griff ohne hinzusehen nach rechts, zog die Flasche heran, schenkte ihm ein, stellte die Flasche hart auf die Platte und schob sie mit einem kleinen Schubs wieder zurück.

»Ein Wetter, um sich umzubringen, hätte mein Großvater gesagt.«

Teller umklammerte das Glas mit beiden Händen, blickte hinein, als läge auf seinem Grund Antwort auf alle seine Fragen, sah dann die Bardame an. »Wollen Sie auch einen Schluck davon?«

»Danke, gerne. Sonst trink ich ja nicht — na ja, ich gieß mir schon was ein, wenn ich eingeladen werde, aber wenn's irgend geht aus meiner Spezialflasche — Tee, Sie verstehen? Doch bei *der* Marke sage ich nicht nein! Kommt selten vor, daß ein Gast Glenfiddish trinken will. Ich glaube, die Flasche steht schon seit der Eröffnung hier.«

»Ein guter Whisky kann gar nicht alt genug sein«, meinte Teller. »Und gerade heute ...«

»Heute?« fragte sie.

»Nun ja«, er lächelte verlegen, »heute ist mein Geburtstag.«

»Oh, herzlichen Glückwunsch.«

Er sah zu, wie sie sich eingoß; als sie zu den Eiswürfeln greifen wollte, schüttelte er mißbilligend den Kopf. Sie stellte den Eisbehälter wieder zurück.

»Auf Ihr Wohl! Ein langes, unbeschwertes Leben!«

»Lang! Unbeschwert!« Teller lachte verzweifelt, dann hob er sein Glas; sie tranken sich zu.

»Trauriger Geburtstag, was?« sagte die Bardame. »Sie haben wohl niemanden ...?«

Teller antwortete nicht, stierte wieder in sein Glas. Die Bardame stützte die Ellenbogen auf, legte ihr Kinn in die Hände, sah zum Fenster. »Heute kommt bestimmt niemand mehr«, meinte sie, »da kann ich ruhig mal einen trinken. Glaub nicht, daß es noch aufhört; wenn es hier mal regnet ... oder?«

Sie sah zu dem Mann hinüber, der an der Ecke des Bartresens hockte. Er hatte den Hut auf dem Kopf, die Nase schon fast in seinem Glas, eine dicke dunkelrote Kolbennase; sie hatte überlegt, woher sie diese Nase kannte, dann war es ihr eingefallen: aus dem Fernsehen. Karl Malden. Das Alter kam hin, und seine Haut war genauso zerknittert — warum sollte sich nicht auch mal ein bekannter Schauspieler hierher verirren? Doch als der Mann jetzt aufblickte, seinen Hut abnahm und sich über den Kopf strich, präsentierte er eine glänzende Platte wie Kojak.

»Kann schon sein«, sagte er. »War noch nie hier.« Er schob ihr sein Glas zu, gab mit ausgestrecktem Zeigefinger Signal, wie hoch sie es füllen sollte, wischte sich dann noch einmal über die Platte, bevor er den Hut wieder aufsetzte und die Nase über das Glas hängte, als wollte er seinen Cognac ausschnüffeln.

»Sie sind wohl nur auf der Durchreise?« erkundigte sich die Bardame. Der Mann mit dem Hut gab keine Antwort. »Und Sie? Auch auf der Durchreise?« Die Bardame sah Teller an, als hoffte sie, er würde nein sagen. »Oder haben Sie hier zu tun?«

»Ja, was tue ich hier?« Teller zog die Stirn in Falten, hob beide Hände zu einer Geste der Hilflosigkeit, grinste dann. »Ich warte auf meinen Mörder«, flüsterte er.

»Ach, Sie!« kicherte die Bardame.

»Sie glauben mir nicht, was?«

»Doch, doch.«

»Autopanne«, erklärte Teller. »Muß bis morgen warten. Ein Glück, daß ich Sie hier entdeckt habe.« Er sah zum Fenster. »Wie hat Ihr Großvater gesagt, ein Wetter, um sich umzubringen?«

Die Bardame nickte.

»Ist gar nicht so einfach. Haben Sie es mal versucht?«

»Ich?« Sie schüttelte den Kopf, lachte.

Teller blickte hinüber zu dem anderen Mann. Der hatte die Arme auf den Tresen gelegt, den Kopf über sein Glas gesenkt, von seinem Gesicht war unter der Hutkrempe nichts zu sehen. Teller winkte die Bardame näher. »Ich habe es versucht«, flüsterte er ihr zu.

»Sie?« fragte die Bardame ungläubig. »Sie sehen nicht wie ein Selbstmörder aus. Nein! Braungebrannt, kernig, gesund. Und Kies ...?« Sie faßte an das Revers seines Anzugs und ließ ihre Fingerspitzen die Qualität des Stoffes begutachten.

»Ja, jetzt«, erwiderte Teller. »Sie hätten mich mal vor ein paar Monaten sehen sollen. Grau, verfallen, total kaputt.«

»Hatten Sie Pleite gemacht?«

»Nein. Geld war nie mein Problem. Aber ...« Er sah sie an, als sollte sie ihm eine Frage stellen, ein Stichwort geben, und die Bardame tat ihm natürlich den Gefallen.

»Der Job hat Sie kaputt gemacht?«

»Ja. Das war's wohl. Ich habe eine Fabrik geerbt, müssen Sie wissen, schon mit zwanzig, ein großes Unternehmen, habe es ausgebaut, die Konkurrenz niedergerungen, den ganzen Markt besetzt, ich war von Ehrgeiz zerfressen, hatte für nichts anderes Sinn — bestimmt war es das, denn jetzt ...«

»Sie haben sich aus Ihrer Firma zurückgezogen?«

»So könnte man es nennen.« Teller kicherte. »Langweile ich Sie auch nicht?«

»Ganz im Gegenteil. Ich bin froh, wenn ich mich mal mit 'nem netten Herrn unterhalten kann.«

Teller hob das Glas, wartete, bis auch die Bardame ihr Glas nahm. »Sagen Sie Ben zu mir, ja? Und Sie, wie darf ich Sie nennen? Ich habe es lieber, wenn ich meine Gesprächspartner anreden kann.«

»Betty«, sagte sie. »Also, auf Ihr Wohl, Ben.« Sie tranken sich zu.

»Das war nicht ernst vorhin, daß Sie sich umbringen wollten, nicht wahr?« sagte sie dann. »Sie sind nicht der Typ für 'nen Selbstmord.«

»Eigentlich bin ich immer noch dabei«, erwiderte er nachdenklich.

»Wenn Sie sich mal aussprechen wollen ...?«

Sie blickten beide wie auf Kommando in die Ecke. Der Mann mit dem Hut hatte jetzt den Kopf auf die Arme gelegt und schien zu schlafen.

»Im Ernst, Betty, ich wollte mich umbringen«, sagte Teller, »habe Tabletten geschluckt. Ich hatte mir einen Vorrat zurechtgelegt, der einen Elefanten umgebracht hätte, dazu eine Flasche Whisky, damit es besser wirkt, das hatte ich gelesen.« Er lächelte sie an. »Ob Sie es glauben oder nicht, das war mein erster Glenfiddich, Betty. Davor hatte ich es einfach nicht über mich gebracht, viel Geld für einen Schnaps auszugeben. Man denkt immer, ein Millionär schmeißt mit dem Geld nur so herum, zumindest für sich selbst ...«

»Ja«, sagte sie, »hätte ich auch gedacht.«

»Geiz, meine Liebe. Geiz ist der Grundstock und das Geheimnis aller großen Vermögen. Die da das Geld zum Fenster rausschmeißen, das ist die dritte oder vierte Generation, verantwortungslose, dumme Kinder, die das Vermögen ihrer Vorfahren verschwenden. Nein, man gönnt niemandem etwas, nicht mal sich selbst.«

»Aber jetzt ...?«

»Ja, jetzt.« Teller sah wieder zum Fenster hinaus. Der Regen leckte die Scheiben hinunter, zeichnete breite, mehrfach gebrochene Bogen auf das Glas.

»Ja, mein erster Glenfiddish«, murmelte Teller, er nahm sein Glas, ließ den Whisky langsam über die Zunge laufen. »Ich habe nicht mal ein Viertel der Flasche geschafft. Und nicht einmal die halbe Dosis Tabletten; ich mußte alles wieder ausspucken — mein Magen, verstehen Sie?«

»Da war er vernünftiger als Sie!«

»Vernünftig? Magengeschwüre! Ich hatte ja schon lange Schmerzen, nicht nur da, Kopfschmerzen, Herzschmerzen, Gliederschmerzen ... und diese Depressionen! Eine jagte die andere. Haben Sie das schon mal erlebt, wenn man zu nichts mehr Lust hat? Wochenlang. Nicht mal mehr Lust aufzustehen. Alles ist nur noch Grau in Grau. Sinnlos. Wozu sich noch quälen.« Er schob ihr das Glas hin, sah zu, wie sie es füllte, zeigte dann auf ihr Glas.

»Mein Butler kam zu früh aus dem Wochenendurlaub zurück und fand mich, vollgekotzt, halb bewußtlos von den Schlaftabletten, er hat meinen Arzt gerufen, und der hat mir prompt den Magen ausgepumpt und ...« Teller winkte ab.

»Ich wußte, ein zweites Mal brauche ich das gar nicht erst zu versuchen. Ich entschloß mich, von unserem Hochhaus zu springen. Ich hatte mal gelesen, daß das ein schöner Tod sein soll, Interviews mit Leuten, die beim Bergsteigen abgestürzt waren und es überlebt hatten, und die erzählten, nach dem ersten Schreck hätten sie sogar ein Wonnegefühl gehabt durch den freien Fall. Dann sei es einfach aus gewesen, urplötzlich, Bewußtsein weg — gerade das Richtige für mich, dachte ich. Ja, Pustekuchen. Ich konnte nicht mal dicht an die Brüstung treten, da wurde mir schon schlecht. Ich habe mich mit beiden Händen an das Geländer geklammert, aber ich konnte nicht mal hinunterblicken, schon gar nicht das Bein hinüberschwingen. Also bin ich zurück zum Fahrstuhl. Mir war zum Kotzen, vor allem über meine Feigheit.«

»Dafür kann man doch nichts«, sagte sie. »Ich bin auch nicht schwindelfrei, ich habe nie Karussell fahren können, und ich brauche nur zu sehen, daß sich einer aus dem Fenster lehnt, da wird mir schlecht.«

»Genau so geht es mir«, sagte Teller.

»Und warum«, sagte Betty, »ich meine, ich bin ja froh, daß Sie es nicht gemacht haben, sonst könnten wir ja heute nicht plaudern, nicht wahr, aber warum haben Sie sich nicht 'ne Wumme besorgt? Bei dem Geld, das Sie hatten ...«

»Ja«, sagte er, »Geld hatte ich genug — habe ich immer noch, ich habe meine Fabriken gut verkauft — aber Geld allein ... Haben Sie Erfahrungen mit der Unterwelt? Ich hatte keine. Ich wußte natürlich, in welcher Gegend die verrufenen Lokale waren, aber mir sah doch jeder auf den ersten Blick an, daß ich da nicht hingehörte; ich habe es zweimal versucht und war jedesmal heilfroh, als ich wieder draußen war, ohne daß mir einer was getan hatte. Ich hatte schon als Kind panische Angst vor Prügel und Schmerzen. Ich wollte zwar sterben, aber ich wollte nicht leiden.«

»Wer will das schon«, meinte sie. »Nur die Perversen. Und das ...?« Sie blickte ihn prüfend an.

»Nein«, sagte er, »bin ich nicht. Ich nehme es zumindest an. Ich habe mir ja nie die Zeit genommen, das herauszubekommen ...« Er schmunzelte. »Ich glaube, Sie können da ganz beruhigt sein, Betty.«

»Warum sollte ich beunruhigt sein?« fragte sie zurück. »Oder war das eine versteckte Einladung?«

»So hatte ich es nicht gemeint, aber ...« Teller musterte sie. »Wenn ich morgen nicht weitermüßte — Sie sind eine attraktive Frau, Betty, das wissen Sie, sehr attraktiv.«

»Danke für das Kompliment, Ben.« Jetzt trank sie ihm zu. »Haben Sie dann doch noch einen Revolver bekommen?«

»Eine Pistole. Einen Browning, hat mich ein Schweinegeld gekostet. Ich habe schließlich einen Barkeeper gefragt, und der hat sich durch drei Hunderter überzeugen lassen, daß ich es ernst meinte, und hat mich weitervermittelt; war ganz schön aufregend, bis ich das Ding endlich in der Hand hatte. Und sechs Schuß Munition. Mehr als genug. um mich umzubringen.«

»Aber Sie leben zum Glück noch!« Betty holte die Flasche herbei, hielt sie ihm hin, Teller nickte.

»Ja, ich lebe.« Er trank ohne aufzusehen. »Haben Sie eine Ahnung, Betty, was für ein Gefühl das ist, wenn man sich den Lauf einer Pistole in den Mund steckt?«

»Um Himmels willen, nein!«

»Scheußlich, kann ich Ihnen sagen, einfach scheußlich. Ich hatte nicht die Kraft abzudrücken. Meine Finger versagten mir den Dienst, ich konnte den Abzug nicht durchdrücken, war wie gelähmt, verstehen Sie?«

»Ich glaube schon.«

»Aber ich hatte ja noch den Glenfiddish. Wenn ich mir einen antrinke, dachte ich, dann würde ich es schaffen. Und ich habe es tatsächlich geschafft.« Er grinste sie breit an, die Bardame starrte ungläubig zurück.

»Ein Klick und nichts. Nichts! Der Browning hatte keinen Schlagbolzen. Ich hatte nicht nachgesehen. Bei dem vielen Geld, war ich gar nicht auf die Idee gekommen, daß man mich betrogen haben könnte.«

»So leben Sie wenigstens noch, Ben. Sie sollten dem Mann dankbar sein.«

»Verzweifelt war ich, völlig am Boden zerstört. Ich hatte ja mit meinem Leben abgeschlossen, als ich abdrückte. Ein für allemal. Und nun ... Ich hatte nicht mal mehr die Kraft, den Kerl zu suchen und zur Rechenschaft zu ziehen oder mir eine neue Waffe zu besorgen.«

»Also haben Sie es aufgegeben!«

»Nein, das nicht.«

»Sagen Sie bloß, Sie haben ...?«

»Aufgehängt?«Teller schüttelte den Kopf. »Ein Bekannter von mir hat das versucht, jetzt liegt er bewegungslos in seinem Bett, querschnittgelähmt, kann nur noch die Augenlider bewegen. Nein, Aufhängen, das wußte ich, war nichts für mich. Aber ich sah eine Anzeige: Gemeinnützige Vereinigung zur Förderung des Gnadentodes e. V.«

»So ein Verein für Sterbehilfe, der Schwerkranke mit Gift versorgt?«

»Ja, so etwas. Natürlich haben sie es abgestritten. Sie beschränkten sich nur auf Aktivitäten, um die gesetzlichen Möglichkeiten für eine aktive Sterbehilfe zu schaffen, sagte mir der Vorsitzende. Als ich ihm unter vier Augen einen beachtlichen Scheck über den Tisch schob — zur Unterstützung der edlen Ziele seines Vereins, versteht sich, — da sagte er mir, wenn sie tatsächlich eines Tages mal jemandem helfen würden, dann höchstens einem Schwerkranken, dem ein würdiger Tod verweigert würde, einem Selbstmörder nie. Ich wollte schon gehen, da fragte er mich, ob ich es denn wirklich ernst meinte. So ernst, sagte ich, daß ich seinem Verein mein ganzes Vermögen hinterlasse, wenn er mir hilft. Was sollte ich auch mit all dem Geld? Ich hätte nur noch einen Wunsch: sterben. Ich hätte es ja versucht, aber ... Sie schaffen es nicht? fragte er. Nicht allein, sagte ich. Er gab mir einen Namen und eine Adresse. Versprechen könne er mir nichts, aber ich könnte es ja mal versuchen. Es war die Adresse eines Tabakladens, der nebenbei diskrete Post erledigt, wenn Sie wissen, was ich meine.«

»Weiß ich, so etwas gibt es hier auch.«

»Also habe ich einen Brief an Herrn Meyer Lansky geschrieben ...« Teller lachte. »Der Mann hatte sich tatsächlich als Pseudonym den Namen von diesem Supergangster zugelegt.«

»Meyer Lansky?« Sie schüttelte den Kopf. »Nie gehört.«

»War vor Ihrer Zeit, Betty, lange vor Ihrer Zeit. Damals der berüchtigste Gangster der Staaten. Also, ich schreibe ein paar Zeilen an Meyer Lansky, daß ich ihn treffen möchte, und gebe sie in dem Tabakladen ab; die Frau sagt, der Brief wird ihm zugestellt.« Teller schob ihr sein leeres Glas hin. »Lassen Sie nochmal die Luft raus, Betty.«

»Und, hat er sich gemeldet?«

»Ja, er hat angerufen und einen Treff ausgemacht.« Teller griente. »War wie in einem Krimi von Edgar Wallace. Ein verfallenes Haus, eine Abbruchruine, ich wollte erst gar nicht hineingehen, aber dann war da tatsächlich jemand im ersten Stock.« Teller blickte hinüber zu dem Mann in der Ecke, sein Kopf ruhte nach wie vor auf seinen Armen, leises Schnarchen tönte unter dem Hut hervor.

»Ach was«, sagte Betty, »mag er ruhig 'ne Runde grunzen. Soll ich den armen Kerl in das Sauwetter jagen?«

»Nein, sollen Sie nicht. Ehrt Sie, daß Sie so denken.«

»Ich habe ein Herz für arme Schweine«, sagte sie. »Das ist mein Pech, ich fall immer wieder damit rein. Aber erzählen Sie doch weiter, Ben, jetzt wird's richtig spannend. Wie ging es weiter?«

»Der Mann saß im Dunklen, ich wurde von zwei starken Lampen angestrahlt, ich hatte keine Chance, auch nur seine Silhouette zu sehen. Was wollen Sie von mir? fragte er. Ich will jemanden umbringen lassen, sagte ich, bin ich hier richtig? Kann schon sein, sagte er, kommt auf die Umstände an und auf den Preis; um so schwieriger, um so teurer. Das verstehe ich, sagte ich, Geld spielt keine Rolle. Es muß nur zuverlässig sein. Wer soll denn umgelegt werden, fragte er. Ich, sagte ich.« Teller schmunzelte vergnügt.

»Zuerst hat es ihm die Sprache verschlagen. Sie wollen sich selbst umlegen lassen? fragte er. Mann, das können Sie einfacher haben. Und billiger. Lassen Sie doch das Geld aus dem Spiel, sagte ich ärgerlich, übernehmen

15

Sie den Auftrag? Aber wohl nicht auf der Stelle, oder? fragte er zurück. Und er sei auch nicht der Mann, der es ausführen würde, er sei nicht Meyer Lansky, sondern nur der Koordinator — er hat sich tatsächlich so bezeichnet, Betty, als ob das ein großes Unternehmen wäre.«

»Vielleicht ist es das?« meinte sie. »Wissen Sie, ob das nicht eine florierende Branche ist?«

»Bestimmt«, sagte Teller.

»Gibt sicher Tausende, die nur zu gerne jemand umlegen lassen würden, wenn sie nur wüßten, wie.«

»Hat er mir auch erklärt. Sie hätten genügend Interessenten, sie könnten sich ihre Klienten aussuchen. Ich müßte ohnehin warten, im Augenblick hätten sie keinen Mann frei. Er würde mir unbedingt zu Meyer Lansky raten, das sei der Beste in diesem Job, ich legte doch sicher Wert auf absolut professionelle Arbeit? Unbedingt, sagte ich. Sie werden zufrieden sein, sagte er. Irgendwann trifft es sie, so überraschend und schmerzlos wie nur möglich. Ich sollte am nächsten Tag einen Umschlag mit meiner Adresse und 50.000 in bar vorbeibringen, und wenn ich die Stadt verließe, sollte ich es Meyer Lansky über den Tabakladen wissen lassen.« Teller trank sein Glas aus, schob es der Bardame hin.

»Ich glaube, ich werde langsam betrunken, Betty.«

»Ich hab auch schon 'nen Schwips«, gestand sie. »Aber was soll's?« Sie blickte zum Fenster. »Der Regen scheint nachzulassen.«

»Ich gehe erst, wenn ich genug habe«, erklärte Teller, »in meinem Hotel gibt es bestimmt keinen Glenfiddish.«

»Und jetzt warten Sie auf den Killer?« Sie blickte erschrocken zur Tür, als könne jeden Moment ein Mann mit gezogener Pistole hereinstürzen. »Kann es sein, daß er ...?«

»Schon möglich«, sagte Teller.

»Da wären Sie lieber zu Hause geblieben! Ich will keinen Ärger!«

»Zuerst habe ich auch zu Hause gewartet. Dann dachte ich, ich sollte es ihm nicht zu schwer machen, und bin ausgegangen. Das war vielleicht ein Gefühl! Jeden Augenblick konnte es mich ja treffen. Ich überlegte, wo ich gerne sterben würde und habe mich in Parks herumgetrieben, auf Friedhöfen, im Zoo ... Dann dachte ich, daß ich gerne auf den Azoren sterben würde. Für 50.000 konnte ich wohl verlangen, daß mein Mörder mir auf die Azoren nachfährt, oder?«

»Aber er kam nicht«, rief sie.

»Als ich von den Azoren genug hatte, bin ich nach Florida gefahren, dann nach Paris — warum sollte ich mir nicht die schönen Flecken unserer Erde ansehen, bevor ich starb?«

»Und Sie haben jedesmal dem Killer Bescheid gegeben, wo Sie sich aufhielten?« fragte Betty ungläubig.

»Zuerst ja«, sagte Teller. »Dann nicht mehr. Sollte er mich doch aufspüren. Ich war dann noch in den Alpen, an der Riviera, habe mir Venedig angesehen, Florenz und Rom — es wurde ein richtiges Spiel daraus. Spannend, das kann ich Ihnen sagen, äußerst spannend. Und erholsam. Ich verlor meine Depressionen und mein Fett, meine blasse Hautfarbe und meine Magengeschwüre!«

»Und der Mörder immer hinter Ihnen her? Sind Sie sicher, daß er Ihnen überhaupt gefolgt ist?«

»Ich weiß es nicht«, gestand Teller. »Wenn mir mulmig wurde, bin ich weitergefahren.«

»Ausgerissen? Sie wollen also nicht mehr sterben?«

»Nein. Eines Tages fragte ich mich verwundert, warum ich eigentlich sterben wollte. Ich hatte Spaß an diesem Leben gefunden, verstehen Sie?«

»Und ob ich das verstehe!« rief sie. »Und dann haben Sie den Auftrag widerrufen!«

»Ich habe es versucht, Betty, aber den Tabakladen gab es nicht mehr, und das verfallene Haus war abgerissen. Ich ging zu diesem Verein, aber die sagten empört, sie hätten mit dieser Sache nichts zu tun. Der Vorsitzende tat, als höre er den Namen Meyer Lansky zum ersten

Mal.« Teller seufzte. »Ich würde gerne noch einmal 50.000 ausgeben, wenn ich den Killer zurückrufen könnte.«

»Und nun sind Sie auf der Flucht«, sagte sie mitleidig. »Wie Doktor Kimble.«

»Nur, daß es mir nichts nutzt, daß ich unschuldig bin!« Teller holte zwei Hunderter aus der Tasche und schob sie ihr zu. »Der Rest ist für Sie, Betty. Vielleicht komme ich irgendwann wieder mal vorbei. Wenn ich nicht ...« Er stöhnte, ließ sich vom Barhocker gleiten und ging mit wackligen Schritten hinaus, die Bardame sah ihm nach.

»Feierabend«, rief sie dann zur Ecke hinüber. »Genug gepennt.«

Der Mann richtete sich auf, schob seinen Hut mit dem Zeigefinger aus der Stirn, lächelte.

»Sind Sie sicher, daß ich's verschlafen habe? Solch ein spannendes Programm?«

»Sie haben die ganze Zeit zugehört?« fragte sie empört.

»Allemal besser, als im Regen zu stehen, oder?« Er griff nach seiner Brieftasche, reichte ihr einen Zehner, winkte ab, als sie so tat, als wolle sie herausgeben.

»Armes Schwein, was?« sagte sie. »Glauben Sie, daß dieser Meyer Lansky ihn findet?«

»Hat er schon.« Er zog den Hut wieder in die Stirn, glitt vom Hocker, reckte sich. »Ich bin Meyer Lansky.«

»Sie, sie ...« kreischte Betty, »Sie Ungeheuer, Sie ...«

»Ich gehe ja schon«, erwiderte er gelassen, »ich habe noch was zu erledigen.«

»Sie wollen doch nicht etwa ...?«

»Was geht es Sie an, was ich mache?«

»Ich rufe die Polizei!«

»Ja?« Er grinste breit. »Und was sagen Sie der? Daß ich ein Killer bin? Können Sie es denn beweisen? Und Teller schützen — Sie wissen ja nicht einmal, im welchem Hotel er wohnt.«

»Aber Sie!«

»Ich schon.« Meyer Lansky tippte an die Hutkrempe.

»Lassen Sie ihn laufen!« rief sie. »Bitte! Vergessen Sie, daß Sie ihn hier getroffen haben.«

»Ich bin froh, daß ich Teller endlich gefunden habe«, sagte Meyer Lansky und ging hinaus.

Betty griff zum Telefon, legte den Hörer jedoch wieder auf. Wer sollte ihr das glauben? Man würde sie nur für verrückt erklären. Aber morgen, wenn die Polizei Tellers Leiche fand, würde man sich an ihren Anruf erinnern und dann hatte sie nichts als Ärger. Schicksal, dachte sie. Den Mord konnte sie nicht verhindern. Eigentlich war es ja nicht mal ein Mord. Oder doch? Meyer Lansky hatte schließlich gehört, daß Teller nun leben wollte. Und ein Killer mußte das Geld wohl nicht zurückgeben, wenn sein Kunde es sich anders überlegte. Gab es bei Killern auch so etwas wie Berufsehrgeiz? Was ging es sie eigentlich an. Teller hätte gar nicht erst auf diese verrückte Idee kommen dürfen. Ist doch pervers, dachte sie, daß einer sich selbst umbringen lassen will.

Sie wischte den Tresen ab, putzte die Gläser, sogar die Flaschen im Regal, sah immer wieder zur Uhr, ob es nicht endlich Zeit war, die Bar zu schließen. Kurz vor Mitternacht kam noch ein Gast: Meyer Lansky!

Er schwang sich auf einen Hocker, schob den Hut ins Genick, stützte die Hände mit weit gespreizten Fingern auf den Tresen, beugte sich vor und sagte vergnügt: »Einen Cognac, einen doppelten, bitte. Nach getaner Arbeit ...«

Betty starrte auf die Hände, sah Meyer Lansky entsetzt an. »Sie ... Sie ... Sie haben ...?«

»Appetit auf einen Cognac. Wenn Sie mögen, sind Sie eingeladen, Betty.«

»Ich trinke nicht mit Mördern!« stieß sie hervor.

»Nur mit Selbstmördern, was?« Meyer Lansky sah sie belustigt an, tippte dann den ausgestreckten Zeigefinger in Richtung Flaschenregal. »Meinen Cognac, wenn ich bitten darf!«

»Hier ist Feierabend!« sagte sie empört.

»Aber nicht für mich.«

Betty goß ihm mit zitternden Händen ein. »Sie haben doch gehört ... ich meine, er ...«

»Ich habe gehört, was Teller gesagt hat.«

»Und Sie, Sie haben trotzdem ...?«

Meyer Lansky grinste. »Ich habe ihn ins Bett gebracht. Teller war viel zu besoffen, um noch die Tür aufschließen zu können.«

»Und dann ...«

Meyer Lansky schüttelte den Kopf.

»Ich verstehe«, sagte sie bitter. »Es verstößt gegen Ihre Ganovenehre, einen Mann im Schlaf zu erschießen, was?«

»Ach, Betty, Sie verstehen gar nichts. Ich habe ihm das Leben gerettet!«

»Sie!«

»Es war nie meine Absicht, seinen Auftrag zu erfüllen.«

»Nein?«

»Nein!«

»Aber das Geld haben Sie genommen!«

»War doch gut angelegt, oder? Wenn ich den Auftrag nicht angenommen hätte, hätte Teller sich bestimmt längst selbst umgebracht. So hat er Aufschub bekommen. Und sein Leben wieder einen Sinn: mir zu entkommen. Und jetzt, finde ich, ist Teller so weit, daß er auch ohne das leben kann. Leben will. Oder?«

»Bestimmt.« Sie blickte ihn an. »Also ein Mörder mit Herz.«

»Sind Sie sicher, daß ich ein Mörder bin?« fragte er amüsiert. »Sehen Sie, Betty, als Teller damals zu uns kam ...«

Sie starrte ihn fassungslos an. »Sie gehören zu diesem Verein?«

»Wir setzen uns für einen würdigen Tod ein, Betty. Es gibt Menschen, denen man das Recht auf einen Selbstmord nicht absprechen darf, Teller gehörte nicht zu ihnen. Er war nur ausgebrannt, überarbeitet. Wir haben ihm die Zeit verschafft, sich zu erholen. Vielleicht nehmen Sie nun doch meine Einladung an?«

»Ja, jetzt kann ich einen Schnaps vertragen.« Sie goß sich einen Glenfiddish ein, trank, dann sah sie Meyer Lansky mißtrauisch an. »Und was wollten Sie in seinem Hotel? Sie sagten, Sie hätten noch einen Auftrag zu erledigen.«

»Ja, ihm ein Geburtstagsgeschenk bringen.«

»Ein Geburtstagsgeschenk?«

»Er hat doch gesagt, daß er heute Geburtstag hat, oder?«

Sie blickte zur Uhr. »Gestern«, sagte sie. »Und was ...?«

»Ich habe ihm einen Brief mit der Nachricht zugesteckt, daß ich nun genug Zeit für diesen Auftrag verplempert habe und nicht mehr lange hinter ihm herjagen will. Er soll sich an die Vereinbarung halten und seinen jeweiligen Aufenthalt mitteilen.« Meyer Lansky lächelte. »Und eine Kontonummer an die er noch einmal 50.000 überweisen soll, wenn er seinen Auftrag stornieren will. Wir können das Geld gebrauchen.«

»Sie haben ihn also nicht aufgeklärt, daß er nie in Gefahr schwebte, ermordet zu werden?«

»Wozu? Man soll einem Mann nie ohne Not seine Illusionen nehmen. So wird Teller glauben, daß er es aus eigener Kraft geschafft hat. Prost, Betty.«

»Prost.« Sie schüttelte lachend den Kopf. »Hätte nie gedacht, daß mir mal ein Mörder sympathisch sein kann.«

Gabriele Wolff

Falscher Fünfziger

Barbara lächelte verständnisvoll. Das erwartete Hubert jetzt von ihr, genau dieses Lächeln. Und es kostete ja nichts, viel weniger jedenfalls als das Fünf-Gänge-Menü, das sie gerade konsumiert hatten. Nun saßen sie da, bei Espresso und Cognac, und Huberts Geschichten, zuvor noch zwischen zwei Bissen in seufzende Halbsätze gepreßt, strömten dahin. Es waren nicht nur Huberts Geschichten; auch Stefan, Albert und Thomas hatten sie erzählt. Deshalb fiel Barbara das Lächeln auch nicht schwer. 'Wir haben uns schon lange nichts mehr zu sagen. Wenn die Kinder nicht wären. Eine Scheidung, das würde meine Mutter nicht überleben, aber sie macht's ja nicht mehr lange ... Mit dir ist es so schön, mein Gott, warum habe ich dich nicht früher getroffen ...'

»Wie alt bist du eigentlich?« fragte sie plötzlich.

Hubert grinste.

»Jung genug für dich, Babsi.« Dann wurde er ernst, nahm ihre Hand und sah ihr so intensiv in die Augen, daß sie den Blick senkte.

»Ich bin 49, die Kinder sind aus dem Gröbsten raus und meine Frau kommt zurecht. Es ist Zeit für ein neues Leben.«

Ihr lief eine Gänsehaut den Rücken herunter. Wenn es diesmal wieder nur Lügen waren, das könnte sie nicht verkraften. Es hatte sie voll erwischt, obwohl sie sich nach der letzten Katastrophe geschworen hatte, nie wieder mit einem verheirateten Mann ins Bett zu gehen. Na ja, ins Bett gehen schon, aber auch nicht mehr. Und dann kam Hubert, und alles war vergessen. Wie immer.

Barbara zog ihre Hand weg und sah ihn herausfordernd an.

»Ein paar Monate gebe ich dir. Du mußt deine Frau ja schonend vorbereiten, nicht? Und dann die Kinder, es wäre ja doch ein Schock für sie, wenn du so von heute auf morgen ausziehst, tsstss, obwohl sie das möglicherweise erst nach einigen Wochen merken würden, so beschäftigt, wie du immer bist. Merke dir nur eins, ich kenne mich aus, ich kenne alle Ausreden, jede Verzögerungstaktik, mit mir kannst du diese Spielchen nicht spielen.« Bestürzung in seinem sonnengebräunten, attraktiv gealtertem Gesicht, und schon taten ihr die bösen Sätze leid.

»Hubert —« sagte sie.

»Babsi —« stammelte er.

Natürlich endete dieser Abend wie alle anderen zuvor in Barbaras Appartement, das sie am Nachmittag aufgeräumt, gesaugt, gelüftet und dessen Kühlschrank sie gefüllt hatte. Nur so, für den Fall der Fälle. Sie kannte sich einfach zu gut. Hubert rauchte seine Zigarette danach und war so entspannt, daß er um Jahre jünger aussah. Barbara legte den Kopf auf seine Brust. Dadamm, dadamm, damm damm damm, dadamm, damm — sein Herz schlug Kapriolen, genauso wie Huberts Gedanken, als er nun die gemeinsame Zukunft ausmalte. Kürzertreten in der Firma, mehr delegieren, den Scheidungskram voll und ganz den Anwälten überlassen, ein Segelboot kaufen, in der Welt umherbummeln ...

Barbara verschwieg, daß sie schon bei leichtem Seegang kotzen mußte, und ließ ihn weiterspinnen. Sie betrachtete seinen Körper, der massiv war, ohne fett zu wirken, fuhr mit der Hand über das leicht angegraute, flaumige Brusthaar und verfolgte die sanfte Erhebung einer kleinen Narbe, die sich weiß von seiner gebräunten Brust abhob.

»Wie ist denn das passiert?« fragte sie neugierig. Hubert unterbrach seine Schilderung eines Ferienhäuschens auf einem Seegrundstück in Mecklenburg-Vorpommern und sah sie irritiert an.

»Hörst du mir überhaupt zu? Ich erzähle dir was von einer Investition für die Zukunft, *unserer* Zukunft, wenn es dich interessiert, und du? Also wirklich!« In diesem Moment sah er aus wie ihr Chef, ganz verletztes Ego und hier oben ist die Luft so dünn, aber ich will mich nicht beklagen ... Barbara nahm zu dem Mittel Zuflucht, das immer half.

»Hubert, Liebling, ich interessiere mich nun mal für dich. Dein Geld ist mir echt egal, aber was du so erlebt hast, wer du bist ... Darf ich das nicht wissen?« Sie küßte seine Narbe und legte den Kopf wieder auf seine Brust. Huberts Herz stolperte ein paarmal und schlug dann langsam und gleichmäßig, als er die Geschichte erzählte, wie er als kleiner Junge gestürzt und in die Scherben seines Limoglases gefallen war. Und er zeigte ihr auch gleich die Narbe an seinem Schienbein, Erinnerung an ein böses Foul bei einem Fußballspiel mit dreizehn. Barbara döste ein.

Als sie mitten in der Nacht aufwachte, war sie allein. Schlaftrunken, ohne Licht anzumachen, tastete sie sich durch den Flur zum Badezimmer. Gerade, als sie die Hand auf die Klinke legte, hörte sie das Stöhnen. Hubert. Sollte sie hineingehen? Vielleicht brauchte er Hilfe? Irgendetwas hielt sie davon ab; sie hörte, wie etwas auf den Boden fiel, Huberts Fluchen und nach einer Weile das Rauschen von Wasser.

Barbara schlich zurück ins Schlafzimmer, als hätte sie etwas Verbotenes getan. Nach einer endlos langen Zeit kam Hubert, warf seinen Bademantel auf den Stuhl und ließ sich schweratmend ins Bett sinken. Barbara täuschte mit langen Atemzügen Schlaf vor. Während sie darüber nachdachte, warum sie das tat, schlief sie ein.

Am Morgen, nachdem er gegangen war, räumte sie seinen Bademantel weg. In der Tasche fand sie ein Fläschchen mit Tabletten, und sie nahm sich vor, beim nächsten Mal auf eine sanftere Art mit ihm zu schlafen. Hubert übernahm sich. Ganz offensichtlich.

Einige Wochen vergingen. Es änderte sich nichts. Noch immer wußte sie nicht, wo er wohnte, kannte nur die Telefonnummer seiner Firma, die sie aber nur im Notfall benutzen sollte. Hubert rief sie an, und sie kam. Hubert rief sie an, und er kam. Dazwischen dieses ekelhafte Warten, und Barbara registrierte mit Schrecken, daß ihre Stimme manchmal einen zänkischen, schrillen Ton annahm, den sie selbst nicht leiden konnte. Sie ging kaum noch aus; es hätte ja sein können, daß sie seinen Anruf verpaßte. Die Wochenenden waren besonders schlimm, zähe, langweilige Sonntage, die sie neben dem Telefon verbrachte. Und immer öfter mußte sie sich zu dieser verdammten Fröhlichkeit zwingen, die Hubert so an ihr mochte. Schuft. Macker. Pantoffelheld. Das alte Muster, schon wieder.

An diesem Abend schellte das Telefon, obwohl Barbara keinen Anruf erwartete. Sie rannte dennoch, die tropfnassen Haare in ein Handtuch gewickelt, und hob ab.

»Ja«, sagte sie atemlos.

»Ich bin's, Hubert«, meldete er sich. Klang irgendwie bedrückt.

»Du willst ja wohl nicht sagen, daß aus unserer Verabredung heute nichts wird«, platzte es aus ihr heraus, ohne eine Spur von Fröhlichkeit.

Hubert drehte und wand sich, er war witzig, zerknirscht, charmant wie ein Lausbub, und dann drückte er auch noch auf die Tränendrüse. Geburtstagsfeier seines Jüngsten, hatte er vollkommen vergessen, aber das müsse sie doch verstehen ... Was war dagegen schon der Zorn einer versetzten Geliebten?

Barbara schaffte es, das Gespräch einigermaßen zivilisiert zu beenden, dann knallte sie den Hörer auf die Gabel. Sie rief einen alten Bekannten an, den sie seit Monaten nicht mehr gesehen hatte. Udo war überaus dankbar, eine Begleiterin für die Party gefunden zu haben, die ohne sie bestimmt tödlich langweilig werden würde ...

Udo war schwul und immer auf der Suche nach heiratsfähigen Begleiterinnen, die seinen Ruf als Ladykiller festigen konnten. Warum eine unglücklich machen, wenn ich viele glücklich machen kann — selbst diese abgeschmackte Formel brachte er so locker, daß die Männer ihren Argwohn vergaßen und die Frauen lachen mußten.

Udo war der perfekte Tröster.

Selbstverständlich holte er sie von zu Hause ab. Selbstverständlich lobte er ihr neues Kleid und die Schattierung des Augen-Make-ups, das haargenau zu dem Blaugrau ihrer Augen paßte. Selbstverständlich erkannte er sofort, was mit ihr los war, und beklagte die Inkonsequenz verheirateter Männer.

»Schätzchen, ich weiß doch genau, wovon du sprichst«, flötete er affektiert und zwinkerte ihr zu.

Barbara lachte, wie sie seit Monaten nicht mehr gelacht hatte.

»Wohin fahren wir überhaupt? « erkundigte sie sich, als sie wieder Luft bekam.

»Mein Chef hat uns zu seiner Geburtstagsfeier eingeladen. Er wird fünfundfünfzig, Schnapszahl, und da meint er wohl, das müsse er ganz groß feiern. Aber er ist in Ordnung, wirklich. Ein ganz flotter Hecht, immer noch nicht unter der Haube, dafür alle paar Monate was Neues. Du wirst schon sehen, im Gegensatz zu mir ist bei dem nichts vorgetäuscht. Aber macht nichts, er ist sowieso nicht mein Typ.«

Udo hielt vor einem restaurierten Jugendstilhaus. Alte Bäume warfen Schatten auf den Kiesweg, dessen Knirschen allein schon von gediegenem Wohlstand kündete. Barbara seufzte. Udo ergriff fürsorglich ihren Ellenbogen und versicherte ihr noch einmal, daß sie die schönste Frau auf der ganzen Fete sein werde.

Die Haustür war offen. Aus dem Haus drangen die Geräusche einer Party im fortgeschrittenen Stadium: amüsiertes, leicht kreischendes Lachen, laute Musik, Gesprächsfetzen, die auf nichtigsten Smalltalk schließen ließen.

Udo zog sie durch das Gedränge gutgekleideter Menschen, die sich unerbittlich amüsierten; für den erforderlichen Getränkenachschub war gesorgt, wie Barbara aus den Augenwinkeln feststellte. Irgendjemand drückte ihr ein Glas Sekt in die Hand.

Sie ließ es fast fallen, als der Mann in dem weinroten Jackett sich umdrehte.

Gottseidank schüttelte Hubert gerade überschwenglich Udos Hand, so daß sie sich zusammenreißen konnte, bevor Udo sie vorstellte.

»Hallo, wen haben wir denn da?« sagte Hubert mit kaum angestrengter Munterkeit. Er war betrunken. In diesem Moment wußte sie, daß sie fähig war, ihn umzubringen.

»Ich heiße Barbara. Udo ist ein alter Freund von mir. Und wo ist die Dame des Hauses? Und die Kinderchen? Wohl schon erschöpft ins Bett gesunken nach dem anstrengenden Geburtstag, was?« Hubert zündete sich umständlich eine Zigarette an, um Zeit zu gewinnen. Udo berührte sanft ihre Schulter, sagte, er wolle sie alleinlassen, und zog sich taktvoll zurück. Barbara stemmte die Hände in die Hüften wie ein Marktweib. Es war ihr egal, wie sie aussah und wer sie hören konnte.

»So, und fünfundfünfzig wirst du heute, herzlichen Glückwunsch auch! Da habe ich mich wohl verhört neulich, als du was von neunundvierzig gemurmelt hast. Du Schwein, mich so zu belügen!«

Ein blonder Teenie in einem türkisfarbenem Seidenkleid schmiegte sich plötzlich an Huberts Seite und starrte Barbara an.

»Hubert, was will die Frau?« hauchte das Mädchen mit einem seelenvollen Augenaufschlag, der Barbara rasend machte.

Hubert hatte die ganze Zeit kein Wort gesagt. Jetzt sah er hilflos von dem Mädchen zu Barbara und hob die Schultern kurz an, bevor er sie wie kraftlos fallen ließ. Barbara krallte ihre Hand in den Aufschlag seines weinroten Jacketts — eine Farbe, die ihm nicht stand und die ihm garantiert Blondie aufgeschwatzt hatte — und zog Hubert zu sich heran.

»Komm jetzt mit«, zischte sie. »Ich glaube, wir haben was zu besprechen.« Hubert folgte ihr ohne ernstlichen Widerstand. Die Blonde wollte etwas sagen, aber Barbara funkelte sie so wütend an, daß sie erschreckt einen Schritt zurücktrat. Sie kreischte, als der hinter ihr stehende Gast, den sie angerempelt hatte, sein volles Glas Bier auf ihr Kleid kippte. Das geschah ihr recht, dieser Nutte. Barbara haßte die Blonde aus vollem Herzen. Da war kein Platz mehr für Mitgefühl und Verständnis. Schon gar nicht für Hubert, der neben ihr die Stufen zum Garten hinunterstolperte. Hubert stellte sich leicht schwankend vor sie hin.

»Babsi, Schätzchen«, begann er undeutlich. »Ich verstehe ja ...«

Er stank nach Alkohol, Nikotin und einem teuren Aftershave, das den stechenden Geruch von Schweiß nicht mehr überdecken konnte. Barbara spürte, wie sich ihre Mundwinkel angewidert nach unten zogen, und stieß Hubert weg. Er ruderte mit den Armen, bis er wieder sicher stand.

»Gar nichts verstehst du«, fuhr sie ihn an. »Und jetzt komm, oder sollen alle mitkriegen, was für ein Schwein du bist?« Sie zog ihn weiter, in eine dunkle Ecke des Gartens. Daß er sich so gar nicht wehrte, machte sie noch wütender. Verdammt, wenn er sich wenigstens rechtfertigen würde, zornig werden über die Art, wie sie ihn behandelte, aber nein, er stand da, mit herabhängenden

Armen, bereit, Schläge einzustecken und danach weiterzumachen wie vorher. Barbara holte tief Luft. Dann schloß sie die Augen, schwang den rechten Arm nach hinten und wieder nach vorn, mit ausgestreckter Handfläche. Ein klatschendes Geräusch und ein stechender Schmerz in ihrem Handgelenk. Erschrocken öffnete sie die Augen und sah Huberts gerötete Wange, seinen offenen Mund, dessen Unterlippe zitterte. Huberts Atem ging keuchend.

»Ich wollte — dir nicht wehtun. Ich kenne mich, nach ein paar Monaten ist Schluß bei mir, normalerweise. Deshalb habe ich, du weißt schon ...« Er rang nach Luft.

»Und Blondie? Was ist mit der? Was hast du der für eine Story erzählt?« Barbara trat einen Schritt auf ihn zu. Hubert wich unwillkürlich zurück. Er hatte Angst vor ihr! Und wenn schon, das geschah ihm recht, nach all dem, was er ihr angetan hatte ...

»Und? Was hast du dir vorgestellt, wie es weitergehen soll? Oder enden?« Hubert sah erbärmlich aus. Sie sollte ihn in Ruhe lassen, er war doch erledigt, jetzt schon, dieser Gedanke schoß ihr durch den Kopf. Doch dann sagte er, daß er sie liebe, wirklich, es sei passiert, ohne daß er es geplant hätte, und Blondie, ja, er habe es ausprobiert, aber es habe nichts genutzt, er habe es nicht geschafft, ohne sie, Barbara, zu leben, und gerade das habe ihm Angst gemacht, und seine Geschichte, wenn sie dahintergekommen wäre, daß er sie belogen habe die ganze Zeit, wie sollte er da jemals herauskommen ...

Das reichte. Sie sah wieder rot.

Dieser Lügner. Immer noch log er, er konnte wohl nicht anders. Das sollte sie ihm glauben? Sie lachte, überschnappend. Hubert verzog das Gesicht. Er griff nach seinem linken Arm und drückte ihn gegen den Körper. Es sah aus, als hielte er sich an sich selbst fest. Er wankte auf sie zu.

»Glaub mir doch, ich brauche dich«, flüsterte er. Barbara hörte auf zu lachen und musterte ihn mißtrauisch.

»Zeig es mir. Jetzt!« forderte sie. Hubert lehnte sich gegen sie, als ob er ohne ihre Hilfe nicht stehen könne.

»Laß mich«, seine Stimme war unsicher. »Nicht jetzt. Es geht mir nicht gut. Ich brauche ...« Barbara dachte an die Tabletten. Trotzdem. Hubert würde sie nicht noch einmal anlügen. Nie wieder. Kein Wort würde sie ihm mehr glauben ohne Beweis.

»Wenn du jetzt gehst«, sagte sie ruhig, »ist alles aus.«

Bei Huberts Beerdigung stand sie in der ersten Reihe. Sie tat so, als ob sie die flüsternden Bemerkungen über seinen schönen Tod nicht hörte. Sie wußte es besser. Es war kein schöner Tod gewesen. Nur der Moment der Wahrheit, hell und durchsichtig, war schön gewesen: als ihm, kurz vor dem Höhepunkt, klarwurde, daß sie ihn umbrachte.

Aber da war alles zu spät.

Michael Illner

Jeff

Wie sagte Onkel Horst immer: Tennis (oder Schwimmen oder Rasenhockey) — das is nich mein Sport! Wenn in der Glotze ein Bericht übers Eislaufen kam oder was Ähnliches, konnte man darauf wetten, daß er das sagte: Das is nich mein Sport! 'ne Type, dieser Onkel Horst! Nach dem Krieg hatte er sich als Boxer durchgeschlagen, und das sah man ihm immer noch an. Auch wenn er jetzt Mercedes fuhr und seine schwitzenden Fäuste in maßgeschneiderten Hosen vergrub, wenn er auf Familienfesten als Redner auftrat. Genau genommen war auch das Reden nich sein Sport, aber das schien ihn nicht zu jucken. 'ne Type, dieser Onkel Horst!

Jeff (er hieß nicht wirklich so, den Namen hatte er sich selbst gegeben) dachte an seinen Onkel, den Boxer, als er das Basement eines Parkhauses durchforstete. Er streifte umher wie ein hungriger Wolf. Seine Augen durchstöberten das Halbdunkel hinter dem kalten Vorhang aus Diesel- und Öldunst. Auf der Suche nach menschlicher Wärme. Auch er hatte seinen Sport. Jeder hat seinen Sport. Manche spielen nachts an sich herum. Andere verstecken sich hinter Fensterscheiben, um zu glotzen, wenn sich auf der Straße was tut. Kraft durch Schadenfreude — so nannte Onkel Horst das. Jeff grinste zynisch. Langsam glitt er zwischen den Kolonnen abgestellter Fahrzeuge hindurch. Das Parkhaus war leer. Das Schweigen klopfte wie ein aufdringlicher Gast gegen seine Schädelwand. *Niemand hier!* — lauteten die Signale. Jeff nickte, als wolle er der Stille antworten. *Da hat wieder mal einer Glück gehabt! Da hat wieder mal einer seine Eier geret-*

tet! Roger and over! Er tastete nach dem Messer in seiner Tasche. Jeder hatte seinen Sport.

Manchmal kamen ein paar von den Pennern zum Schlafen hierher. Es war gefährlicher als auf den Bahnhöfen oder auf den belebten Straßen, aber es war auch ruhig. Keine Polizei.

Ihr Geruch klebte an diesem Ort, Fusel- und Schweißdunst. Jeff hatte mit ihnen gesprochen. Mit ihnen geraucht und getrunken. Billige Zigaretten. Billigen Schnaps, der einem den Verstand aus dem Hirn quetschte wie eine Saftpresse. Er hatte sich ihre fadenscheinigen Legenden angehört, Geschichten über ihre zurechtgelogene Vergangenheit. Wie landet einer in der Gosse?

»Weißte, Junge, manche Leute werden als Vagabunden geboren. Eines Tages biste auf die Straße. Und dann kommste nich wieda runta. Zuerst vadienste dein Geld auf'm Homostrich und irgendwann fängste an, Schmarre zu machen. Ich hätt auch was anderes werden könn, aber das Vagabundenleben liecht mir eben im Blut, vastehste ...«

Er glaubte ihnen kein Wort. Ein Blick auf sie reichte. Sie waren dreckig. Sie soffen, selbst wenn sie vor Hunger nicht mehr geradeaus gehen konnten. Sie gaben ihr letztes Geld für billigen Schnaps aus. Sie waren Schwanzlutscher. Unrat!

Jeff ließ die Tür des Parkhauses hinter sich ins Schloß fallen.

Es war acht Uhr abends, aber die Straßen waren immer noch voll.

Der eisige Wind fegte zwischen den Beinen der Fußgänger hindurch. Jeff kickboxte in den Wind. Rechte Gerade, Fußspitze auf das gegnerische Kinn. Ein kurzer, gepreßter Schrei: Haah! Passanten wichen kopfschüttelnd aus. Einige lächelten, aber Jeff sah Blut explodieren — eine feuerrote Qualle auf einer Autoscheibe, zerfetzte Latexmasken auf einem Splattervideo, roter Saft schoß aus ihren Augenhöhlen. Zwei kräftige Finger in den Mundwinkeln eines Mannes. Rrrratsch!!! In Brasilien oder irgendwo da unten machten sie Filme mit lebendigen Menschen, die vor laufender Kamera in ihre Einzelteile zerlegt wurden ...

Die Leute schleppten ihre Weihnachtseinkäufe nach Hause. Jeff spie geräuschvoll in den Schnee. Eine Herde doofer Schafe. Im U-Bahntunnel spielte ein junges Mädchen Violine. Geld regnete ihr in den Geigenkasten. Er überlegte, was er tun würde, wenn jemand auf die Idee käme, ihr die Kohle zu klauen. Es sollte besser niemand versuchen, das zu tun! Er blieb ein bißchen stehen, um sich vorzustellen, was sie unter ihrem Parka trug. Er mochte ihr Gesicht. Sie hatte eine ziemlich große Lücke zwischen ihren Schneidezähnen. Hey, Bunny! fragte sie Jeff im Stillen, nimmst du ihn auch in den Mund? Er mochte sie wirklich. Weiter hinten schrubbte ein Alt-Hippie auf seiner Gitarre herum: Du liebst Klara und Opa die Infantrie! Wo er recht hat, hat er recht, dachte Jeff. Jeder hat seinen Sport. Dem Hippie gab kaum einer Geld. Jeff fand das O.K.

Er fuhr ein paar Stationen mit der Bahn. Die Leute lasen die Abendzeitung. OBDACHLOSENMORDE IN PARKHÄUSERN IMMER NOCH UNGEKLÄRT. Eine Schlagzeile zwischen der Werbung für Sex-Kataloge und Hamburger. Jeff schloß die Augen und ließ die Bilder durch sein Hirn schießen. Schneller Suchlauf. Rückwärts. Vorwärts. Play. Er sah den Kopf eines Penners nach hinten klappen wie über einem Scharnier. Ein sauberer Schnitt, kurz nachdem er die Augen geöffnet hatte, zusammengekauert in seinem zerlumpten Lager im Parkhaus. Blut in der Luftröhre. Der Geruch von Blut und Alkohol und Schweiß in der Luft. Bilder aus dem Anatomiebuch. Noch mehr Blut. Eine Schnapsflasche rollte klirrend unter einen Mercedes-Benz. Schmutzige Hände an der Kehle (Penner hatten schlechte Zähne und schmutzige Hände). Aber die Wunde war zu groß, als daß man sie hätte zuhalten können, eine klaffende Schlucht aus Fleisch. Blut zwischen den schmutzigen Fingern mit den schwarzen, verkrusteten Nägeln. Ein Röcheln wie aus einem verstopften Scheißhausabfluß ... Stop.

Jeff öffnete die Augen und blinzelte in die Neonlichtröhren, die sich wie ein Leuchtspurgeschoß durch die aneinandergereihten Wagen zogen. Ein kaltes Licht, das die Gesichter hinter den Zeitungen blaß machte. Sie werden mich nicht kriegen, dachte er. Niemand kommt jemals auf mich!

Der Zug trommelte seinen scheppernden Rhythmus in die Windungen von Jeffs Hirn. Die kalte Scheibe drückte gegen seinen Hinterkopf. Er fühlte sich unbeschwert. Er spürte dem Messer in seiner Tasche nach und lächelte dabei.

Er wußte sofort, daß etwas nicht stimmte. Das Haus war dunkel, als er heimkam. Das erschien ihm seltsam. Die Fenster waren schwarz, dahinter rührte sich nichts. Einmal glaubte er den Schimmer eines Gesichtes zu sehen, das durch die Dunkelheit huschte wie ein Flüstern. Die Türklinke fühlte sich kalt an, als hätte sie noch nie jemand berührt. Er legte das Ohr an die Tür und lauschte. Nichts. War es möglich, daß SIE ihn gefunden hatten und dort drinnen auf ihn warteten? War das möglich? Wie konnte es so still sein da drinnen? Nach einer Weile hörte er das Schlagen seines eigenen Herzens wie Schmiedehämmer, die in eine Stahlwanne fallen. Er spürte, wie sich der Schweiß zwischen seiner Handfläche und der Türklinke sammelte. Er zog seine Hand zurück, als hätte er sich verbrannt.

Vielleicht war es besser, die Tür offen zu lassen. Wenn SIE wirklich auf ihn warteten, wollte er eine Chance zur Flucht haben.

Er machte kein Licht im Flur. Der Wind, der in der Kleiderablage herumstöberte wie ein neugieriges Tier, überdeckte das Geräusch seiner Schritte. Jeff schwitzte in der Dunkelheit. Er schob sich in den Flur, ohne die Füße zu heben. Dann war vor ihm eine Tür. Er drückte die Klinke herunter. Die Tür glitt auf, quälend langsam, wie das Messer einer Enthauptungsmaschine, dessen Fall in Zeitlupe aufgenommen wird. Schneidendes Licht fuhr Jeff in die Pupillen. Er hörte ein Geräusch, als ihm das Licht in die Augen schoß, aber er ahnte, daß dieses Geräusch nur in seinem Kopf war. Er schrie nicht. Er wartete darauf, daß sich ihm etwas Schweres, Unerbittliches ins Gesicht grub wie eine Faust, die nach einer Frucht greift, um sie zu zerquetschen. Dann hörte er Gelächter:

»ÜBERRASCHUNG!«

Seine Eltern, sein Bruder Tommi, den er verachtete, weil er nachts an sich herummachte, die Tante im Rollstuhl. Die ganze Verwandtschaft! Natürlich Onkel Horst, der ihm einen Baseball gegen die Brust donnerte, weil er nicht die Geistesgegenwart besaß, ihn zu fangen. Baseball war Onkel Horsts Sport! Das Leder war noch feucht von seinen schwitzenden Boxerhänden. Sicher hatte er den ganzen Nachmittag an dem Ding rumgeknetet. Irgendwann würde er eine Rede halten.

Sie starrten ihn blöde an, weil er keinen Ton sagte. Plötzlich war es ziemlich still. Auf dem Tisch, an dem seine Tante ihren Rollstuhl geparkt hatte, lagen die Geschenke. Die Kerzen auf dem Geburtstagskuchen schickten ihr nervöses Zittern zur Zimmerdecke. Sie blakten ein wenig. Sein Vater rieb sich ratlos das Kinn. Tommi zupfte sich unbehaglich an seinen Geschlechtsteilen. Jeff verzog unwillig die Mundwinkel. Er spielte immer an sich herum, wenn er aufgeregt war, dieser kleine Idiot!

Das krankhaft gerötete Gesicht seiner Mutter näherte sich seinem Gesichtsfeld, ihr nach Likör riechender Atem streifte ihn wie der Flügel eines kleinen, widerwärtigen Vogels.

»Du siehst aber gar nicht wie ein Geburtstagskind aus, mein Großer! Freust du dich denn nicht?«

Er nickte automatisch, und alle begannen zu klatschen und wie von Sinnen hin- und herzulaufen.

Dann nötigten sie ihn, die Kerzen auszublasen. Widerwillig fügte er sich.

Ihre Gesichter sammelten sich um ihn herum wie die stumpf schimmernden Weihnachtskugeln auf dem Plastik-Adventskranz, der auf dem Fernseher verstaubte.

Jeff sammelte seinen Atem und blies die Kerzen aus. Alle dreizehn.

H. P. Karr & Walter Wehner

Happy birthday, Führer!

Als er ankam, war die Randale fast vorbei. Gonzo sah gerade noch zwei grünweiße Transporter mit einem Haufen Chaoten abfahren. Die Straße lag voller Glassplitter, und vor dem Eingang zum Bunker drängten sich dunkle Gestalten und Skins in Bomberjacken.

Die Polizei hatte die Zufahrt zum Parkplatz abgesperrt. Auf der anderen Straßenseite sammelte sich hinter den Sperrgittern ein Häufchen selbsternannter Antifaschisten im Straßenkampflook zum letzten Gefecht.

Zwei vor halb. Gonzo lenkte den Kombi fluchend an einem Polizisten vorbei, der ihm die Einfahrt zum Parkplatz verwehrte, und hielt auf einem Streifen Brachland. Kalter Aprilwind fegte ihm ins Gesicht, und er versank fast bis zu den Knöcheln im aufgeweichten Matschboden, als er um den Wagen herumstakste. Er holte die Suzie aus der Halterung, schnallte sich den Gürtel mit den Akkus um, machte einen schnellen Weißabgleich und warf sich den Gurt mit dem Recorder über die Schulter. Er mußte sehen, daß er überhaupt noch was aufs Band bekam.

»Deutsche Polizisten schützen die Faschisten!«

»Rotfront verrecke!« Bierdosen flogen.

»Haut die Glatzen, bis sie platzen.«

Schon halb durch. Gonzo machte einen langen Schwenk über die Gegendemonstranten. Ein Typ mit Bart und Nickelbrille zeigte mit ausgestrecktem Arm auf Gonzo, und die Plakate und Laken reckten sich noch ein Stück höher.

KEINE NAZIS IN UNSERER STADT. NAZIS RAUS. 1000 JAHRE SIND GENUG.

Gonzo nahm die Nickelbrille sicherheitshalber voll ins Bild. Wenn er Glück hatte, war's einer von den grünen Politgurus, die sich ja immer in der ersten Reihe mit reinhängten, seit die Wahlergebnisse in den Keller gingen.

Vom Parkplatz strömten sie in Grüppchen dem Bunker zu. Skins, adrette Jungrechte, schwarze und braune Ledermäntel, alte Herren in grünem Loden oder Kamelhaar. Man grüßte mit hochgerecktem Arm und gespreizten Fingern. »Sieg Heil!«

Gonzo drängelte sich mit der Suzie auf der Schulter durch die Polizeiabsperrung bis zu der Gasse, die etwa zwanzig Jungs in schwarzer Kluft am Eingang der Bunkerkneipe bildeten.

»Verpiß dich, du Arsch!« Eine Pranke legte sich aufs Objektiv. Gonzo nahm die Kamera herunter.

»Pfoten weg, ja!«

Der Skin hatte glasige Augen vom Bier, er war mindestens einsachtzig groß und breit wie ein Doppelspind. Hinter ihm grinste ein halbes Dutzend Glatzen herum. »Verpiß dich, Presseschwein!«

Gonzo hielt die Kamera auf die Skins.

»Deutschland den Deutschen!« Arme reckten sich in die Höhe. »Ausländer raus!«

»Kannste nich' hören?« Der fette Skin stieß ihn vor die Brust, Gonzo kam ins Trudeln. »Hau ab, sonst gibt's was in die Eier.«

»Jetzt ist aber gut!« brüllte Gonzo und rempelte die fette Glatze an. »Wo ist Rottmeister?« Gonzo starrte die Skins an, keiner schien irgendwas zu verstehen. »Rottmeister, wo er ist? Ich hab mit ihm telefoniert.«

»Für'n Arsch, du Wichser!« Der fette Skin kam wieder mit erhobenen Fäusten auf den Mann mit der Kamera zu.

»Olli!«

Olli ließ die Pranken sinken. Gonzo drehte sich um. Im ersten Augenblick hielt er sie für einen Jungen. Sie hatte wasserblaue Augen, ein ovales Gesicht, und die gebleichten Haare waren streichholzkurz geschnitten. Erst bei genauerem Hinsehen entdeckte er den Busen unter der grünen Bomberjacke. Ihre Füße steckten in Springerstiefeln.

»Gonschorek?« fragte sie.

»Und wenn?«

»Ich komm von Rottmeister.«

»Warum kommt er nicht selber?«

»Er hat zu tun.« Sie machte eine unwillige Bewegung, als sich die Skins unter Ollis Führung wieder heranschoben: »Abmarsch, Olli! Das hier geht in Ordnung!«

Die Skins trollten sich. Gonzo grinste die Blonde an. »Was bist du denn für eine?«

»Sonja!« sagte sie.

»Jungvolk oder was?«

»Adjudant bei Rottmeister. Du hast mit ihm telefoniert, wegen der Dreherlaubnis.«

»Hab ich!« Gonzo hielt die Suzie in Richtung Bunker. »Er hat gesagt, ich darf da rein.«

»Wozu?«

Gonzo starrte sie an. »Wozu? Mädchen, ich mache Bilder fürs Fernsehen. Schon mal gesehen? Der Kasten, wo abends die Werbung drin läuft.«

Gonzo wurde langsam nervös. Die schwarzbraunen Grüppchen waren jetzt schon fast alle in dem zur Kneipe umgebauten Bunker verschwunden. Es war halb acht durch, und nach dem, was Rottmeister ihm am Telefon gesagt hatte, sollte die *Feierstunde zum Gedenken an den Geburtstag unseres großen Führers* gegen acht anfangen.

Sie sagte: »Das kostet fünfhundert.«

»Was?«

»Daß du da drin bei uns drehen darfst.«

»Ihr spinnt ja wohl.«

»Dafür kriegst du auch, was du brauchst.«

»Woher weißt du denn, was ich brauche?«

In ihren blauen Augen blitzte es.

»Hakenkreuzfahnen, Hitlergruß von den Jungs in Schwarz, Horst-Wessel-Lied. Die ganze Rede von Rottmeister.« Sie holte einen fotokopierten Zettel aus der Bomberjacke und drückte ihn Gonzo in die Hand. »Das Manuskript. Guck's dir an und sag Bescheid. Ich warte am Eingang.«

Sie hatte sich schon halb umgedreht.

»Hehe, moment mal ...«

»Was ist denn noch?«

»Fünfhundert sind 'ne Menge Holz, und die ersetzt mir keiner. 'ne Quittung werdet ihr ja wohl nicht geben.«

»Du kriegst 'ne Spendenbescheinigung«, erklärte sie. »Wir sind gemeinnützig. Deutsches Kulturerbe.«

Viertel vor. Gonzo überschlug, wieviel Geld er bei sich hatte. Etwas mehr als dreihundert. Er wurde wütend. Ohne Action-Bilder würde er nicht einmal das Benzingeld für den Einsatz rauskriegen. Er war ohne Auftrag hier, und er hörte noch die Nachrichtenredakteure bei den Sendern:

»Führergeburtstag, na und?«

»Haben wir jedes Jahr.«

»Nur interessant, wenn da echt was abgeht.«

Straßenschlacht vielleicht. Und vor allem abgefackelte Autos. In letzter Zeit waren sie in den Redaktionen unheimlich geil auf Feuer.

Gonzo spähte über die Straße und sah den Dokumentationstrupp der Polizei hinter einem der Transporter verschwinden. Er nahm die Kamera auf die Schulter und marschierte los. Die Videopolizisten packten gerade ihre Ausrüstung in den grünweißen Wagen.

»Wer zu spät kommt, den bestraft das Leben, Gonschorek!« Hauptkommissar Hassenkamp wuchtete eine Videokamera in die Halterung an der Seite des Wagens. »Wir haben erstklassige Randale auf Band. Reicht für fünfmal Landfriedensbruch, mindestens.«

»Du könntest mir aushelfen!« meinte Gonzo. Hassenkamp schüttelte den Kopf und hob eine Kassette hoch. »Beweismaterial!«

»Wahrscheinlich habt ihr sowieso wieder alles unter-belichtet!«

»Hat eben nicht jeder auf der Filmhochschule studiert!« sagte Hassenkamp.

Gonzo kletterte in den Transporter. »Ich brauch mal kurzfristig zweihundert Mark.«

Hassenkamp musterte aus zusammengekniffenen Augen die letzte Gruppe Schwarzgekleideter, die im Bunker verschwand. Auf dem Parkplatz patrouillierten nur noch ein paar Skins mit weißen Armbinden, auf denen »Ordner« stand.

»Da drinnen geht jetzt der ganze braune Akt ab. Wollen sie dich reinlassen?«

»Zweihundert, was ist?« Gonzo hielt die Hand auf. »Ihr habt doch eure Leute längst eingeschleust.«

Hassenkamp holte seine Geldbörse heraus und zählte ein paar Scheine ab. »Aber nur geliehen!«

»Ich bring sie dir nachher zurück.«

Drei Minuten vor. Gonzo schulterte seine Suzie und machte sich auf den Weg zum Bunker. Sonja stand mit dem fetten Olli und seiner Truppe am Eingang.

Der Kameramann drückte ihr die fünfhundert in die Hand: »Aber jetzt will ich auch was sehen!«

Sie faßte ihn am Arm. »Komm mit!«

Olli machte den Weg frei.

Gonzo grinste. »Ist der dressiert?«

»Mein Bruder sorgt mit den Jungs hier draußen nur für Ruhe.«

»Klar«, meinte Gonzo. »Wir befolgen alle nur unsere Befehle.«

Drinnen stand die Luft vor Rauch, Bierdunst und Schweiß. Skins und Schwarzgekleidete hockten an den Tischen. Aus den Lautsprechern dröhnte »Flieger, grüß mir die Sonne« in der Originalfassung. Auf dem Podium marschierte ein hagerer Brillenträger im schwarzen Hemd unruhig auf und ab. Hinterm Rednerpult hing ein überdimensionales Führerbild.

Die drei Kellnerinnen kamen mit den Bierbestellungen kaum nach. Neben der Tür zur Toilette versuchten ein paar Skins erfolglos, eine Schlägerei mit einer DVU-Abordnung anzufangen. Neben der Theke verkaufte einer alte und neue Parteiabzeichen.

Gonzo postierte sich an einer Säule und checkte die Suzie. Sonja turnte über die Treppe aufs Podium und redete mit dem hageren Brillenträger. Heiko Rottmeister. Vorsitzender des »Vereins für Nationales Kulturgut e. V.« und Organisator des ganzen Klamauks. Gonzo hob kurz die Hand. Rottmeister sagte etwas zu Sonja, die nickte und kam zu ihm herüber.

»Fang an!« sagte sie.

Gonzo fragte nicht weiter und drehte.

Die Luft schmeckte bitter, als er wieder aus dem Bunker kam. Fast elf. Der Wind war kälter geworden und kam jetzt direkt von Westen. Vielleicht schneite es nachher sogar nochmal. Von den Gegendemonstranten war nichts mehr zu sehen. Aus dem Bunker drang dumpfer Gesang.

Gonzo schleppte die Suzie über den Parkplatz.

Der Asphalt schimmerte feucht im Licht der Peitschenlampen. Zwischen zwei Wagen erkannte Gonzo den fetten Olli und zwei Glatzen vom Ordnungsdienst. Baseballschläger schimmerten im Licht. Es klatschte. Jemand lachte, einer stöhnte. Automatisch nahm Gonzo die Kamera hoch.

Er sah Ollis Gesicht im Okular und zog dann auf die beiden anderen Skins. Sie traten und schlugen mit den Baseballschlägern auf eine Gestalt, die zwischen den Wagen hervorkroch. Gonzo schwenkte nach unten und regelte die Schärfe nach. Das Licht hätte besser sein können.

Für einen Moment wurde der Gesang in Gonzos Rücken lauter, als die Bunkertür aufging. Der fette Skin fuhr herum. Gonzo machte, daß er wegkam. Als er den Kopf umwandte, sah er Sonja aus dem Bunker herüber zu Ollie laufen.

Gonzo drückte sich durch die Büsche am Parkplatzrand, warf die Suzie und den Recorder auf die Schaumgummimatratze im Laderaum des Kombis und schwang sich hinter das Steuer. Der Wagen holperte auf die Straße. Sonja und Olli standen an der Parkplatzausfahrt. Gonzo trat aufs Gas und schlingerte um die nächste Ecke.

Es mußte ein Ausländer sein. Gonzo starrte auf das Standbild auf dem Monitor. Schmale Augen, schwarze Haare, ein Bärtchen über dem schmerzverzerrten Mund. Es war die Gestalt, die unter den Stiefeltritten der Skins zwischen den Wagen hervorkroch. Gonzo schaltete ein paar Bilder weiter. Das Band war spitzenmäßig. Alles scharf und deutlich, trotz des beschissenen Lichtes. Hassenkamp hätte sich nach so etwas die Finger geleckt.

Gonzo lehnte sich in dem Drehstuhl zurück. Früher war sein Loft im Gewerbehinterhof an der Altenessener Straße eine Druckerei gewesen, und er hatte sich nicht die Mühe gemacht, beim Einzug die Verankerungen der Druckmaschinen im Betonboden zu verschmieren. Er hatte einfach die Fenster abgedichtet, seine Videotechnik aufgebaut und eine Ecke des Raumes als Wohnbereich reserviert. Die Gegend um den Kühlschrank herum hatte er ihrer natürlichen Entwicklung überlassen, während im Einzugsbereich der Videowand mit den Monitoren, Recordern und der Schnitteinheit pedantische Ordnung herrschte.

Das Telefon auf dem Schreibtisch in der Mitte des Raumes klingelte und der Anrufbeantworter schaltete sich ein: »Gonschorek Videoproduktion, das Büro ist zur Zeit nicht besetzt ...« Der Anrufer legte auf.

Es war kurz vor Mitternacht, Gonzos Augen brannten. Er hatte den ersten Liter Kaffee schon hinter sich, im Moment lief ein weiterer durch die Maschine auf dem Kühlschrank.

Auf dem zweiten Monitor ließ er nochmal das Material aus dem Bunker im Schnelldurchgang ablaufen. Alles da, was er sich gewünscht hatte. Nazigruß, SS-Lieder und die Redeausschnitte von Rottmeister: »Kameraden, wir sind hier zusammengekommen, um den Geburtstag unseres Führers und Vorbildes Adolf Hitler ... Memelland und Oberschlesien ... Überfremdung ... Joch des Bolschewismus ... Ausländer ... Scheinasylanten ... ein Reich, ein Volk, ein neuer Führer ...« und so weiter und so fort.

Gonzo nahm den Hörer des schnurlosen Telefons und drückte Hassenkamps Büronummer. Wider Erwarten meldete sich einer seiner Kommissare. Hassenkamp war in der Videoverarbeitung. Gonzo ließ sich verbinden.

»Ja?«

»Ich bin's«, sagte Gonzo. »Wegen der zweihundert Mark ...«

»Ich hab jetzt keine Zeit!«

»Ist noch was passiert?«

Hassenkamps Stimme wurde leiser. »Im Moment rotieren hier alle. Auf dem Parkplatz vor dem Bunker haben sie einen bös zusammengehauen. Der Bursche war wohl einer von den Gegendemonstranten. Die machen uns jetzt die Hölle heiß. Türkische Arbeiterpartei, Naziverfolgte und der Vorbeter von der Ökofraktion aus dem Landtag.«

»Gibt es eine Presseerklärung?« hakte Gonzo nach. »Name, Alter, Umstände, Verdächtige?«

»Morgen!«

»Morgen interessiert sich kein Schwanz mehr für eure Probleme.«

»Genau so soll's auch sein!« knurrte Hassenkamp. »Du hast nicht etwas auf Band, was uns interessieren könnte?«

»Was dagegen, wenn ich gleich noch mal kurz vorbeischaue?« fragte Gonzo. »Ich bring auch das Geld mit.«

»Du bist wie die Krätze!« entgegnete der Beamte. »Wenn man dich erst mal am Hals hat ...«

44

Gonzo unterbrach die Leitung, holte sich frischen Kaffee aus der Maschine und nippte an dem Becher. Vom linken Videoschirm starrte das Gesicht des Ausländerjungen.

Es klingelte. Gonzo drehte den Stuhl herum. Im Milchglasfenster der Stahltür zeichnete sich eine Silhouette mit schmalen Hüften und wuchtigem Oberkörper ab. Es pochte an die Tür.

»Gonschorek?«

Er machte auf. Sonja linste an ihm vorbei ins Büro.

»Kann ich reinkommen?«

»Das kommt drauf an, was du willst.«

Sie schob sich an ihm vorbei. »Gonschorek Videoproduktion, ja?«

»Ernährt ihren Mann.«

Ihr Blick blieb an dem Monitor mit dem Bild von dem Türkenjungen hängen. »Rottmeister hat mir deine Adresse gegeben«, sagte sie. »Warum gehst du nicht ans Telefon?«

»Ich hab zu tun.«

Sie machte ein paar Schritte. Gonzo sah weiche Bewegungen unter der grüne Jacke. Sie trug jetzt Turnschuhe. Ihr Blick klebte an dem Monitor. »Das war nicht geplant«, sagte sie.

»Euer Problem!« Gonzo ging zum Schneidetisch und drückte die Kassette aus dem Recorder. Das Standbild fiel zusammen. Er steckte sich die Kassette in den Hosenbund.

»Also?«

Sie kam näher. »Olli und die Jungs werden 'ne Menge Ärger kriegen. Wir müssen drüber reden.«

»Müssen wir?« Gonzo setzte sich auf sein Feldbett. Sie kam hinter ihm her und setzte sich auf den Lederpuff, den er mal vom Sperrmüll mitgebracht hatte. Sie nahm ein paar Geldscheine aus der Hosentasche und hielt sie in der Hand. »Das mit den fünfhundert Mark war ne blöde Idee von mir.«

»Von dir?«

Sie nickte. »Heiko ... Rottmeister sagte, ich soll dir das Geld wiedergeben.«

Sie legte die Scheine auf den Nachttisch. »Damit du nicht denkst, daß wir mit der ganzen Sache auch noch Geschäfte machen.«

Gonzo holte ihr ein Bier aus dem Kühlschrank. Sie trank aus der Flasche und wischte sich den Mund mit dem Handrücken ab. »Danke!«

»Weiß Rottmeister, daß du hier bist?« fragte Gonzo.

Sie antwortete erst nach ein paar Sekunden. »Das ist schon in Ordnung«, sagte sie. »Ich hab Olli versprochen, daß ich mit dir rede.«

»Der wird zum Fernsehstar.«

Sie stand auf und setzte sich neben ihn aufs Bett. Ihre Hand lag auf seinem Oberschenkel. Gonzo roch ein bißchen Parfüm, Bierdunst und warmen Schweiß. Er strich mit den Fingerrücken über ihre Wange. Ihre Haut war glatt, weich und fast durchscheinend.

»Du lungerst zuviel in Kellern herum«, meinte er. »Schlecht für den Teint.«

Er faßte sie an den Schultern und drehte sie zu sich herum. »Was macht denn so ein Adjudant von Rottmeister?«

Sie zuckte mit den Schultern. »Was so anfällt.« Ihre Hände wanderten zielsicher an seinem Schenkel hoch. Gonzo ließ sich zurückfallen.

Sie war kräftig. Muskeln unter der blassen Haut. Kein Gramm Fett zuviel. Ihre Bauchdecke hart wie ein Brett, wenn sie sie spannte. Bewegungen von äußerster Ökonomie. Gonzo fühlte es kaum, wie sie ihm das Kondom geschickt über das Glied rollte. Sie drückte ihn auf den Rücken, setzte sich auf ihn und bewegte ihre Hüften, während sie sich mit den Händen neben seinen Schultern aufstützte. Sie sah ihn dabei zwar an, aber ihrem Blick nach zu schließen, war sie mit ihren Gedanken kilometerweit weg. Gonzo spürte gerade die erste Flut in sich aufsteigen, als das Telefon auf dem Schreibtisch klingelte. »Gonschorek Videoproduktion, das Büro ist ...«

Sonja schien es nicht zu stören, aber Gonzo brauchte volle zehn Minuten, bis er wieder auf der Höhe war.

»Dreh dich mal um!«

Sie lag unter ihm, und er drang auf die gute alte Art in sie ein. Sie kreuzte die Beine hinter seinem Rücken und half ihm, den Rhythmus zu finden. Mit einer Hand griff sie über seinen Hintern, fuhr mit dem Finger durch die Furche und drückte zu. Als er kam, schloß sie die Augen. Er machte noch ein bißchen weiter, bis sie aus Höflichkeit leise stöhnte.

Er faßte das Kondom, zog sich zurück und drehte sich auf den Rücken. Sie lag neben ihm, er spürte ihre feuchte Haut an seiner Schulter und registrierte mit halbem Bewußtsein, wie sie sich mit der Hand zwischen die Beine fuhr. Es dauerte nicht lange, bis sie heftig die Luft einsog und sich mit einem Knurren herumwarf.

»Wer geht zuerst ins Bad?« fragte Gonzo, als sie sich wieder beruhigt hatte.

»Geh nur«, meinte sie. Ihrem Blick war nichts mehr von dem Geschehen abzulesen.

Er stand auf und ging ins Bad. Das heiße Wasser der Dusche löste die verspannten Nackenmuskeln. Gonzo blieb nur kurz unter der Brause, trat aus der Duschtasse, ohne das Wasser abzudrehen, zog seinen alten Bademantel an und machte die Badezimmertür einen Spalt auf.

Sonja stand neben dem Bett und schlüpfte gerade in ihre Hosen. Dann wühlte sie Gonzos Sachen durch, bis sie die Videokassette gefunden hatte, und steckte sie ein. Sie zog die Turnschuhe an und ging hinaus. Die Stahltür fiel hinter ihr ins Schloß.

Gonzo drehte die Dusche ab, dann suchte er seine Sachen vor dem Bett zusammen und überlegte beim Anziehen, ob Sonja wirklich dachte, daß sie die einzige Kassette mit den Bildern vom Parkplatz erwischt hatte. Nun ja, vielleicht hatte sie wirklich keine Ahnung von Videotechnik.

Am Schneidetisch stellte er den Recorder an, in dem die Kopie des Bandes mit den Bildern vom Parkplatz steckte und ließ die Parkplatz-Szene noch einmal ablaufen. Die Gesichter der Skins waren gut zu erkennen. Gonzo legte eine Leerkassette in den zweiten Recorder. Er kopierte das Band noch zweimal, nur zur Sicherheit, genau wie er es vorhin routinemäßig gleich nach seiner Rückkehr getan hatte.

Dann packte er eins der Tapes in eine Box, das andere verschloß er im Stahlschrank, ging in die Küche, machte sich noch einen Kaffee und hörte die Ein-Uhr-Nachrichten im Radio, während er im Stehen trank. Die Meldung hatte es schon bis auf Platz drei geschafft, weil der Junge vom Parkplatz im Krankenhaus an seinen Verletzungen gestorben war.

Gonzo nahm das Geld vom Nachttisch und machte sich auf den Weg.

Hassenkamp hatte dunkle Ringe unter den Augen. Auf den Bildschirmen der Videozentrale liefen die Bilder des Dokumentationstrupps mit eingeblendetem Time-Code.

Gonzo legte ihm zwei Hunderter und seinen Passierschein hin. »Schön weitergekommen?«

Hassenkamp zeichnete den Zettel ab. »Was willst du, Gonschorek? Aus reiner Freundschaft kommst du sicher nicht.«

Gonzo sah sich die Bilder von zwei Greiftrupps an, die den Schwarzen Block der Autonomen auseinandertrieb. Dann kamen Bilder von einer Formation Neonazis, die Rottmeister leibwächtermäßig von seinem Wagen bis zum Bunkereingang begleiteten. Unterwegs brachen ein paar Autonome durch die Polizeireihen, und es gab eine Prügelei.

»Das wär was für mich! « sagte Gonzo.

»Vergiß es«, knurrte Hassenkamp.

Gonzo holte sein Band aus der Tasche und schob es in einen freien Recorder. Sie sahen sich die Szene auf dem Parkplatz an. Gonzo gähnte. Hassenkamp kniff die Augen zusammen.

»Also?« Gonzo ließ das Band aus dem Schacht schnappen und wollte es wieder einstecken, als Hassenkamps Hand vorschoß.

»Stop! Das ist Beweismaterial!«

»Falsch!« Gonzo schüttelte Hassenkamps Hand ab. »Das ist mein Material.« Er deutete auf den Bildschirm. »Wir können tauschen.«

»Du bist wirklich ein Aasgeier, Gonzo!«

»Ich hab nie was anderes behauptet.« Er hielt sein Band hoch. »Ich will mindestens 20 Minuten Action-Bilder von eurem Tape da!«

»Wir kriegen dein Band so oder so!« sagte Hassenkamp.

»Aber nicht so schnell!« Gonzo wedelte mit der Kassette. »Ihr braucht nur die Bilder von den Glatzen über den Videoprinter zu jagen, und schon geht die Fahndung los.«

Hassenkamp preßte die Hände vors Gesicht, gähnte und rieb sich die Augen. »Also gut, in Ordnung! «

Gonzo angelte sich eine Leerkassette vom Regal und schob sie in den freien Recorder. Hassenkamp drückte ein paar Knöpfe, um das Polizeiband zu kopieren. Nach einer halben Stunde waren sie fertig. Gonzo steckte die Kassette mit Hassenkamps Bildern ein.

»Die Firma dankt.« Er gab Hassenkamp das Band mit den Aufnahmen vom Parkplatz.

»Paß nur auf, daß sie dir deswegen nicht den Skalp abziehen«, meinte Hassenkamp.

Gonzo grinste schief.

»Wieso mir?« fragte er. »Ist doch jetzt ein Polizeivideo, oder?«

»Raus!« bellte Hassenkamp.

Um kurz nach halb zwei war Gonzo wieder in seinem Loft. Er machte sich neuen Kaffee, setzte sich an den Schreibtisch und drückte auf dem Telefon die Kurzwahl für die erste Redaktion.

Der Chef vom Dienst ging sofort ran: »Frühstücksfernsehen.«

»Absolut tolles Material!« sagte Gonzo. »Die Nazikiste vor dem Bunker. Von Anfang bis Ende.«

»Brennt was?«

»Besser!«

Er mußte gar nicht lange weiterreden.

Sie wußten aus den Nachrichten, was passiert war. Und hier gab's die Bilder dazu. Das Ding war gekauft.

Gonzo legte auf und wählte weiter. In der nächsten Stunde stiegen noch sieben Redaktionen fest ein und zwei hatten großes Interesse. Gegen halb drei meldete sich eine Agentur und wollte die Rechte für Frankreich, Benelux und England. Gonzo war müde, aber er feilschte trotzdem noch ein bißchen, weil man so einen Deal bis zum Ende ausreizen mußte. Nazis hatten seit der Vereinigung wieder mächtig Konjunktur. Es lohnte sich vielleicht, noch ein paar Wochen an dem Thema dranzubleiben. Die Adresse von Rottmeisters Kulturverein war bares Geld wert. Hassenkamp hatte sicherlich auch Interesse.

Gonzo stellte das Endband zusammen, dann machte er einen Überspieltermin in dem großen Studio des Zeitungsverlages in der Innenstadt klar und rechnete schnell zusammen, was er bisher mit den Bildern verdient hatte.

Als die Zahl fünfstellig wurde, holte er die Flasche Wodka aus dem Kühlschrank. Seine Hände zitterten leicht beim Einschenken. Gonzo lehnte sich zurück. Auf dem mittleren Monitor war noch ein Standbild. Rottmeister bei seiner Rede, in Herrenmenschenpose vorm

Hakenkreuz. Gonzo hob das Glas in Richtung Monitor:
»Alles Gute!«

Niklaus Schmid

Italienische Maßarbeit

Mit guter Reisegeschwindigkeit fuhr der schwere Wagen über die Schnellstraße. Der Mann hinter dem Steuer lenkte mit fast ausgestreckten Armen und in entspannter Haltung. Er trug einen gedeckten Geschäftsanzug mit ausgesucht teurer Krawatte, sein graues Haar war militärisch kurz geschnitten, und um seinen Mund lag ein Zug, der Zufriedenheit mit sich selbst sowie Vertrauen in die Zukunft ausdrückte.

Gewiß, da war noch der Nachklang von dem kleinen Streit, den er gestern abend mit seiner Frau gehabt hatte. Wieder einmal war es um das alte Thema gegangen.

»Mit zweiundsechzig sollte man daran denken, sich langsam vom Geschäft zurückzuziehen«, hatte Carlotta gesagt.

»Aber ich fühle mich höchstens wie zweiundvierzig.«

»So fühlen sich alle Männer in deinem Alter. Das ist sogar ein typisches Anzeichen.«

»Und wie deutest du dieses Zeichen?« hatte er gefragt und sie zu sich auf den Schoß gezogen, um ihr einen Beweis seiner Vitalität zu liefern.

Danach hatte er gut geschlafen, und am Morgen war er früh aufgestanden, ohne sie zu wecken. Doch in der Nacht mußte sie heimlich das Bett verlassen haben. Denn als er um fünf Uhr den Wagen aus der Garage holte, lag auf dem Beifahrersitz das Geschenkpaket.

Während der Wagen die Kilometer unter sich wegfraß, fiel sein Blick immer wieder auf den Zettel mit ihrer Handschrift: *Herzlichen Glückwunsch und gute Fahrt!*

Vorbei an Fabriken und Kühltürmen, Hochhäusern und Grünflächen, durch Städte ohne sichtbare Grenzen.

Dann lag die Industriekulisse des Ruhrgebiets hinter ihm. Die Umgebung wurde ländlicher, hügeliger. Am Horizont brach die Sonne durch die Wolken.

Es würde ein schöner Tag werden. Von der Schnellstraße, die das Revier von West nach Ost durchzieht, wechselte er auf die Autobahn. An der Auffahrt stand ein Anhalter. Einen Moment spielte der Mann mit dem Gedanken, den Jungen mitzunehmen. Doch dann entschied er sich dagegen. Er wollte allein sein mit seinen Gedanken.

Mit zweiundsechzig in den Ruhestand? Nicht wenigen seiner Angestellten war es in letzter Zeit so ergangen. Doch das waren Maßnahmen gewesen, um den Betrieb von den zu hohen Lohnkosten zu entlasten. Er selber wurde noch gebraucht. Wer, außer ihm, sollte die Firma leiten? Seine Söhne etwa, wie Carlotta meinte? Bruno, der ältere der beiden, kannte zwar die Ergebnisse aller Galopprennen, aber nicht die Produkte der Firma; Crêpe de Chine würde er womöglich für den Namen eines Außenseiters halten. Rico, zwei Jahre jünger als Bruno und Mutters Liebling, reiste in der Weltgeschichte umher, tauchte nach Monaten abgerissen zu Hause auf, brachte aus Afrika eine Tanzmaske oder einen exotischen Käfer mit und ließ sich von seiner Mutter wieder hochpäppeln.

Nichtsnutze, alle beide, dachte der Mann bei sich.

»Gib Bruno und Rico eine Chance, und sie werden in die Aufgabe hineinwachsen!« hatte Carlotta gesagt und lächelnd hinzugefügt: »Es soll alte bäuerliche Kulturen geben, in denen die Jungen die Alten mit der Hacke erschlagen, wenn sie nicht freiwillig Platz machen.«

Ein Wink mit dem Hackenstiel, sozusagen. Andererseits, überlegte er, hat sie ja vielleicht nicht so unrecht. Er klappte das Handschuhfach auf, entnahm ein Diktiergerät und stellte den Schalter des eingebauten Mikrofons auf eine Stellung, die dafür sorgte, daß das Band allein durch seine Stimme eingeschaltet wurde. So konnte er mit beiden Händen den Wagen lenken.

Er legte das Gerät auf die Mittelkonsole und sprach: »Heute, an meinem 62. Geburtstag, bin ich zu folgendem Entschluß gekommen: Meine Söhne Bruno und Rico ... «

Er unterbrach sich. Das Autotelefon hatte geschnarrt. Nach einigem Zögern nahm er das Gespräch an.

»Ach, du bist es. Klingst noch ganz verschlafen ... Doch, doch, ich freue mich ... Wo ich bin? Schon auf der Autobahn ... Nein, kein Stau, die Straße ist frei. Das ist der Vorteil der frühen Stunde ... Aber sicher habe ich es gefunden, sofort, war ja nicht zu übersehen mit der roten Schleife ... Nein, nein, ich habe es noch nicht aufgemacht, obwohl, du weißt ja, wie neugierig ich bin.«

Der Mann lachte.

Er überholte einen Lastwagen und nahm das Gespräch wieder auf. »Eine Überraschung, sagst du? O Weib, ich liebe Überraschungen«, betonte er übertrieben. »Übrigens, auch ich habe eine Überraschung für dich ... Später, jetzt würde es zu lange dauern ... Ja, wenn ich zurück bin ... Wann? Wann?« wiederholte er etwas unwillig. »Morgen, im Laufe des Tages. Und am Abend feiern wir meinen Geburtstag.«

Er hörte zu, nickte ein paarmal, dann schüttelte er den Kopf. »Nein, das ist schlecht. Du weißt doch, wie das so geht: Nach dem Geschäftlichen noch ein Essen, ein paar Gläschen; wie spät es dabei wird, läßt sich vorher nie abschätzen. Am besten rufe ich dich an. Einverstanden?« Während er wieder zuhörte, strich er sich mit dem Handrücken über die Stirn.

»Da haben wir doch erst gestern abend drüber gesprochen. Nun warte doch mal ab, Carlotta!«

Er blickte durch die getönten Seitenscheiben, suchte nach Orientierungspunkten. Das Schild mit der Ausfahrt, die er nehmen mußte, tauchte auf. Ab hier fuhr er bis zu seinem Ziel über Landstraßen.

»Doch, ich bin noch dran ... Ja, ein bißchen ärgerlich bin ich schon ... Nein, nicht mehr viel ... Ob ich schnell fahre? Normal, so achtzig ... Selbstverständlich bin ich angeschnallt.«

Ihre Fürsorge schmeichelte ihm. Er entspannte sich. Als sie fragte, was er angezogen habe, betastete seine Hand automatisch den Krawattenknoten. »Na, die schöne, die du mir rausgelegt hattest ... Ja, ich erinnere mich, sie ist dein Geburtstagsgeschenk vom vergangenen Jahr ... Wie? ... Ja, zusammen mit den Architektenplänen für das Gewächshaus.«

Und ob er sich erinnerte! Auch an seinen vorletzten Geburtstag. Zum sechzigsten hatte sie ihm die Kreuzfahrt um die halbe Welt geschenkt. Die Botschaft der beiden Geschenke, Reise und Gewächshaus, hatte er sehr gut verstanden: Alterchen, lautete sie, es wird Zeit, an etwas anderes als an das Geschäft zu denken. Es gibt so schöne Dinge zu tun: ein gutes Buch lesen, Museumsbesuche, Reisen — nie in seinem Leben hatte er sich so gelangweilt wie auf dieser Kreuzfahrt. Lauter alte Leute, na schön, solche in seinem Alter, aber eben andere als er, Müßiggänger.

Und das Gewächshaus? Nun, er hatte es bauen lassen, aber danach nur selten betreten. Dafür war der Glaskasten einer ihrer Lieblingsplätze geworden. Sie saß da stundenlang in dem unwirklichen Licht und der widerlichen Wärme, stellte Aquarien und Terrarien auf, brachte Orchideen zum Blühen, die wie Marzipanfrüchte aussahen, und hatte ganz offensichtlich Spaß an der Sache. Carlotta verhielt sich wie jener sprichwörtliche Vater, der seinem Sohn eine Eisenbahn schenkt und dann selber damit spielt. Ihm war das recht. Sein Hobby war die Arbeit.

Ihre Stimme riß ihn aus den Gedanken. »Was hattest du gefragt? ... Aber ja, ich brenne darauf, zu wissen, was du mir diesmal geschenkt hast. Hast ja immer ausgefallene Ideen. Nein, jetzt kann ich nicht anhalten, beiderseits der Straße wachsen hohe Bäume. Aber am nächsten Parkplatz lege ich eine Rast ein, schaue nach und rufe dich umgehend an ... Aber sicher wird es mir gefallen.«

Er verzog seinen Mund zu einer Duldermiene. »Na, schön, bleib dran! Ich kann ja schon mal vorsichtig nachschauen.« Mit ausgestrecktem Arm machte er sich daran, das Geschenkpaket zu öffnen.

»Doch, doch, ich bin noch dran«, sprach er unterdessen ins Autotelefon. »Und ich bin gerade dabei, das Schleifchen aufzuziehen ... He, was heißt hier 'alter Fummler', was heißt hier vor allem 'alt'? Fummler, na ja, wenn ich so dran denke, wie du und ich, damals in meinem uralten VW-Käfer ...«

Er schmunzelte, während er das Schmuckband über die Ecken der Schachtel schob und das Packpapier aufschlug. Die Schachtel war aus Blech, mattschwarz mit goldenen Lettern. Er erkannte den Schriftzug des wohl bekanntesten italienischen Schuhherstellers.

»Edel, edel!« rief er aus.

»Noch nicht, aber ich ahne es«, beantwortete er ihre Frage und machte Laute der Zustimmung. Er mußte sich auf das Fahren konzentrieren.

Eine Kurve, danach stieg die Straße an. Die Gegend kannte er von einer früheren Geschäftsreise, nur daß man inzwischen die Straßendecke erneuert und bei gleicher Gelegenheit die alten Kastanien gefällt hatte; wie an vielen Stellen im Land, wohl um die Unfallgefahr zu verringern. Beim letzten Mal war er hier regelrecht unter einem Laubdach entlanggefahren. Jetzt sah er nur noch die flachen Baumstümpfe am Straßenrand. Dahinter kam eine Brücke in Sicht, die in weitem Bogen ein Flußtal überspannte.

Die Augen abwechselnd auf die Fahrbahn und auf das Geschenkpaket gerichtet, hob er den Deckel, schlug das Seidenpapier zurück und griff in die Schachtel.

Weiches, glattes Leder, die Sohle schmiegsam und doch solide — was er in der Hand hielt, war das Meisterwerk von einem Schuh, bis zum letzten Stich per Hand und selbstverständlich nach Maß gearbeitet. Für solche handwerklichen Feinheiten hatte er ein Auge.

Er hielt sich den Schuh an die Nase, und indem er den süßlich strengen Duft des Leders einsog, sagte er: »Hmm, toll, ganz toll. Die Farbe, die Form — perfekt. Mit Wonne werde ich sie nachher anziehen. Vielen Dank!«

»Aber ja, und wie sie mir gefallen, genau meine Richtung! Sag mal, wie hast du das hingekriegt? ... So, so, du hast ihm ein Paar von meinen alten Schuhen als Muster geschickt. Sehr schlau!«

Er war stolz auf seine fähige Frau. Sicher hatte sie bei dem Auftrag auch alte Verbindungen spielen lassen und ihre Sprachkenntnisse eingesetzt, immerhin hatte sie ja italienische Vorfahren.

Etwas Holzwolle rieselte auf seinen Anzug. Er legte den Schuh zurück in die Schachtel, die so aufwendig war, daß sie sicher soviel kostete wie ein Paar Schuhe in einem Kaufhaus.

»Wo ich jetzt genau bin? Moment, da ist ...«

Er hatte eine Bewegung wahrgenommen, einen Schatten, dann Rascheln. Das Papier in der Schuhschachtel mußte nachgeknistert haben — was sonst? Der Mann spürte, wie sich auf seinen Unterarmen die Härchen aufrichteten. Ein Gefühl des Unwirklichen beschlich ihn.

Deutlich sah er nun aus den Augenwinkeln, wie sich das Seidenpapier bewegte. Ein dreieckiger, etwa daumengroßer Kopf schob sich aus dem Papier, reckte sich in die Luft. Das kleine Maul öffnete sich, und eine winzige Zunge peitschte die Luft. Die Schuppendornen über den starren lidlosen Augen gaben der Schlange das Aussehen eines gelbbraunen Teufelchens.

Von einem Atemzug zum anderen war der Mann in Schweiß gebadet. Weder die Stimme aus dem Telefonhörer noch die Fahrgeräusche drangen an sein Ohr. Was er hörte, war allein sein wild pochendes Herz und darüber das winzige, aber durchdringende Geräusch, als jetzt die Bauchschuppen des Reptils über das Seidenpapier rieben.

Einen Moment war er völlig starr.

»Da — ist — eine — Schlange«, stieß er endlich hervor. »Hörst du mich, Carlotta?« Er sprach abgehackt und mit gedämpfter Stimme, aus Furcht, die Schlange zu erschrecken.

»Carlotta, bist du noch dran?«

»Zsssiiii ...«

Das Zischeln kam von keiner bestimmten Stelle, es war irgendwo im Raum.

Der Wagen fuhr nun über die Brücke. Rechts huschten die Eisenträger und die Gitter des Geländers vorbei, links die Silhouetten anderer Fahrzeuge. Bislang hatte der Mann nicht gebremst und kaum die Geschwindigkeit vermindert. Nur keine hastigen Bewegungen! dachte er und wunderte sich, daß er überhaupt noch klar denken konnte.

Als er beim nächsten Mal einen Blick aus den Augenwinkeln nach rechts auf den Beifahrersitz warf, war von der Schlange nichts mehr zu sehen. Vielleicht hat sie sich wieder in die Schachtel mit den verdammten italienischen Schuhen verkrochen, so hoffte er.

War damit das Problem gelöst? Nein! Er mußte handeln, sofort!

Am Ende der Brücke würde er den Wagen sanft ausrollen lassen, vorsichtig die Tür öffnen und sich ohne Hast entfernen. Schlangen, das fiel ihm jetzt erst wieder ein, hören nur schlecht, sie haben keine Ohren. Doch um so empfindlicher reagieren sie auf Wärmeunterschiede und auf Erschütterungen. Er hatte mal gelesen, daß Fußgänger in Indien so gut wie nie Opfer von Schlangen wurden, weil die Tiere, rechtzeitig durch das Auftreten gewarnt, dem Störenfried in der Regel aus dem Weg gingen. Radfahrer hingegen, die sich leise surrend näherten, wurden häufig von Schlangen gebissen, meist in die Fersen.

Der Mann zuckte zusammen.

Etwas hatte ihn am rechten Knöchel berührt. Reflexartig schüttelte er seinen Fuß, und ebenso reflexartig langte er mit der Hand nach unten; das heißt, er wollte. Denn er kam nicht bis zum Hosenbein. Durch die ruckartige Bewegung hatte sich der Sicherheitsgurt gespannt. In Panik hieb er auf den Auslösemechanismus.

»Zsssiiii ...«

Das Zischeln kam eindeutig aus dem Autotelefon. Und plötzlich begriff der Mann.

»Carlotta, damit kommst du nicht durch!« schrie er. »Man wird sich fragen, wie eine ...«

Wieder spürte er die Schlange, jetzt auf seiner nackten Haut. Ihr Körper war kühl, aber keineswegs glatt, vielmehr rauh wie Sandpapier.

Halb wahnsinnig vor Schrecken griff er an sein Hosenbein. Als er sich wieder aufrichtete, sah er das Brückengeländer auf sich zukommen. Es gelang ihm noch, das Lenkrad herumzureißen. Der Aufprall, auf den er sich schon eingestellt hatte, blieb aus. Dafür hatte er plötzlich das Gefühl zu schweben. Überdeutlich wie in einer Zeitlupe sah er das Tal auf sich zukommen, den Fluß, die Wiesen mit den weißen und bunten Flecken — ein Campingplatz im Sonnenlicht.

Den Aufprall kriegte der Mann noch mit, den Schmerz schon nicht mehr. Er spürte auch keine Angst, keinen Schrecken mehr. Da war nur noch Dunkelheit um ihn, mit ein paar nachglühenden Punkten, wie man sie sieht, nachdem auf einer Geburtstagstorte die Kerzen ausgeblasen worden sind.

Der Wagen lag still. Doch noch drehten sich die Räder, als durch die zerborstene Windschutzscheibe eine Schlange glitt. Ihre züngelnde Zunge nahm neue Geruchsspuren auf. Witternd reckte sie ihren dreieckigen Kopf mit den auffälligen Schuppendornen über den Augen in die Luft. Für eine Hornviper, beheimatet in der afrikanischen Wüste, war dies nicht die ideale Umgebung. Kein Sandboden, auf dem sie mit ihren wellenför-

migen Bewegungen pfeilschnell vorankam, wenn es um
Jagd oder Flucht ging. Dafür sommerdürres Gras,
Buschwerk, Geröll und Steine. Doch auch auf diesem
ungewohnten Untergrund war sie noch flink genug, um
sich vor den Tritten, die sich jetzt näherten, in Sicherheit
zu bringen.

Sie drängte ihren Leib gegen die Steine, stellte die harten Bauchschuppen gegen die rauhe Oberfläche und erhielt so den nötigen Rückstoß zur Fortbewegung. Auf
diese Weise, sich schlängelnd, sich windend, suchte die
Schlange das Weite. Sie ließ sich von ihrem Instinkt leiten und fand später in einer ausgebeuteten Sandgrube
fast heimische Verhältnisse.

Nachdem die kleine Giftschlange, der Malteser Hilfs-
dienst, die Polizei und der Kranwagen mit dem zertrüm-
merten Mercedes die Unglücksstelle längst verlassen
hatten; nachdem auch die letzten erwachsenen Schaulustigen weggegangen waren, standen noch zwei Jungen
an der Unfallstelle. Sven und Matthias waren Brüder, sie
hatten an dem Fluß gespielt, und sie hatten das Geschehen von Anfang an beobachtet: Wie der Wagen plötzlich durch die Luft segelte, wie er an einem Vorsprung
des Abhangs aufprallte, und wie er, sich wieder und wieder überschlagend, ins Tal stürzte. »In den Filmen explodieren die Autos immer«, sagte Sven.

Es hörte sich etwas bedauernd an.

Sein Bruder schob die Unterlippe vor, nickte. Als er
gerade seinen Mund zu einer Bemerkung öffnen wollte,
traf ihn ein aufblitzender Sonnenstrahl. Die Augen auf
den Punkt gerichtet, von dem das Glitzern ausging,
machte er ein paar Schritte, bückte sich und hob einen
mattsilbernen Gegenstand auf.

»Guck mal, ein Kassettengerät!«

Er drückte auf einen der Knöpfe. Die Kassette begann
sich zu drehen. Er drückte auf einen anderen Knopf, und
aus dem eingebauten Lautsprecher tönte die Stimme ei-

nes Mannes: »... damit kommst du nicht durch! Man wird sich fragen, wie eine ...«

Die Stimme brach ab. Es war nur noch Krach auf dem Tonband zu hören, und danach Stille.

Die Jungen spielten noch eine Weile mit dem Diktiergerät, spulten das Band vor und zurück, verloren aber bald den Spaß.

»Keine Musik«, sagte Matthias, »nur Gelaber.«

»Mal sehen, vielleicht können wir selbst was aufnehmen«, schlug Sven vor.

Das taten sie dann auch.

Als es dunkel wurde, rannten sie zurück zum Wohnwagen ihrer Eltern.

Einem mißtrauischen Polizeibeamten wollte einfach nicht in den Kopf, wieso ein Auto auf gerader Strecke und bei bester Sicht urplötzlich von der Fahrbahn abkommt. Er überlegte hin und her und ließ schließlich den verunglückten Mercedes genauestens untersuchen. Doch nichts wies darauf hin, daß an den Bremsen oder am Fahrgestell manipuliert worden war. Er ließ den Unfallort durchkämmen, fand aber nichts. Danach ging er noch einmal die Gegenstände durch, die in dem Wagen gelegen hatten: ein Aktenköfferchen, eine Reisetasche — das Übliche, was ein Geschäftsmann so mit sich führt. Eine Zeitlang wunderte er sich noch über die nagelneuen Schuhe, die in dem Mercedes gelegen hatten: beste Qualität, italienische Maßanfertigung, und verpackt in einer besonders edlen, mit einer Schleife verzierten Blechschachtel. Seltsam!

Doch dann fiel ihm wieder ein, daß der Todestag des Textilfabrikanten Edgar Mehringer auch dessen Geburtstag gewesen war. Eine plausible Erklärung. Er klappte den Ordner zu.

Wochen später erschienen in einer Tageszeitung zwei Meldungen. Die erste stand auf der Wirtschaftsseite und besagte, daß die Brüder Bruno und Rico Mehringer nach dem tragischen Unfall ihres Vaters die Leitung der Textilfirma Edgar Mehringer übernommen hätten.

Die zweite Meldung berichtete unter Vermischtes, daß in einer ehemaligen Sandgrube, die von sportlichen Radfahrern gern als Übungsgelände benutzt wird, ein Mann von einer Schlange gebissen wurde. Kurioserweise soll es sich um den Biß einer Hornviper gehandelt haben. Die Behandlung mit gängigen Gegengiften blieb erfolglos. Der Mann starb im Krankenhaus. *Reptilienexperten*, so hieß es in dem Artikel, *rätseln nun darüber, wie das Tier, dessen Heimat die Wüstengebiete Afrikas sind, in die fremde Umgebung gekommen ist.*

Tausende lasen die Zeilen. Aber nur drei Leser wußten, daß zwischen den beiden so unterschiedlichen Meldungen ein Zusammenhang bestand. Doch selbst diese drei Menschen verloren kein Wort darüber. Das Leben ging weiter — und für sie sogar besser als zuvor.

Leo P. Ard

Heiße Nummer

Robert schleppte sich die neunundachtzig Stufen zu seiner Wohnung hoch. Auf dem letzten Treppenabsatz blieb er stehen und schnappte nach Luft.

Nie war ihm der Aufstieg so schwer gefallen. Im Gegenteil. Er empfand es stets befreiend und geradezu symbolisch, mit festem Schritt sein Loft zu erklimmen.

Wie eine Karriereleiter.

In der Hierarchie der Werbeagentur »Booß & Partner« war er auch Schritt für Schritt nach oben geklettert, hatte das Treppchen direkt unter dem Chef erreicht.

Bis heute morgen ...

Der Millionenauftrag des Automobilkonzerns war ihm durch die Finger geglitten — direkt in die Hände der Konkurrenz. Seit fünf Jahren war das Budget fest in ihrer Hand und ein sattes Finanzpolster. Grundlage für Expansion und Kreativität.

Heute kam der Sturz — kerzengerade in den Keller. 28 Millionen futsch!

Ein Schwarzer Freitag für »Booß & Partner«. Morgen würde die Entscheidung des Automobilkonzerns bekanntgegeben. Über persönliche Drähte hatte sein Chef allerdings bereits heute einen Wink bekommen.

Der verlorene Auftrag amputierte der Agentur die gesunden Beine, katapultierte sie von einem Spitzenplatz in der Bundesliga der Werbeagenturen in die Zweite Liga!

Und Robert hatte den Schwarzen Peter in der Hand.

Streicheleinheiten war er von seinem Chef gewohnt, heute gab es ein rauhes Abbürsten — mit einer Stahlbürste. Ausgerechnet an seinem 40. Geburtstag!

Robert schloß die Tür zu seinem Loft auf. Kalter Rauch und abgestandener Champagnerdunst schwappten ihm entgegen.

Er trat in die Diele und musterte sich in dem meterhohen Spiegel.

Robert war ein großer, schlanker, dunkelhaariger Mann. Sein Gesicht war schmal, aber großporig. Die großen, warmen, braunen Augen nahmen seinem Gesicht etwas von der Härte, gaben ihm beinahe etwas Wehrloses.

Die strahlende Selbstsicherheit und lächelnde Arroganz, die ihn sonst im Spiegel begrüßte, war nicht zu entdecken. Der Mann, der ihn heute anblickte, schien der geborene Verlierer zu sein. Das Haar wurde lichter und ließ die ersten grauen Strähnen zur Geltung kommen. Die Falten an den Augen schienen seit heute eingemeißelt zu sein, der Teint um einige Grauwerte angereichert.

Robert wandte sich ab und öffnete das Fenster, um frische Luft hineinzulassen.

Sie hatten in den Geburtstag hineingefeiert, ein Dutzend Freunde, die meisten aus der Branche.

Auch Eberhard hatte mit ihm angestoßen.

Eberhard war sein bester Freund — sie hatten zusammen studiert. Er war Kreativ-Chef bei »Dümpel & Henrichson«, einer eher zweitrangigen Agentur.

Bis morgen.

Morgen würde man ihnen mitteilen, daß sie einen 28 Millionen-Auftrag im Sack hätten.

Eberhard!

Die halbe Diplomarbeit hatte Robert für ihn geschrieben, ihm das Geld für sein erstes Auto gepumpt. Wenn die Kapazitäten bei »Booß & Partner« ausgelastet waren, hatte Robert ihm sogar manchen Auftrag zugeschanzt.

Robert schlenderte ziellos durch seine Wohnung. Sein Loft verkörperte alles, was er liebte: architektonische Würde, ausgewogene Proportionen, stimmige Details.

Die Highlights waren zwei kubistische Deko-Tische von David Field, ein Sofa von Mathsson und ein Ensemble von Alvar-Aalto-Möbeln. Robert strich zärtlich über ein altes Telefon. Er war ein leidenschaftlicher Sammler von Kommunikationstechnik. Die Palette seines kleinen Museums reichte von einer Telegraphenmaschine aus den 30er Jahren über ein Exemplar der ersten Generation amerikanischer Telefonapparate, das ihn 3000 Dollar gekostet hatte, bis zu einem funktionsfähigen Funkgerät eines Wehrmachts-U-Bootes. Kommunikation — das Zauberwort für eine neue Epoche, Symbol für technischen Fortschritt, Sinnbild für einen rationellen, emotionsfreien Umgang der Menschen miteinander. Robert goß sich einen Whisky ein.

Wenn doch wenigstens Felicia hier wäre. Ihr Witz, ihre Wärme, ihre sanfte Stimme wären jetzt Balsam für seine kranke Seele. Er nahm sein Glas und sank auf das Mathsson-Sofa.

Mit der Fernbedienung ließ er das Band des Anrufbeantworters zurückspulen. Es dauerte eine Ewigkeit — wahrscheinlich hatte seine Mutter eine ihrer üblichen Festreden gehalten.

Klack.

»Hier ist Felicia. Ich bin einkaufen. Du erinnerst dich? Du hast Eberhard und Anna für heute abend eingeladen. Was hältst du von in Honig glasierter Frischlingskeule? Ach, laß dich überraschen! Ciao..«

Klack.

»Herzlichen Glückwunsch, mein Sohn! Nun bist du doch vierzig geworden. Ich weiß noch, wie du immer gesagt hast, vierzig willst du nie werden. Jetzt ist es zu spät! Papa sagt gerade, ich soll nicht so etwas am Telefon sagen. Wie immer weigert er sich, auf deinen Anrufbeantworter zu sprechen. Wir versuchen es später noch einmal. Grüße an Felicia. Deine Mutter! Wer sonst!«

Klack.

»Hallo Keule! Hier ist Paule! Glückwunsch, Alter! Sauft nicht so viel! Wir sehen uns am Mittwoch!«

Klack.
»Hier ist Eberhard...«

Eberhard! Ob er wohl auch schon Bescheid wußte? Robert lehnte sich im Sessel zurück.

»Tja, Gratuliert habe ich dir heute nacht schon. Wir sehen uns ja nachher. Ich freue mich auch schon aufs Essen. Wir haben auch eine kleine Überraschung für dich ...«

Als ob ihm nach feiern zumute wäre.

»Na, ich will noch nichts verraten. Also bis gleich!«

Robert nahm einen kräftigen Schluck aus seinem Glas.

»Nur der Anrufbeantworter. Er war nicht da!«

Was war denn jetzt los!

»Du hast so weiche Hände ... Hey, wo wollen die denn hin? Du gehst aber ran!«

Was zum Teufel war das?

»Mmmhhh. Komm, laß es uns machen! Hier und jetzt!«

Robert setzte sein Whiskyglas ab und erhob sich. Sein Schreibtisch, eine Komposition aus Glas und Stahl, stand in der Mitte des Raums. Aus dem Lautsprecher des Anrufbeantworters kam ein leichtes Stöhnen.

Robert hob den Deckel des Bandgerätes. Die kleine Microkassette drehte sich mit gleichmäßiger Geschwindigkeit. Er drückte die Stopptaste und das Stöhnen erstarb. Sein Finger schwebte über der On-Taste. Ein leichtes Tupfen reichte, um die seltsamen Töne wieder erklingen zu lassen.

»Ich bin so scharf! Komm, laß es uns hier auf dem Schreibtisch machen ...«

Robert wieherte los. Das war immer noch Eberhard. Offenbar hatte er den Hörer nicht richtig aufgelegt.

»Diese Brüste ...«

Zum Schießen komisch. Eberhard schiebt eine Nummer ...

»Du bist so anders als Anna ... Mit Anna kann ich das nie machen ...«

Das war ja noch irrer. Das war gar nicht Anna! Eberhard geht fremd und er hatte es auf Band! Irre!

»Ja, ja. Gut so ...«

Da haben wir sein Mäuschen.

Wer sich für einen Quicki mit dem blassen Eberhard hergibt? Vielleicht die Dicke aus seinem Vorzimmer ...

»Ja, ja. Fester ...!«

Robert merkte irritiert, wie sich seine Hose spannte. Für Telefon-Sex hatte er eigentlich nichts übrig, aber das hier war mehr als ein Lausch-Porno. Das hier war das nackte Leben.

Robert schloß die Augen und stellte sich vor, wie Eberhard die Frau auf dem Schreibtisch rammelte. Zwischen Heftklammern, Disketten und Aktenordnern.

Ein Grinsen machte sich auf seinem Gesicht breit. Man müßte heute abend das Band vorspielen ...

»Du machst es gut ..., sehr gut. Nimm mich richtig ran!«

Ein heißes Mäuschen. Diese weiche Stimme. Und diese stimulierende Aufforderung. Nicht so zurückhaltend wie Felicia. Nichts gegen Felicia. Aber so richtig aus sich raus kam sie eigentlich nie.

»Schön, schön ... Robert macht es nie so ...!«

Robert schluckte. War da nicht der Name Robert gefallen? Er stoppte das Band und ließ es ein Stück zurücklaufen.

»... Robert macht es nie so ...!«

Robert!

Sollte er gemeint sein?

Er kramte in seinem Gedächtnis.

Elvira, mit der er vor einem Jahr ein Techtelmechtel gehabt hatte?

Wie sollte Eberhard die kennengelernt haben?

Oder Roswitha?

Nein, das war drei Jahre her. Wieso sollte die ausgerechnet einen Vergleich mit ihm anstellen. Der würden zwanzig andere Namen einfallen.

»Oooohhh. Aaahhh. Weiter, mach weiter.«

Roberts gewölbte Hose fiel zusammen. Die Stimme kam ihm bekannt vor, sehr vertraut.

»Ich komm, Felicia, ich komm ...«

Das konnte nicht wahr sein!

Mein Gott — es war wahr.

Roberts Faust donnerte auf den Off-Schalter und verfehlte ihn.

Das Stöhnen ging weiter.

Roberts Hand fegte den Anrufbeantworter vom Schreibtisch. Die akustische Orgie verstummte beim Aufprall auf dem abgeschliffenen Fußboden.

Stumm und starr saß Robert am Schreibtisch. Nach einer Ewigkeit stand er auf und trat ans Fenster. Die Lichter der Großstadt spotteten über ihn.

Die Haustür fiel ins Schloß.

»Warte, ich nehme dir was ab!«

Eberhard nahm Felicia zwei Plastiktüten ab, aus denen die Köpfe von Champagnerflaschen ragten.

»Neunundachtzig Stufen«, sagte Felicia.

Anna seufzte beim Anblick der Treppen.

»Das einzige, auf was ich mich freue, ist das Gesicht von Robert!«

Felicia schnaufte und lehnte sich an die Wand zum zweiten Treppenabsatz. Sie warf einen kurzen Blick durch das milchige Fenster auf den Hof.

»Ich wäre zu gerne dabeigewesen, als er das Band abgehört hat!«

Eberhard nickte und kicherte.

»Ich mußte wirklich zwischendurch höllisch aufpassen, daß ich nicht losbrüllte.«

Anna strich ihrem Freund eine Strähne aus dem Haar. »Es war zum Schießen komisch!«

Eberhard setzte die Tüten ab und massierte seine Finger. »Gut, daß man mit Robert so etwas machen kann. Der ist für jeden Spaß zu haben.«

Felicia nickte.

»Wenn man am 1. April Geburtstag hat, muß man eben mit allem rechnen!«

Die drei prusteten los. Felicia kullerten Lachtränen über die Wange.

Am Fenster rauschte eine dunkle Gestalt vorbei.

Das Gelächter im Treppenhaus vermischte sich mit einem dumpfen Aufprall.

Unter wieherndem Lachen machten sich die drei weiter an den Aufstieg.

Sabine Prochazka

Der Mörder bläst die Kerzen aus

»Meine lieben Freunde! Wir versammeln uns heute wie jedes Jahr, um ein ganz besonderes Fest zu feiern — unser Fest. Vereint rund um diese Geburtstagstorte als Symbol unserer Zusammengehörigkeit, wollen wir die Vergangenheit aus unserem Gedächtnis holen, wollen jene Ereignisse wieder heraufbeschwören, die unsere Unsterblichkeit sichern — als Herrscher über Leben und Tod!«

Feierliche Stille legt sich über den kleinen, dunklen Raum, in dem sich alljährlich drei Männer treffen, die nun in besinnlicher Stimmung um den schweren Holztisch sitzen.

Man schreibt den 2. November, die Stadt liegt unter einer dicken Schneedecke. Während draußen die Kristalle lautlos zur Erde fallen, erklären in diesem Zimmer drei Männer ihr schauriges Fest für eröffnet. Den Mittelpunkt bildet die mit rotem — man könnte sagen blutrotem — Zuckerguß überzogene Torte; rundherum liegen, fein säuberlich angeordnet, drei scharfe Messer, drei Servietten. Vier zierliche, tiefschwarze Kerzen stecken im Rot der Torte, ihre Flammen brennen ruhig und heiß, beleuchten die düstere Szene.

Carl, dem heuer die besondere Ehre zuteil wurde, nicht nur die Eröffnungsrede halten zu dürfen, sondern auch die Torte zu backen, ist ein großer, gepflegt wirkender Mann — er feiert heute seinen 41. Geburtstag. Die früh ergrauten Haare, streng gescheitelt, bedecken kaum die rosige, hohe Stirn. Stechende blaue Augen fixieren die flammenden Kerzen, während manikürte Finger einander an den Spitzen finden und Halt geben. Sein schmallippiger Mund verbirgt gleichförmige, weiße

Zahnreihen. Wenn er spricht, halten Anwesende den Atem an, seine Stimme durchdringt in ihrer Schärfe die Poren der anderen, zwingt zum Zuhören:

»Ich gebe nun das Wort an unseren jungen Freund Werner. Erzähle deine Geschichte!«

Werner, über diese Aufforderung sichtlich erfreut, erhebt sich vom Sessel. Mit den geschmeidigen Bewegungen eines jungen Panthers umrundet er seine Gesinnungsgenossen. Tief Luft holend streicht er das lange blonde Haar aus der Stirn, berührt kurz jeden der Männer mit einem Blick aus seinen hellen, grünen Augen, befeuchtet schließlich mit der Zunge seinen feminin wirkenden Schmollmund und erzählt:

»Das Mädchen — es fiel mir sofort auf, als ich bei einem mehr zufälligen Waldspaziergang einer Gruppe von Läufern begegnete. Ihr Bild brannte sich in mein Herz ... Diese Augen — Saphiren gleich funkelten sie im ebenmäßigen Madonnengesicht. Das blondgelockte Haar schmiegte sich an ihren Kopf wie ein Tuch aus purem Gold. Ich konnte meinen Blick lange nicht von diesem gazellengleichen Körper abwenden, der da über den Waldweg schwebte. Nach einer nicht enden wollenden schlaflosen Nacht raste ich wie irrsinnig durch den Wald — stundenlang, ihr Bild vor Augen, auf allen Wegen nur auf der Suche nach ihr ... Ich erkannte sie schon von weitem, wie sie — flankiert von unbekannten Wesen — lief, schwebte, flog. Mein Lächeln erwiderte sie mit einem erstaunten Blick und einem kleinen Lachen — tausend Glöckchen aus Glas ... Ich mußte sie besitzen, mußte ihr Lachen ungestört hören, ihren Blick auf meiner Haut fühlen!

Schon einen Tag später ermöglichte das Schicksal ein Rendezvous auf ›unserem‹ Waldweg. Und sie lachte nur für mich ... Bis das Messer feine, rote Linien auf ihre schöne weiße Haut zeichnete. Ich wagte mich weiter vor, und an Hals, Brust und Beinen entstanden Quellen des Blutes. Ich liebte sie ... Ihren herrlichen Körper bettete ich auf weiches Moos, das bereitwillig letztes Blut aufsog, buntes Herbstlaub gab ich ihr zum Schutz gegen den Regen. Niemand wird sie je finden — sie gehört für immer mir!«

Werner löscht die erste Kerze, stürzt sich sofort über seinen Anteil an der lockenden, roten Torte und beginnt, ihn gierig zu verschlingen.

Wie ein Messer schneidet Carls Stimme nun wieder in die Stille: »Jetzt du, lieber Friedrich, erzähle!«

Der Angesprochene ist ein ältlicher, kleiner Mann mit dem typischen Aussehen des Einzelgängers. Das struppige, schwarze Haar steht wirr am Kopf, dunkle Augenbrauen überschatten, ihm eine finstere Note gebend, das Gesicht. Den rundlichen Bauch verhüllt ein auffallend kariertes Hemd, die braune Hose spannt sich um dickliche Beine. Dunkle Augen beginnen zu leuchten, während er spricht:

»Meine Leidenschaft gehört, wie ihr wißt, allein dem Geld. Blitzblanke Münzen, zart duftende Scheine — in ihrer Gesellschaft fühle ich mich wohl. Deshalb besuchte ich regelmäßig meine alte Tante Trude. Wäschekästen, Kaffeedosen, Glasvitrinen — ich kannte all ihre Geldverstecke, konnte die Kostbarkeiten förmlich spüren und genoß es in vollen Zügen; die Anwesenheit meiner alten Tante umso weniger: Sie servierte schal schmeckenden Tee, vertrocknete Kekse. Langsam humpelnd bewegte sie sich in ihrem blümchenübersäten, volantgeschmückten Kleidchen durch das penibel aufgeräumte Biedermeierwohnzimmer. Große Perlen steckten in ausgezehrten Ohrläppchen, irgendwo zwischen den Falten an ihrem Hals machte es sich eine dreireihige Perlenkette bequem und am altersgefleckten, dürren Handgelenk baumelte ein Perlenarmband.

Reden war Tantchens Lieblingsbeschäftigung. Klatsch und Tratsch aus der Nachbarschaft und den Königshäusern der ganzen Welt — die Worte sprudelten nur so zwischen den dünnen, blutleeren Lippen hervor.

Eine starke, feste Schnur legte ich Tante Trude um den alten, faltigen Hals. Willig gesellte sie sich zur dreireihigen Perlenkette, und willig ließ sie an sich zerren, bis der Widerstand es nicht weiter zuließ. Tante Trude war plötzlich still geworden — nur die blümchenübersäten Volants tanzten, und das Perlenarmband spielte verrückt, weil die dazugehörenden Arme nun wild durch die Luft ruderten. Nachdem die Tante mitsamt ihren Armen ganz ruhig geworden war, konnte ich mich endlich ungestört meinen Lieblingen widmen. Ich holte sie aus all den dunklen Verstecken hervor, zeigte ihnen unter zahllosen Liebkosungen das Tageslicht. Seither hege und pflege, behüte und beschütze ich mein geliebtes Geld, Tag für Tag, Nacht für Nacht!«

Friedrich löscht nun das zweite Kerzenlicht — gleich jenem Lebenslicht, das er vor langer Zeit ausgelöscht hatte. Mit Genuß macht er sich über sein Stück Torte her.

Unterdessen hat Werner widernatürlich zu schielen begonnen — er scheint gegen unerklärliche Sehkrämpfe ankämpfen zu müssen. Nur mit Mühe kann er sich auf Carl konzentrieren, der nun seine markante Stimme erhebt, um die Schlußansprache auf diesem ungewöhnlichen Fest zu halten:

»Meine lieben Freunde! Ihr habt das Leben von Menschen ausgelöscht, teils aus Liebe zu einer Frau, teils aus Liebe zum Geld. Nach unseren zahlreichen, interessanten Zusammenkünften kennt ihr mich gut genug, um zu wissen, daß mein Motiv einzig und allein die Lust am Töten ist. Das Wissen darum, daß die Entscheidung über Leben und Tod ausschließlich in meinen Händen liegt, erfüllt mich mit Macht, Euphorie und ungeheurem Selbstbewußtsein.

Ich verwendete, ihr wißt es ja, prinzipiell Zyankali als Mittel zum Zweck. Mit kleinen Dosen begann ich, mein jeweiliges Vorhaben in die Tat umzusetzen, steigerte die Menge kontinuierlich, bis das Gift seine Aufgabe erfüllte. Währenddessen verweilte ich an einem einsamen Ort, um mich gedanklich ganz jenen Kreaturen widmen zu können, die sich derweil in todbringenden Krämpfen winden mußten. Der Gedanke daran faszinierte und erregte mich zugleich.«

Zu Werners Sehstörungen scheinen sich nun auch Schluckkrämpfe zu gesellen, ja, sein ganzer Körper beginnt zu zucken. Allmählich greift das sonderbare Verhalten auch auf Friedrich über. Stechende blaue Augen überwachen durchdringend das Geschehen, während Carl emotionslos weiterspricht.

»Zahlreiche Erfahrungen konnte ich auf diesem meinem Spezialgebiet sammeln, doch fehlt mir noch jenes Ereignis, dessen Stattfinden die Erfüllung meines Geburtstagswunsches bedeuten würde: Ich möchte nicht mehr von der Vorstellung allein leben müssen, sondern ich will sehen, wie die Krämpfe einsetzen, wie sie vom menschlichen Körper Besitz ergreifen und ihm schließlich den Lebensfunken rauben. Liebe Freunde, ich danke euch für die rege Teilnahme an diesem großen Fest!«

Doch die beiden können Carl nicht mehr hören. Von schrecklichen Krämpfen geschüttelt, erlöscht schließlich ihr Lebenslicht.

Und der Mörder bläst die Kerzen aus.

Barbara Büchner

Auf denn zum Feste ...

Langsam, ganz langsam zog Pia die Injektionsnadel aus dem Korken der Sektflasche. Der Inhalt wirkte völlig unverändert, als sie die Flasche ans Licht hob und prüfend betrachtete — nicht die Spur einer verdächtigen Trübung oder Verfärbung. Das Zeug sah aus wie Sekt, roch wie Sekt und schmeckte wie Sekt. Was es tatsächlich war, würde Bernhard erst bemerken, wenn ihn urplötzlich die Lähmung befiel, die (laut Gebrauchsanweisung) kurz vor Eintritt des Todes erfolgte.

Es war, mußte Pia zugeben, keine sehr neue und originelle Methode, jemanden vom Leben zum Tode zu befördern. Inspektor Columbo hätte den Fall im Handumdrehen gelöst. Aber erstens war es Bernhard nicht wert, daß man sich seinetwegen einer neuen und originellen Mordmethode bediente, und zweitens übernahm kein Columbo den Fall, sondern irgendein überarbeiteter Notarzt, der etwas von Managerkrankheit und lustigem Leben vor sich hinbrummeln würde. So, wie Bernhard jetzt aussah, war ein Herzschlag jedenfalls eine bei weitem näher liegende Diagnose als ein Giftmord. Er war in letzter Zeit ziemlich fett geworden, und seine Wangen hatten einen ungesund violetten Stich.

Pia seufzte lautlos, während sie den Sekt in Geschenkpapier wickelte. Es hatte eine Zeit gegeben — und sie lag noch gar nicht so lange zurück — da war Bernhard ein Traummann gewesen. Ein richtiger Traummann mit sonnengebräunter Haut, blitzenden Zähnen, die er beständig in knabenhaftem Lächeln entblößte, einer widerspenstigen braunen Haartolle über der Stirn und lustigen braunen Augen; ein fröhlicher großer Junge, der wie

Peter Pan durchs Leben tollte. Eigentlich, dachte Pia jetzt, hätte es ihr damals schon zu denken geben sollen, daß ein angeblich so unglücklich verheirateter Mann so blendend aussah. Nur zu bald hatte sie nämlich herausgefunden, wie man aussieht, wenn man tatsächlich unglücklich ist: Sie hatte nur in den Spiegel blicken müssen, um zu sehen, welche harten Linien der Kummer um die Mundwinkel meißelt, wie geschwollen die Tränensäcke nach einer durchweinten Nacht sind und wie stumpf und tot die Haut der Verlassenen wird.

Sie hatte es herausgefunden, nachdem Bernhard sie gegen Stella ausgetauscht hatte, wie er zuerst Alice gegen Pia ausgetauscht hatte. Wen er gegen Alice ausgetauscht hatte, hatte sie nie erfahren, aber sicher war da irgendjemand gewesen ... irgendeine, die geweint hatte, bevor Alice weinte, bevor Pia weinte. Es war nur eine Frage der Zeit, bis auch Stella weinte.

Pia spürte, wie ihre Finger sich in das steife Geschenkpapier gruben. Das Papier war schwarz, mit silbernen Dreiecken darauf. Es raschelte wie das Laub von Friedhofsbäumen.

Stella mußte einfach weinen. Tränen waren ihr Schicksal, wie sie das Schicksal jeder Frau waren, die mit Bernhard in Berührung kam, von seiner Mutter angefangen, die Tränen des Schmerzes vergossen hatte, als er sich grob und unverschämt, Ellbogentechniken anwendend, aus ihrem Schoß gezwängt hatte. Stella würde weinen, entweder, weil Bernhard auch ihr eine Neue vor die Nase setzte, oder — noch besser — bei seiner Beerdigung. Stella in ein schwarzes Spitzentüchlein schluchzend, Bernhard in einem schwarzen Sarg, auf weißem Damast, von Kränzen und Kerzen umrahmt.

Der jugendliche Held stirbt, in der Hauptrolle: Bernhard Pamatzke.

Pia kicherte wie ein Schulmädchen.

Dann nahm sie sich zusammen, glitt mühelos in die Rolle der gereiften Vierzigjährigen, der Akademikerin, der Frau Doktor, nicht mehr die Jüngste, aber immer noch gut aussehend, sehr gepflegt, eine Frau von Format. Immer noch eine Sünde wert, dabei gescheit wie ein Mann, zwei, drei wissenschaftliche Bücher mit ihrem Namen stehen in düster aussehenden Buchhandlungen im Universitätsviertel, eine feine Frau, eine dumme Gans, läßt sich abservieren wie ein Stubenmädchen im Grand Hotel, dem man nach einer heißen Nacht abschiednehmend die Bäckchen kneift, das eine im Gesicht, das andere unterm glänzend schwarzen Rock. Leb wohl, mein Schatz, leb wohl.

Sie winkte ein Taxi herbei, gab die Adresse von Bernhards Wohnung an. Mit geschlossenen Augen saß sie im Fond, in Gedanken versunken. Nicht, daß sie ihre Entscheidung noch einmal überdacht hätte. Da gab es nichts mehr zu bedenken. Bernhard war in dem Augenblick ein toter Mann gewesen, in dem er sie und Stella gemeinsam zu seiner Geburtstagsfeier eingeladen hatte.

»Und Alice? Hast du die etwa auch eingeladen?« hatte sie gefragt, mit einem Gefühl in der Brust, als bohrte sich ein langer spitzer Eiszapfen von hinten durch Rippen und Herz.

»Wieso Alice?« hatte er überrascht gefragt.

Natürlich wäre er niemals auf den Gedanken gekommen, Alice einzuladen. Sie war, was Bernhards Gefühle anging, tot und begraben. Was von ihr geblieben war, waren die paar teuren Geschenke, die sie ihm gemacht und die er nach der Trennung nicht wieder zurückgegeben hatte, und ein paar Anekdötchen, die er erzählte, wenn er in witziger Stimmung war und seine jeweils Neueste damit unterhielt, daß er die Neuen vor ihr zu Clowns stempelte. Alice war ja zuweilen so köstlich naiv gewesen, so unbedarft! Und wie hatte er sich damals in Nizza amüsiert, als sie sich diesen Badeanzug gekauft hatte, der ihren schon etwas schlaffen Hintern unbarmherzig zu Wülsten zurechtpreßte! Praktisch jeder auf der Strandpromenade hatte gelacht, als sie vorbeiging wie ein in grünem Satin verpackter Pudding, Alice, die nicht mehr ganz Junge, der Wabbelpopo, ein peinlicher Anblick an der Seite des jugendlichen Bernhard. Und damals in Berlin! Und in Hamburg! Bernhards Neue krümmten sich vor Lachen.

Pia war überzeugt, daß zu den Alice-Anekdoten inzwischen ein ganzes Sortiment von Pia-Anekdoten gekommen war.

Bernhard hatte herzlich gelacht, dieses tiefkehlige, männliche Lachen, das ihr jedesmal dreißig Lebensjahre samt der dazugehörigen Würde und Erfahrung raubte und sie in ein linkisches Schulmädchen verwandelte, das beleidigt schniefend von einem Fuß auf den anderen trampelt, weil seine Erzfeindin zur selben Schulschluß-party eingeladen wird.

»Nun sag bloß, du bist altmodisch, Pia-mein-Schatz.«

»Hast du sonst noch jemand eingeladen?«

»Nur dich und Stella«, hatte er mürrisch geantwortet.

»Ich kann es nicht erwarten, einen Abend mit Stella zu verbringen.«

Er klang ungeduldig, als redete er mit einem albernen Kind. »Was hast du eigentlich gegen Stella? Hat sie dir irgendwas getan?«

Pia war prompt in die Falle gegangen. »Sie hat dich mir weggenommen«, stieß sie mit vor Wut rauher Stimme hervor. Der letzte Abend ihrer Beziehung fiel ihr ein, wie immer, wenn Stellas Name genannt wurde, dieser feuchtkalte, sternlose, nach Lungenentzündung riechende Abend, an dem ein schmierig-verständnisinnig blinzelnder Taxifahrer sie heimgefahren hatte, während Bernhard und Stella noch händchenhaltend in der Boudoirbeleuchtung der Bar saßen. Sie hatten ihr nachgeblickt, hatten gesehen, wie Pia, hölzern vor Wut und Jammer, auf ihren hohen Stöckelschuhen davongestolpert war ... Stella mit einem kleinen milden Siegeslächeln, Bernhard mit dem gelangweilten Blick dessen, der zu viele Siege gefeiert hat, um sie noch zu belächeln.

Hänsel und Gretel verjagen die Hexe, in der Hauptrolle: Bernhard Pamatzke.

»Pia, ich bitte dich, benimm dich wie eine erwachsene Frau«, hatte Bernhard gesagt. Und sie hatte ihm gehorcht, war rasch herangewachsen, hatte sich hastig aus der schniefenden, wutschnaubenden Zwölfjährigen in die vernünftige Vierzigjährige verwandelt und die dunklen Jalousien vor den Fenstern ihrer Seele herabgelassen, um niemand Einblick zu gewähren in das Krankenzimmer dahinter. Sie hatte Bernhard angelächelt, hatte gesagt: »Ich kann das Leben nehmen, wie es kommt«, war fortgegangen und hatte alles Nötige besorgt, den Sekt, das bunte Grußkärtchen mit der Aufschrift ALLES GUTE ZUM GEBURTSTAG, das Geschenkpapier und das Gift. Keine Kunst, wenn man eine Frau Doktor war.

Es würde auch keine Schwierigkeiten mit dem Verabreichen geben. Sie selbst trank nicht. Jedermann wußte das. Man stellte ihr automatisch ein Glas Orangensaft hin, wenn sie bei offiziellen Anlässen auftauchte. Bernhard dagegen trank gerne. So gerne, daß er inzwischen nur noch bei sehr schummriger Beleuchtung wie ein fröhlicher großer Junge aussah. Einen Augenblick lang sann sie zerstreut darüber nach, ob Stella eigentlich Alkohol trank. Falls ja — nun, Pia würde ihr nicht in den Arm fallen, würde ihr nicht aufschreiend das vergiftete Glas aus der Hand schlagen. Mitgefangen, mitgehangen. Dann fiel natürlich die Friedhofsszene flach, auf die Pia sich bereits freute — Stella mit schwarzem Spitzentüchlein, Witwenschleier, roten Augen, verhärmten Mundwinkeln. Dafür Stella im schwarzen Sarg, auf weißem Damast, von Kränzen und Kerzen umrahmt. Auch nicht übel.

Sie kicherte so laut, daß der Taxifahrer sich halb umwandte und ihr einen Blick zuwarf.

Sie fuhr mit dem Lift zu Bernhards Dachwohnung hinauf, holte tief Luft, formte ihr Gesicht zu einer starren

Maske. Lächelnd wie ein chinesischer Götze drückte sie den Finger auf die Türklingel, nahm Bernhards Hallo-Pia-mein-Schatz-Küßchen auf porzellanener Wange entgegen.

»Hallo, Stella.«

»Hallo, Pia.«

Ein zweiter chinesischer Götze lächelte sie an. Auch Stellas Gesicht war zur porzellanenen Maske erstarrt. Sie verneigten sich voreinander wie Karatekämpfer vor dem Angriff.

»Ich hab was mitgebracht für die Party.«

»Ich auch.«

Pia stellte die Sektflasche auf den Tisch. Stella legte ein kompliziertes Gebilde aus Seidenpapier und Schleifchen daneben. Sie öffnete die kunstvolle Verpackung, enthüllte eine Geburtstagstorte, Marzipan mit schneeweißer Zuckerglasur. Klein, köstlich, in einem Bettchen aus spitzenverzierter weißer Pappe, mit dem goldenen Stempel einer der teuersten Konditoreien in der Stadt.

»Ich darf ja nicht, aber ich dachte, du und Bernhard —«

Pia leckte sich über die Lippen. Sie hatte eine Schwäche für Näschereien. Bernhard auch. In der Konditorei, deren goldener Stempel auf der Verpackung prangte, waren sie öfters gemeinsam zu Gast gewesen, hatten im Garten gesessen, Kaffee mit Sahnehäubchen in zierlichen Täßchen, teure Leckerbissen, mit weißem Zuckerguß glasiert, glatt wie Marmor ...

Sie starrte die Torte an.

Diese hier war nicht glatt wie Marmor. Da war eine winzige Erhebung, ein unregelmäßiges Tröpfchen, ein kaum sichtbares Deckelchen aus Zuckerplättchen über einem Loch, durch das die Spitze einer Injektionsnadel ins Innere des Kuchens gedrungen war. Sie hob langsam den Kopf und blickte Stella an.

Und plötzlich sah sie es ganz deutlich — welche harten Linien der Kummer um Stellas Mundwinkel meißelte, wie geschwollen die Tränensäcke nach einer durchweinten Nacht waren, wie stumpf und tot die Haut der Verlassenen wirkte.

Pia begriff schlagartig. Begriff, daß die blutleere Stelle in Bernhards Innerem, die er sein Herz nannte, bereits wieder von jemand anderem besetzt war. Seine Zuneigung zu Stella hing nur noch an einem Zipfelchen, an einem Fädchen, das er unbarmherzig abreißen würde, sobald er der neuen Eroberung sicher sein konnte. Leb wohl, mein Schatz, leb wohl.

Die beiden Frauen starrten einander an, und jede fand ihre eigenen Erinnerungen in den Augen der anderen gespiegelt: Die schwarzen Nächte, in denen kein Bernhard an ihrer Seite lag; die Giftpfeile hämischer Kritik, die in ihre Flanken drangen und das nahende Ende signalisierten; die aus Wut und Qual gemischten Tränen, die Bernhard nicht sah und nicht beachtet hätte, hätte er sie gesehen. Sie trafen einander im Niemandsland der Verlassenen, auf der weiten schwarzen Ebene unter dem Himmel, der wie ein Bleidach auf dieser Höllenwelt lastet, beide noch mit den blauen Flecken, wo er sie abschiednehmend ins Bäckchen gekniffen hatte, beide noch mit dem wie Säure brennenden Leb-wohl-mein-Schatz-leb-wohl-Küßchen auf der tränennassen Wange ... und dort auf dieser finsteren Ebene schüttelten sie einander die Hand.

Einen Augenblick lang nur, aber lang genug, um die gemeinsame Unterschrift unter Bernhards Todesurteil zu setzen.

»Wirklich schade, daß ich gerade Diät halte«, sagte Pia mit ihrem süßesten Lächeln. »Ich liebe Marzipantorte. Aber ich fürchte, heute werde ich darauf verzichten müssen.«

»Ich muß mich auch einschränken«, sagte Stella und gab das Lächeln zurück wie ein Spiegel. »Ich fürchte, heute wird es nichts mit dem Sekt. Ich bleibe beim Mineralwasser.«

Bernhard kehrte aus der Küche zurück, den Eiskübel

für den Sekt in der Hand und sein strahlendes Dumme-Jungen-Lächeln auf dem Gesicht. »Nun, wie geht's meinen Mädels?« fragte er. »Vertragt ihr euch auch schön? Auf denn zum Feste — das Essen ist fertig.«

Sie setzten sich an den geschmückten Geburtstagstisch, Pia links von Bernhard (schließlich war sie die seit längerem Abservierte), Stella rechts von ihm (weil sie noch nicht gänzlich abserviert war). Sie aßen und tranken und machten artig Konversation und warteten auf den Augenblick, der alles entscheiden mußte. Schließlich war es ja gut möglich, daß Bernhard gerade Gastritis hatte oder ebenfalls Diät hielt oder den Anonymen Alkoholikern beigetreten war. Aber nichts dergleichen war geschehen. Bernhard aß ein großes Stück Torte und trank ein großes Glas Sekt.

Pia sah ihm zu, wie er sich die Krümel von den feuchten Lippen wischte, und fragte sich, wie lange es wohl dauern würde, bis Stellas Gift wirkte. Schneller als ihr eigenes? Oder langsamer? Und welche Symptome würde es hervorrufen? Dieselben wie das ihre? Vielleicht wirkten die beiden Gifte gegeneinander und hoben sich auf? Vielleicht sprang Bernhard die Marzipantorte aus dem Mund wie dem Schneewittchen der vergiftete Apfel, und er kehrte ins Leben zurück?

Schneewittchen wird von seiner bösen Stiefmutter vergiftet, in der Hauptrolle: Bernhard Pamatzke.

Sie kicherte in die hohle Hand.

Es war ein unvorsichtiges Kichern, und hätte Bernhard es beachtet und sich gefragt, was da im Busch war, hätte sie Ärger bekommen, aber in diesem Augenblick läutete es draußen an der Türe, und Bernhard ging hinaus.

Die beiden Frauen blickten einander wortlos an.

Pia fühlte, daß sie beinahe barst vor Fragen. Zum erstenmal, seit Stella in ihr Leben eingebrochen war, hatte sie das Bedürfnis, mit ihr zu reden, sie zu fragen — Welches Gift hast du verwendet? Wo hast du es gekauft?

Wann kam dir das erste Mal der Gedanke, ihn umzubringen? Als er dich und mich gemeinsam zu seiner Geburtstagsfeier einlud? Oder als er dir mitteilte, daß er eine andere gefunden hat, daß er dich nur noch als billige Bequemlichkeit fürs Bett behält, bis er die andere auf Nummer Sicher hat, Spatz in der Hand und Taube auf dem Dach? Als du bemerkt hast, daß du gebückt dastehst und ihm die Kehrseite zuwendest und auf den Tritt wartest, der dich ins Land der Verlassenen befördern wird, auf die schwarze Ebene unter dem Bleihimmel? Wann hast du dich entschlossen, es zu tun? Vielleicht an dem selben Abend, an dem ich das Fläschchen Gift besorgte und im Delikatessenladen den Sekt kaufte?

Bernhard kehrte strahlend zurück, einen großen gelben Karton in der Hand. Eine gelbe Schleife prangte darauf und ein Kärtchen, auf dem sieben fröhliche Zwerge ein Spruchband mit den Worten ALLES GUTE ZUM GEBURTSTAG hochhielten. Alice hatte immer schon einen reichlich primitiven Geschmack gehabt.

»Na, was sagt ihr?« Er stellte den Karton auf den Tisch. »Da hat sie doch tatsächlich an mich gedacht, meine Gute. Mal sehen, was sie mir da schickt! Soll ich's gleich auspacken, was meint ihr?«

Pia war einen Augenblick lang zu weit fort in Gedanken, um gleich zu antworten. Sie hatte Alice nur einmal gesehen — eine unscheinbare Frau mit harten Kerben um die Mundwinkel, wie der Kummer sie einmeißelt, von durchweinten Nächten geschwollenen Tränensäcken und stumpfer, toter Haut. Alice war die Vergessene von Bernhards Frauen gewesen, die eine, die sich nicht mehr am Wettkampf beteiligte, die erschöpft und zerstört in einem Winkel hockte und zusah, wie die anderen sich abhetzten. Alice war abgehakt, eine tote Nummer, eine Null. Jetzt hatte sie sich selbst zum Feste geladen. Das heißt, sie hatte als ihren Stellvertreter diesen großen gelben Karton geschickt, diesen Boten, der Bernhard ihre

Grüße überbrachte. Stella stand plötzlich auf. »Eine Sekunde noch, Schatz«, sagte sie. »Ich möchte mir nur rasch die Hände waschen, dann können wir gemeinsam dein Geschenk aufmachen. Augenblickchen!« Sie küßte ihn lächelnd auf die Wange und eilte hinaus.

Pia starrte ihr nach. Und dann sprang sie ebenfalls auf.

»... schnell mal Nase pudern«, murmelte sie und lief ins Vorzimmer.

Stella war schon an der Wohnungstür.

Keine von beiden sprach. Lautlos schlüpften sie hinaus, in die kühle abendliche Stille des Treppenhauses, in dem nur da und dort ein Lämpchen brannte. Seite an Seite rannten sie die Treppe hinunter, viele Stockwerke weit, schoben sich durch die Drehtür auf die Straße hinaus. Stella keuchte vor Anstrengung. Pia preßte die Hand auf die schmerzende Brust.

»Hast du ...« stieß sie hervor.

»Weißt du ...« keuchte Stella im selben Augenblick.

Keine von beiden beendete den Satz.

Ein dumpfer Laut übertönte den Lärm des abendlichen Verkehrs, ein Laut, als schlage jemand mit einer zusammengefalteten Zeitung scharf auf den Tisch, und dann wurde hoch über ihnen ein Fenster nach außen gepreßt, entfaltete sich berstend wie eine riesige gläserne Blume, während eine orangerote Stichflamme in den Nachthimmel schoß.

Alices Geschenk hatte seinen Empfänger erreicht.

ABS

Der Kindergeburtstag

Sie lehnten am Zaun und grölten zotige Bemerkungen, deren Pointen sie allenfalls zur Hälfte verstanden, über die leere, nebelverhangene Straße. Im Nachbargarten knutschten hinter dem kahlen Forsythienstrauch zwei Pärchen; in kurzen Abständen riefen sich die beiden Jungen Erfolgsmeldungen zu, von den beteiligten Mädchen mit hektischem Gekicher kommentiert. Synthesizermusik, untermalt von den Kastratenstimmen eines Pop-Duos, dröhnte aus der geöffneten Haustür. In der von einer Plastikplane verhüllten Hollywoodschaukel saß ein einsamer Trinker und hatte Schluckauf.

Gegen vier Uhr nachmittags war die vierzehnköpfige Gesellschaft über Apfelkuchen und Schwarzwälder Kirschtorte hergefallen, hatte den Kaffee aus mitgebrachten Taschenflaschen immer wieder mit Aldi-Weinbrand aufgewertet und in der drängenden Enge des kleinen Wohnzimmers über Mofas gefachsimpelt, Karten gespielt und Platten gehört. Als später der Spielmannszug im Vorgarten Aufstellung nahm und zu Ehren des Geburtstagskindes deutsches Liedgut und Schlager im Marschrhythmus zum besten gab, konnten sie der Gratulationskundgebung noch in relativ guter Haltung beiwohnen. Die Musikanten wurden von den Eltern, die sich anschließend wieder in die Küche zurückzogen, mit Rum-Grog bewirtet, und die Mädchen hatten noch kreischend protestiert, wenn sie in den prallen Hintern gekniffen wurden.

Zur Sportschauzeit gab der Vater seinem Sohn den Schlüssel zur Garage, in der das Bier stand, und jagte die ganze Truppe in den Garten. Und dort standen sie nun in der feuchten Novemberkälte, soffen Bier, bestätigten sich gegenseitig, daß es eine geile Feier sei, und schmissen die leeren Flaschen in den Nachbargarten. Die Mädchen tranken Curaçao Blue aus der Flasche, froren und tanzten ungelenk und freudlos auf dem nassen Rasen, bis einer der Jungen Zeit fand, die Willigste unter ihnen gründlich aufzumischen.

Als die Jungen begannen, die leeren Bierflaschen über die Straße zu kicken, so daß sie laut klirrend am Kantstein zerschellten, ging im gegenüberliegenden Haus die Gartenbeleuchtung an, und ein Mann in Hausschuhen und Wolljacke erschien an der Haustür.

»Wollte ihr wohl zum Donnerwetter nicht solchen verdammten Krach machen, ihr Rotzbengels«, ereiferte er sich und trat mit krummen, kurzen Beinen einige Schritte vor.

»Ab in die Kiste, Opa«, kam es erwartungsgemäß vielstimmig zurück, und der Mutigste aus der Bande schlurfte leicht schwankend quer über die Fahrbahn auf den Mann zu.

»In ein Erziehungslager gehört ihr, alle«, schimpfte der Mann und trat schützend neben seinen Opel, der in der Garagenauffahrt geparkt war.

»Der Alte will frech werden«, rief jemand, und der Junge, der sonst im Spielmannszug den Schellenbaum trug, ging zögernd weiter voran.

»Laß das doch, das hat doch keinen Zweck«, mischte sich die Frau ein, die jetzt ebenfalls in der offenen Haustür erschienen war, und eines der Mädchen aus der Gruppe gellte: »Rüdiger, hör auf mit dem Scheiß!«

Die beiden Kontrahenten fühlten sich durch die weiblichen Mahnungen in gleicher Weise angestachelt und schritten langsam aufeinander zu, breitbeinig, Arme angewinkelt, den Kopf vorgeschoben, der Jüngere grinsend, der Ältere tiefernst mit zusammengezogenen Augenbrauen.

Als der Mann ausholte, hob der Junge schützend seine Arme und zog den Kopf zwischen die Schultern. Die Geste stoppte den Schlag. Der Mann packte statt dessen die Schultern des Jungen und schüttelte ihn kräftig. Der grinsende Ausdruck in dem Kindergesicht zerfloß, die Züge verzerrten sich, und als der Mann den Jungen wieder losließ, stolperte dieser einige Schritte vorwärts und erbrach sich über die Kofferraumklappe des Autos.

Einen Augenblick stand der Mann starr vor Entsetzen und sah ungläubig auf das Erbrochene, das langsam über den Lack und das Nummernschild abfloß, während der Junge immer noch krampfhaft würgte und galligen Saft spuckte.

»Rüdiger kotzt«, stellte ein Mädchen überflüssigerweise fest und gab damit das Stichwort.

»Klasse, kotz ihm die Karre voll«, kamen die Anfeuerungsrufe der anderen.

Der Mann erwachte aus seinem Schrecken. »Du Saulümmel, das machst du alles wieder weg«, schrie er und versetzte dem Jungen eine Ohrfeige.

»Der schlägt Rüdiger«, keifte das Mädchen hysterisch, das es sich offenbar zur Aufgabe gemacht hatte, den Fortgang des Geschehens zu kommentieren. Der Junge, dem bei dem Schlag die Tränen in die Augen geschossen waren, erfaßte mit umnebelten Verstand undeutlich die Würdelosigkeit seiner Situation, und mit der ganzen unbewußten Kraft seiner dreizehn Jahre schlug er zurück.

Der Mann taumelte und fiel — Blut am Mund — rückwärts in die Rhododendronbüsche. Der Schlag hatte seine Lippe gespalten und die Zahnprothese zerbrochen. Er fühlte die losen Stücke im Mund und dachte, es seien seine Kieferknochen. »Helga«, keuchte er, »hol die Polizei«, und betastete sein Gesicht.

Der Junge sah das Blut und war zugleich erschrocken und unangenehm überrascht von der Wirkung seines Faustschlages. Zögernd trat er an den Liegenden heran, um seinen Erfolg zu bewundern.

»Sauber«, sagte jemand neben ihm anerkennend, »du hast 'n Mordswumm!«

Der Junge war zufrieden und wollte sich abwenden, als der Mann im Liegen ausholte und ihm kraftlos ans Schienbein trat. Der Junge stieß — eher beiläufig — zurück und traf den Mann genau zwischen die Beine. Sein Opfer gab ein gurgelndes Geräusch von sich. Der Schließmuskel erschlaffte reflexartig, und der Mann entleerte seinen Darminhalt.

»Mach ihn alle, den stinkenden Wichser«, brüllte einer der Zuschauer, aber der Junge nahm weder ihn noch die Frau wahr, die ihn von hinten umklammern wollte. Eine neue Welle der Übelkeit überflutete ihn. Er wischte sich mit dem Handrücken Reste des Erbrochenen, vermischt mit Tränen, vom Gesicht und trat wieder zu, immer wieder, zuerst in die Hoden, dann in die Seite des ohnmächtigen Mannes, der unter den Fußtritten wie ein Sack schwerfällig hin- und herrollte. Der Junge hörte nicht die sirenenartigen Schreie der Frau, bemerkte nicht, daß längst keine Anfeuerungsrufe mehr aus der Gruppe seiner Freunde kamen, daß der Mann am Boden kein Gegner mehr war. Das angenehm schwere Gefühl, das sich mit dem ersten Tritt in seinem Unterleib ausgebreitet hatte, wuchs, kroch ihm bis in den Hals und explodierte in einem letzten Stoß gegen den Schädel des längst besiegten Kontrahenten. Und in dem Augenblick, als der Mann starb, sehnte sich das Kind intensiv nach seinem warmen Bett.

Am selben Tag zur selben Stunde

Wolfram Crüssow zögerte nicht, seit er Werksleiter war, die Dienste Vanessas in Anspruch zu nehmen, wenn eine Sache zu entscheiden war und seine Mitarbeiter ihm mit all ihrer Wissenschaft nur absolut gleichwertige Alternativen anbieten konnten.

Er war nicht nur studierter Betriebswirt, was für sich allein nur wenig heißen mochte, sondern auch ein intelligenter, aufgeklärter Mensch, der die 'ganze Wahrsagerei' für totalen Schwachsinn hielt. Und dennoch ging er immer wieder zu Vanessa, die in Berlin als Shooting-Star der Branche galt. Warum das so war, ließ sich ganz einfach erklären, denn trotz aller Erfolge litt er unter einer Schwäche, die für einen hochkarätigen Manager besonders schmerzlich war, unter Entscheidungsschwäche nämlich.

Grund dafür war seine Neigung, alles Einfache so kompliziert zu machen, wie es schlimmer nicht mehr ging. Fragte ihn zum Beispiel ein harmloser Tourist am Kurfürstendamm, wie er am besten zum Flughafen Tempelhof käme, so hätte die Antwort kurz und klar lauten müssen: 'Mit dem Bus 119 direkt vor die Tür.' Anders aber Crüssows Antwort. »Sie können den 119er Bus nehmen, aber schöner ist es, wenn Sie auch mal die S-Bahn ausprobieren. Vom Zoo aus mit der S3, S5, S6 oder S9 bis Friedrichstraße und dann hinunter zur U-Bahn und mit der Linie 6 bis zur Station Platz der Luftbrücke, früher einmal Flughafen und noch davor ganz einfach Kreuzberg. Weil der Kreuzberg dort liegt. Wenn Sie aber nur mit der U-Bahn fahren wollen, so empfehle ich Ihnen die Linie 3 bis Wittenbergplatz, dann umsteigen in die Linie 1, bis Hallesches Tor und abermaliges Umsteigen. Sie gehen nach unten und fahren mit der Linie 6 bis zum Airport. Wenn Sie aber ganz viel Zeit haben, steigen Sie am besten an der Tiergartenschleuse in einen Dampfer und fahren bis zum Halleschen Tor. Dort dann wieder die Linie 6. Welche Möglichkeit Sie präferieren, hängt ganz von Ihren Vorlieben ab. Die Linie 1 ist nicht schlecht, weil Sie da das multikulturelle Berlin kennenlernen können und auch an das weltberühmte Musical gleichen Namens erinnert werden. Sie dürfen aber keine Höhenangst haben, sonst hält sich der Spaß in einer Hochbahn in Grenzen. Für die S-Bahn dagegen spricht, daß Sie auf dem Bahnhof Friedrichstraße an die deutsche Teilung erinnert werden, denn hier war ja der meistfrequentierte Grenzübergang, sozusagen aber auch eine Westberliner Exklave in der DDR ...« Spätestens an dieser Stelle hätte der unglückliche Tourist das Weite gesucht, und Crüssow wieder einmal gemerkt, wie dringend er einer Kraft bedurfte, die ihn das Wesentliche erkennen ließ.

So saß er, als es um die Frage ging, ob die EURO-MAG die ORA-Stahl in Oranienburg von der Treuhand kaufen sollte oder nicht, und x äquivalente Möglichkeiten zu bedenken waren, natürlich wieder bei Vanessa.

Ihr blutrot und schwarz tapeziertes Arbeitszimmer war eine Mischung aus Zigeunerwagen und modernem Büro. So stand der Apple-Computer, auf dem sie mit Hilfe des SESAM-Programms Horoskope ausarbeiten konnte, vor einer kabbalistisch-astrologischen Grafik (Robert Fludds 'Weltseele' aus dem Jahre 1617) und die klassische Glaskugel war auf einem postmodern durchgestylten Radiorecorder plaziert, aus dem Hans-Joachim Behrendts sphärische 'Shiva-Shakti-Klänge' strömten.

Vanessa nickte, als er ihr vom Für und Wider des Kaufs berichtet hatte und, daß er nicht wisse, was das Optimale sei. »Typisch Steinbock, daß er nie handelt, ohne vorher genau überlegt zu haben. Geistige Reife bedeutet für ihn, impulsive Regungen sofort nach ihrem Auftauchen überprüfen zu müssen. Oft ist er verzweifelt, weil ihm Kleinigkeiten über den Kopf zu wachsen scheinen.«

»Die ORA-Stahl ist keine Kleinigkeit, da geht es um Millionen.«

»Natürlich ...« Vanessa machte sich an die Arbeit. Daß sich Crüssow für einen Erwerb des Oranienburger Werkes stark machen sollte, hatte sie anhand ihrer Tierkreiszeichen, ihrer Aspekte der Planeten und ihrer Aszendenten-Zeichen schnell herausgefunden, etwas anderes aber schien ihr große Sorgen zu bereiten. »Ihr Geburtsdatum, Herr Crüssow ...«

»Wieso, was ist damit?«

Mit dem 10.1.1957 als Geburtsdatum stimme irgend etwas nicht. Vanessa schloß die Augen. »Wann war die Stunde Ihrer Geburt ...?«

»Kurz vor 20 Uhr.«

Vanessa blätterte in ihren Tabellen. »Das ist fatal ...«

Crüssows Magen krampfte sich zusammen, und sein Herz geriet ein wenig aus dem Rhythmus. Er wußte, daß er als infarktgefährdet galt. »Wieso ...?«

»Weil ...« Vanessa stöhnte auf. »Weil zur Stunde Ihrer Geburt der Mars im Zeichen Widder stand. Was heißt, daß Sie generell anfällig sind für Verletzungen durch irgendwelche Unfälle. Aber noch schlimmer ist, daß der Saturn im Zeichen Schütze gestanden hat. Da lese ich für Sie eine ganz besondere Bedrohung heraus ... Daß Ihnen nämlich droht, an einem Ihrer nächsten Geburtstage zu sterben. Am selben Tag zur selben Stunde ...«

Wolfram Crüssow schluckte, denn heute war der 9. Januar und morgen schon hatte er Geburtstag.

Er reichte Vanessa mit knappen Dankesworten seinen Scheck hinüber und ging dann mit dem Gefühl eines Patienten nach Hause, dem der Arzt gerade eröffnet hatte, daß er sich einer schweren Operation unterziehen müsse.

Am selben Tag zur selben Stunde. Das hieß, daß er womöglich schon morgen um 20 Uhr seinen letzten Atemzug tat ...

O Gott! Er hatte kaum noch die Kraft, die Tür seines Firmenwagens aufzuschließen und sich auf den Sitz fallen zu lassen. Der Weg nach Hause dauerte ewig lange.

In seinem Appartement fühlte er sich einsamer als in einer Weltraumkapsel. Von seiner Frau war er seit einem Monat geschieden, und seine Freundin Miriam, eine Anwältin, war zu einem Prozeß nach München geflogen.

Crüssow wollte früh ins Bett gehen, denn morgen war der wichtigste Tag seines Lebens. Die maßgebenden Herren der EUROMAG und die wichtigsten Bankenvertreter kamen nach Berlin. Nicht seines Geburtstags wegen, sondern um zu entscheiden, wer in den Vorstand nachrücken sollte: Dergenthin oder er. Zweifellos war er, was Fortüne und Kompetenz betraf, der weitaus bessere Mann, doch Dergenthin war zehn Jahre älter als er und wirkte mindestens so seriös wie Richard von Weizsäcker, hatte zudem noch das Imageplus des Doktortitels und verfügte über gute bis sehr gute persönliche Beziehungen. Dennoch standen die Wetten 3:1 gegen ihn, das heißt, die Mehrheit war sich einig, daß der Dr.-Ing. Rainer Dergenthin, zur Zeit Chef einer EUROMAG-Tochter in Kalifornien, zu sehr Techniker war und zu wenig tricky, um auf höchster Ebene ein Volltreffer zu werden.

Crüssow hätte also ruhig schlafen können, wäre da nicht Vanessas Weissagung gewesen.

Am selben Tag zur selben Stunde.

Er wälzte sich, nachdem er das Licht ausgeschaltet hatte, von einer Seite auf die andere, ohne daß sich sein Bewußtsein irgendwie abgesenkt hätte. Im Gegenteil, gegen Mitternacht war er wieder hellwach. Da half weder die sonst immer einschläfernde Wirkung eines Kriminalromans noch das Hören des Info-Senders 101, der pausenlos dasselbe wiederholte. Und so oft er Miriam anrief, sie war nicht im Hotel. Noch immer nicht. Ihre Einstellung zu dem, was die Leute Spontanfick nannten, kannte er.

Crüssow schluckte also eine erhöhte Dosis seines Beruhigungsmittels und fiel in einen Schlaf, der mehr Psychofolter als Erquickung war. Erst saß er in einem abstürzenden Flugzeug, dann fiel ihm eines auf den Kopf.

Überschrift bei BILD: *Geburts- gleich Todestag. Vanessa kannte Tag und Stunde.*

Er stand auf und ging in die Küche. Der Radiowecker zeigte 0:09. Er hatte also schon Geburtstag.

Der letzte Tag deines Lebens ist eben angebrochen.

Die Wände flüsterten es. Er trank zwei Flaschen 'Budweiser' und legte sich erneut ins Bett.

Kurz vor vier war er endlich eingeschlafen.

Zwei Stunden später aber fuhr er hoch, glaubte zu ersticken, rang furchtbar nach Luft, kam aber durch und sank schweißgebadet in sein Bett zurück.

Schlafapnoe, das wußte er, ein Atemstillstand, der für kreislaufschwache Menschen tödlich werden konnte.

Am selben Tag zur selben Stunde.

Na, er machte sich Mut, bis 20 Uhr hatte er ja noch 14 Stunden Zeit, sein Leben zu genießen.

Heute ist dein Todestag.

Wie bei einem Schizophrenen. Diese Stimme ließ sich nicht mehr unterdrücken.

Er wollte unter die Dusche gehen, zögerte aber, bevor er die Tür der Duschkabine anfaßte. Wenn nun alles unter Strom stand, durch irgendeinen Defekt.

Quatsch! Crüssow duschte ausgiebig und machte sich sein Frühstück zurecht. Mit einem weichgekochten Ei.

Als er es aufgeschlagen hatte, warf er es in den Mülleimer. Klar, da steckten die Salmonellen drin, die ihn heute abend umhauen würden.

Dann begann der Streß des Tages. Das Telefon gab keine Ruhe mehr. Nach seiner Mutter, die auf Mallorca überwinterte, gratulierten ihm seine Ex-Frau wie auch Miriam, und beide kündigten an, gegen 18 Uhr zur Feier ins EUROMAG-Casino zu kommen. O nein!

Heute ist dein Todestag.

Vielleicht hatte Vanessa sich, was die Stunde betraf, aber geirrt, und die RAF-Terroristen hatten eine Bombe unter seinen Firmenwagen gelegt beziehungsweise sprengten ihn in die Luft, wenn er Dahlem verließ.

Also ließ sich Crüssow eine Taxe kommen, um auf Umwegen zur Firma zu fahren. Ob das aber richtig war? Der Fahrer raste den Hohenzollerndamm mit gut 100 Sachen entlang, obwohl Glatteiswarnung bestand. Jetzt ein Unfall und ...

Noch ist es nicht so weit, warte es ab.

Seine Sekretärin hatte einen Sektempfang allererster Güte vorbereitet. Doch er nahm keinen einzigen Schluck, denn er war Schimmelpilzallergiker, und vielleicht reagierte er inzwischen auch auf bestimmte Bestandteile im 'Schaumwein' mit einem anaphylaktischen Schock.

Auch als Dr. Dergenthin kam und ihm überaus herzlich gratulierte, beließ er es bei Selters. Der Konkurrent war in der Tat ein sympathischer Mann, und Crüssow sah seine Chancen immer geringer werden, je näher die Stunde rückte, wo sie sich nacheinander mit dem Vorstand unterhalten sollten. Der letzte Test.

»Gleichviel, wer der Sieger sein wird«, sagte Dergenthin, »wir sind Kollegen und auch weiterhin voll aufeinander angewiesen. Essen wir zusammen?«

»Ja, gerne ...«

Dr. Dergenthin schlug ihm kanadischen Waller vor, einen hierzulande noch seltenen Fisch, doch Crüssow lehnte dankend ab. Zu viele Leute waren schon an Gräten erstickt. Auch Rindfleisch mied er, der BSE-Seuche wegen, und entschied sich schließlich für Lamm.

Der Konkurrent wollte ihn noch zu einer Flasche Chablis einladen, doch Crüssow zog das Mineralwasser vor, hätte doch der Wein mit seinem Beruhigungsmittel zusammen eine gefährliche Mischung ergeben.

»Am liebsten wäre mir«, sagte Dergenthin, »wenn wir gemeinsam über die Ziellinie gehen könnten, wie man das des öfteren bei befreundeten Sportsleuten sieht.«

Wider Willen wurde Crüssow aggressiv. »Das ist immer der Wunsch derer, die die schlechteren Karten haben ...«

Dr. Dergenthin lächelte. »Darum ja, lieber Crüssow ...«

So verbrachten sie die Zeit, bis Dr. Dergenthin als erster zum 'Vorsingen' antreten mußte.

»Viel Glück«, sagte Crüssow.

»Ihnen anschließend auch.«

Crüssow blieb allein zurück und trank nun doch ein Gläschen Wein. Die Versuchung war zu groß. Die Folge war, daß er immer müder wurde und, um dagegen anzukommen, ein Aufputschmittel schlucken mußte.

Als er dann dem Vorstand Rede und Antwort zu stehen hatte, war er schließlich in hervorragender Form, und der Sprecher zögerte nicht, ihn ganz klar als den Favoriten zu bezeichnen. Förmlich konnte die Entscheidung aber erst am nächsten Morgen fallen, da der Vertreter der Deutschen Bank wegen des fürchterlichen Nebels über New York noch nicht zurückgekommen war.

Ist mir sowieso egal — morgen bin ich tot.

Crüssow bedankte sich und versprach, der EURO-MAG weiterhin mit aller Kraft zu dienen.

Er fuhr zum Casino hinauf, wo sich inzwischen Mitarbeiter, Freunde und Verwandte zur Geburtstagsfeier versammelt hatten. Er mußte viel trinken, hören und reden, und langsam wurde ihm alles zuviel. Erst recht, als Miriam und seine Ex-Frau fast gemeinsam erschienen und alsbald ihre Rededuelle begannen.

Crüssow war es, als liefen Dutzende von Fernsehern und Radioapparaten zur selben Zeit, aber mit verschiedenen Programmen. Dazwischen immer wieder die Stimme, die ihn verfolgte, seit er bei Vanessa war.

»Bettmäßig ist doch Wolfram nicht gerade ein Star.«

»Es kommt doch immer darauf an, mit wem er in selbigem liegt.«

Am selben Tag zur selben Stunde.

»Der Dr. Dergenthin hat doch keine Chance gegen ihn.«

»Wenn der Crüssow im Vorstand sitzt, wird die EUROMAG in Berlin ganz groß investieren.«

»Da müßte er doch Herkules sein, um das zu schaffen.«

Heute ist dein Todestag.

»Irgendwann kommt er doch wieder zu mir zurück.«

»Wenn Crüssow geht, kriegen wir dann Dergenthin als neuen Chef?«

»Mich nimmt er mit.«

»Wie spät haben wir's denn?«

»Kurz vor 20 Uhr.«

»Paß auf, der übernimmt sich, der schafft das nicht.«

»Ja, der soll ja jetzt schon immer zu so 'ner Wahrsagerin rennen.«

Von allen Seiten flogen Worte wie Steine auf ihn zu.

Am selben Tag zur selben Stunde.

»Nein«, schrie Crüssow, »nein!«

»Der Steinhagel! Halt!«

Ein Riesenbrocken traf seine Brust und zerschmetterte sie.

Am nächsten Morgen erschien Dr. Dergenthin bei Vanessa und übergab ihr 10.000 Mark. »Die zweite Rate, und ich hoffe, Sie sind damit zufrieden.«

»Als Vorstandsmitglied der EUROMAG ..., nunmehr ... Sie werden dadurch sicherlich kein armer Mann. Übrigens: meine Gratulation.«

»Danke. Und ein besonderes Dankeschön noch einmal für Ihre kleine Hilfeleistung. Der psychogene Tod ... Ja, wie leicht können Horoskope zu self-fulfilling prophecies werden ...« Dergenthin lächelte. »Eine echte Führungskraft darf sich natürlich von diesem Hokuspokus nicht erschüttern lassen. Womit bewiesen ist, daß Crüssow eben keine solche war, ungeeignet also für den EUROMAG-Vorstand. Den entscheidenden Test hat er nicht bestanden ... Ja, die Auslese ist halt hart bei uns.«

Karl-Heinz Diesmann

Todestorte im Zechenhaus

RUMMS! machte es, und Kleinschmitts Zechenhäuschen flog in die Luft.

»Scheiße«, meinte Opa Bidulski, »verwämst der Kleinschmitt schon wieder seine Olle?«

»Diesmal staubt's aber gewaltig«, kommentierte Schröders Adolf. Er setzte die Bierflasche ab und wies mit ihr die Straße entlang. An deren Ende, dort, wo Kleinschmitts Häuschen stand, quoll eine dicke schwarze Rauchwolke in die Höhe.

»Hat der nicht heute auch Geburtstag?« fiel Opa Bidulski ein.

»Also, das Wohnzimmer ist im Arsch, das Haus hat's aber ausgehalten«, erläuterte der Feuerwehrhauptmann, als Kommissar Tanski sich einen Weg durch die Schaulustigen gebahnt hatte und sie zusammen durch einen rauchgeschwärzten Flur ins Innere traten. Im Wohnzimmer herrschte ein heilloses Chaos. In einer Ecke stand ein aufgeklappter Zinksarg, aus dem Plastiktüten herausguckten. Tanski zog die Brauen zusammen. »Was soll das?« fragte er.

Ein Brandexperte, der zwischen den Trümmern hockte und allerlei unerquickliche Materialien in eine Wanne sammelte, erhob sich und kam herüber. »Wir haben die Reste erst einmal in Tüten gepackt und sortieren sie dann in der Medizinischen«, erklärte er und schüttelte Tanski fröhlich die Hand. »Mann, den hat's zerrissen!«

»Wie lange sind Sie denn schon hier?« wandte sich Tanski an seinen Assistenten Hochmeier, der mit grünem Gesicht an dem zerborstenen Wohnzimmerfenster stand.

»Zehn Minuten. Ich war gerade in der Nähe«, würgte Hochmeier und ergriff schlaff Tanskis ausgestreckte Hand.

Der Kommissar deutete mit dem Kopf in Richtung des Sarges. »Wer ist der Tote?«

»Horst Kleinschmitt, 56, Rentner, früher Bergmann. Ihm gehört das Haus.«

»Wer sagt das?«

»Sein Sohn. Der wohnt auch hier.«

»Und woher weiß der Sohn bei dem Zustand der Leiche, daß das sein Vater ist?«

»Ein Fuß«, schluckte Hochmeier, »er hat an einem Fuß nur drei Zehen. Arbeitsunfall. Irgendwas mit 'nem Kohlehobel.«

»Wie ist es passiert?« Tanski sah fragend zu dem Brandexperten hinüber, der wieder zwischen den Trümmern wühlte.

»Sehr interessant!« rief der Brandexperte. »Ganz offensichtlich ist eine Torte explodiert.«

»Eine Torte?« Tanskis Gesicht verlor seine Würde.

»Kleinschmitt hat heute Geburtstag«, erläuterte Hochmeier. »Äh, ich meine, hatte ...«

»Sprengstoff in der Geburtstagstorte!« verkündete der Brandexperte begeistert. »Man kann noch Reste von den Kerzen entdecken. Und es sieht mir ganz so aus, als hätte es sich um einen Sprengsatz gehandelt, wie man ihn im Bergbau benutzt, unter Tage. Aber da bin ich mir nicht ganz sicher, das muß ich erst noch einmal überprüfen.«

Tanski drehte sich zu Hochmeier um. »Wer ist noch hier im Haus außer dem Sohn?«

Der Assistent zog einen Notizblock aus der Tasche. »Noch ein Sohn«, zählte er auf, »dann Kleinschmitts Vater und natürlich seine Frau. Die liegt oben im Schlafzimmer. Der Notarzt hat ihr was zur Beruhigung gegeben.«

»Wo können wir uns hinsetzen?«

»Die Küche ist ganz in Ordnung«, erklärte Hochmeier und ging voran.

Die Wohnküche war recht geräumig; auf dem Tisch lag ein Haufen ungeputzter Rosenkohl mit einem Schälmesser daneben, in einem Plastikdurchschlag lag geputzter Rosenkohl. Der Geruch von Rauch und Löschwasser hing in der Luft, wenn auch nicht sehr stark.

»Hm«, machte Tanski nachdenklich und rüttelte an dem Durchschlag, daß die Rosenkohlknospen durcheinanderkollerten.

»Herr Kommissar?«

Ein blonder junger Mann Mitte bis Ende Zwanzig stand in der Tür. Für diese Zechenhaussiedlung wirkte er zwei- bis dreihundert Mark zu dezent gekleidet. »Mein Name ist Kleinschmitt«, stellte er sich vor, »Knut Kleinschmitt. Ich bin einer der Söhne des Verstorbenen.«

Tanski ließ den Rosenkohl in Ruhe und schüttelte dem jungen Mann die Hand. »Mein Beileid zu diesem schrecklichen Verlust«, murmelte er. Dann gab er sich einen Ruck. »Herr Kleinschmitt, fühlen Sie sich in der Lage, uns einige Fragen zu diesem tragischen Ereignis zu beantworten?«

»Sicher.« Knut Kleinschmitt nahm mit ernstem Gesicht auch Hochmeiers Händedruck entgegen, dann unaufgefordert am Tisch Platz. »Ich glaube«, sagte er, »der Anschlag galt mir.«

»Oh!« machte Tanski verblüfft. »Bitte erzählen Sie!«

»Sehen Sie«, erklärte der junge Kleinschmitt, »ich bin Mitglied des Betriebsrats der Zeche und setze mich dort besonders für die Belange der Auszubildenden und Jungbergleute ein. Sie wissen sicher, daß die Zeche in fünf Jahren stillgelegt werden soll. Wie Sie sich vorstellen können, führt diese Situation zu manchen Auseinandersetzungen, Verteilungskämpfen und unschönen Zwistigkeiten. Nun habe ich mich in diesen Interessenkonflikten immer sehr offensiv bemüht, für die Belegschaft Vorteile zu erkämpfen. Ich gebe zu, daß dabei, auch von unserer Seite aus, das eine oder andere böse Wort gefallen ist, das man vielleicht nicht hätte sagen sollen. Auf jeden Fall, um es kurz zu machen, habe ich mir auf der Zeche und bei der Zechenleitung nicht nur Freunde gemacht. Ich fürchte nun, daß dies ein Versuch gewesen sein könnte, einen unliebsamen Vertreter der Interessen der Arbeitnehmer aus dem Weg zu räumen.«

»Puh!« machte Tanski. »Wissen Sie, was Sie da sagen?«

»Ich bin mir der Tragweite meiner Anschuldigungen bewußt«, nickte Knut Kleinschmitt gelassen.

»Der Tote ist Ihr Vater!« erinnerte Hochmeier.

»Das macht die Tat nur um so verabscheuungswürdiger«, erklärte Kleinschmitt fest.

Tanski erhob sich. »Ich danke Ihnen für diese aufschlußreichen Hinweise, Herr Kleinschmitt«, sagte er ernst. »Seien Sie versichert, daß wir dieser Spur umgehend nachgehen werden. Sie werden aber auch Verständnis dafür haben, daß wir dennoch zunächst den anderen Mitgliedern Ihrer Familie einige Fragen stellen müssen.«

»Sicher. Tun Sie, was Ihre Pflicht ist, Herr Kommissar!« gestand Knut Kleinschmitt huldvoll zu und ging hinaus.

Tanski nahm eine Rosenkohlknospe in die Hand und sah sie finster an wie Hamlet den Totenschädel. »Also wenn das nicht ...«, zischte er, als Knut Kleinschmitts Schritte nicht mehr zu hören waren.

Bevor er noch mehr sagen konnte, klopfte es und einer der uniformierten Polizisten steckte seinen Kopf zur Tür herein. »Hier ist jemand, Herr Kommissar, der will unbedingt zu Ihnen«, berichtete er.

Tanski legte die Stirn in Falten. »Was soll das?« fragte er. »Wer ...«

»Laßt mich durch!« zeterte eine Stimme im Flur. »Ich muß umgehend den Kommissar sprechen! Ich habe eine wichtige Aussage zu machen!«

Bevor Tanski noch irgend etwas sagen konnte, schoß

ein hibbeliger kleiner Kerl mit rotem Gesicht ins Zimmer, baute sich vor Hochmeier auf und rief: »Sind Sie der Kommissar?«

Hochmeier deutete schweigend auf Tanski, worauf sich die zornrote Gestalt vor dem Kommissar aufstellte und wild mit den Armen fuchtelte.

»Herr Kommissar«, rief der Mann schrill, »die Leute werden Ihnen erzählen, daß ich es gewesen bin, daß ich Horst Kleinschmitt in die Luft gesprengt habe, aber Sie sollen wissen: ich war es nicht! Ich war es nicht, soviel die Leute Ihnen auch erzählen mögen; nie würde ich zu solchen Mitteln greifen: Meine Tauben sollen in fairem Wettstreit siegen!«

»Ihr Name?« schoß Tanski dazwischen.

»Äh ...«, der Mann geriet ins Schwimmen, und für einen Moment stellten seine Arme das nervöse Rudern ein, »Reuterle, Helmut Reuterle.«

»Und warum sollten die Leute annehmen, daß Sie Herrn Kleinschmitt umgebracht haben, Herr Reuterle?«

Reuterle fand zu seinem Konzept zurück, und sofort flogen seine Arme wieder durch die Luft. »In vierzehn Tagen ist das nächste Preisfliegen«, verkündete er feierlich, »und Kleinschmitt ist in unserem Verein mein stärkster Konkurrent, er hat, nach mir, die stärksten Flieger ...«

»Tauben?« warf Hochmeier ein.

Reuterle nickte. Sein Kopf schien mittlerweile noch roter geworden zu sein, und mit heiligem Ernst sprach er weiter: »Ich habe die besten Tauben, und nur durch widrige Zufälle hat Kleinschmitt die letzten Male gewinnen können. Da werden manche meinen, ich hätte mit Dynamit einen lästigen Konkurrenten aus dem Wege räumen wollen, aber ich versichere Ihnen, Herr Kommissar: doch nicht hier im Haus, wo oben der Taubenschlag ist! Das sehen Sie doch ein, nicht, daß ich es nicht war?«

»Wo wohnen Sie?« fragte Tanski ungerührt.

»Hier auf der Straße, Nummer 27. Aber Sie glauben mir doch, Herr Kommissar, nicht? Nie würde ich so etwas tun können, das sehen Sie doch ein, nicht?«

»Herr Reuterle«, erwiderte Tanski mit seiner sonorsten Stimme, »wir werden Ihre Aussage prüfen. Bitte gehen Sie jetzt erst einmal nach Hause und halten Sie sich zu unserer Verfügung.«

»Vielen Dank, Herr Kommissar!« rief Reuterle glücklich strahlend, fuhr herum und hibbelte nach draußen. Aus dem Flur hörte man noch einmal ein fröhliches »Ich war's nicht!«, dann fiel die Haustür zu.

Tanski verdrehte in stummem Leiden die Augen.

»Wer ist der nächste?« stöhnte er.

Detlef »Dele« Kleinschmitt kam im Unterhemd, hatte einen dicken Nacken, keine Haare auf dem geschorenen Kopf, dafür um so mehr unter dem Arm, dessen Muskeln er dezent-unauffällig an- und abschwellen ließ. Ebenso dezent und zurückhaltend war er auf den Bizeps tätowiert: *Ey, Jude, ich bin echt stolz, ein Doitscher zu sein, glaub mir dat!*

»Dat warn die Türken!« verkündete Dele Kleinschmitt und ließ sich krachend auf einen Küchenstuhl fallen. »Die wollten mir ans Leder, weil ich ihnen immer die Fresse polier. Nehm Se die fest!«

»Wen?« fragte Tanski.

»Alle!« Dele Kleinschmitt schmetterte seine Faust auf den Tisch, daß der Rosenkohl durch die Gegend hüpfte.

»Nun mal der Reihe nach«, beschwichtigte Tanski. »Sie haben also Feinde unter den Türken?«

»Sarich doch!«

»Und einige von denen würden sogar so weit gehen, Sie töten zu wollen?«

»Hören Se«, brauste Dele Kleinschmitt auf, »ham Se noch nie nen Türken gesehen?«

»Ihre türkischen Feinde wollen Sie also töten«, faßte Tanski zusammen. »Und warum stecken die dann eine Bombe in die Geburtstagstorte Ihres Vaters?«

»Weil die nix vonne Deutschen kennen! Die denken, in Deutschland sitzt beim Geburtstag die ganze Familie brav händchenhaltend ummen Tisch, wie se dat von zu Haus her kennen aus Anatolien, und wenn se da ne Bombe inne Torte tun, dann sin se nich nur den Dele Kleinschmitt los, der ihn immer die Fresse poliert, sondern auch nochen paar andere Deutsche mit. Un dat«, er lehnte sich zurück und hakte die Daumen hinter die Träger seines Unterhemdes, »diese Methode, mein ich, dat machen die auch oft unter sich so, inne Türkei oder hier, da tun die oft ne Bombe innen Festessen rein, dat die ganze Familie draufgeht. Dat nennt sich Sippenhaftladung.«

Tanski ignorierte Hochmeiers Grimassen und gab sich Mühe, sachlich zu bleiben. »Haben Sie bestimmte Türken im Verdacht?« fragte er.

»Hab ich«, nickte Kleinschmitt.

»Wen?«

»Alle hier inne Siedlung!« erklärte Dele Kleinschmitt kategorisch und hieb zur Bekräftigung mit der Faust auf den Tisch, daß der Berg ungeputzten Rosenkohls endgültig auseinanderbrach und sich über die ganze Küche verteilte.

Tanski kam eine Idee. »Arbeiten diese Türken auf der Zeche?« fragte er.

»Jau, alle! Ich sach Ihnen, dat könn Se kaum aushalten, wenn Se morgens mit lauter Türken einfahrn müssen!«

»Ist vielleicht einer von denen Sprengmeister?«

Dele lachte auf. »Herr Kommissar!« prustete er amüsiert. »Die sin zwar zum Schießen, aber die lassen se doch nich Schießmeister werden! Ein Türke als Schießmeister — ey, dat wär ja noch schöner!« Er schüttelte sich vor Vergnügen.

»Nun, wir werden dieser Spur nachgehen«, versprach Tanski, immer noch um ruhige Würde bemüht, während Hochmeier jetzt mit Erstickungsanfällen zu kämpfen schien. Der Kommissar erhob sich und wies Detlef Kleinschmitt sanft zur Tür.

»Sacken Se die ein!« rief der junge Mann und schüttelte die Faust. »Wat wolln die überhaupt hier? Hierhinkomn un stänkern un inne Schule besser sein, dat könnense!«

In der Tür stieß er mit einem alten Mann mit einem Stock zusammen.

»Opa, sach denen dat, dat dat die Türken warn!« drängte er.

Der Alte brummte etwas Unverständliches und warf die Tür hinter seinem Enkel zu. Seine Augen blitzten.

»Das warn nicht die Türken. Sie war's!« Opa Kleinschmitt fuchtelte wild mit seinem Stock herum und richtete dann die Spitze drohend auf Tanskis Stirn. »Sie müssen sie festnehmen! Sie hat die Bombe in die Torte getan. Sie wollte mich in die Luft sprengen!«

Tanski schob den Gumminoppen an der Stockspitze vor seinen Augen weg. »So?« knurrte er. »Wer?«

»Na, die Matta, meine saubere Schwiegertochter! Mich wollte sie los sein, und jetzt hat sie ihren eigenen Mann in die Luft gejagt. Geschieht ihr recht! Ha!«

»Es war immerhin Ihr Sohn«, erinnerte Tanski.

»Öh?« Opa Kleinschmitt ließ den Stock sinken. Der Gedanke schien ihm noch gar nicht gekommen zu sein. »Stimmt. Haben Sie recht«, räumte er ein.

»Und warum?«

»Hä?« Opa Kleinschmitt wirkte jetzt völlig verwirrt.

»Warum sollte Ihre Schwiegertochter Sie umbringen wollen?«

Opa Kleinschmitt schwoll sofort wieder zu seiner zornigen Größe an. »Die kann mich nich leiden!« begründete er schlüssig. »Und die wollte immer an mein Sparbuch! Dachte wohl, wenn der Opa erst mal im Grab liegt, gibt's satte Erbschaft. Ha!«

»Gibt's eine satte Erbschaft?« hakte Tanski nach.

»Hörn Se mal«, der Alte fingerte einen Rentenbescheid aus der Tasche, der vom vielen Vorzeigen ganz speckig war, »mein Se, dat Geld könnt ich alle ausgeben? Dat kommt aufen Sparbuch, un wenn ich ma nich mehr bin, kriegt dat allet die Ingrid. Da soll die Matta ma lange Augen machen!« Er funkelte den Kommissar triumphierend an.

Tanski warf einen Blick auf den Rentenbescheid und pfiff unwillkürlich durch die Zähne. »Ingrid?« fragte er.

»Na, meine Enkelin!«

»Wohnt die auch hier?« Tanski wandte sich halb zu Kleinschmitt und halb zu Hochmeier.

»Kerr, wissen Sie eigentlich gar nix?« schnaubte der Alte ungehalten. »Natürlich wohnt die nich mehr hier! Die hat doch geheiratet, und da hat der Horst se doch rausgeschmissen mitsamt den Kerl. Aber den Kerl hat se ja jetzt auch nich mehr«, fügte er beinahe nachdenklich hinzu.

»Soll das heißen, sie ist geschieden?« erkundigte sich Tanski.

»So richtig nich«, erklärte Opa Kleinschmitt. »Aber den Kerl hat se auf jeden Fall irgendwo nach Pusemuckel gejagt.«

»Wo wohnt Ihre Enkelin?«

Der Alte zog einen abgewetzten Jahreskalender aus der Tasche und ließ Hochmeier aus dem Adreßteil Wohnort und Telefonnummer von Ingrid Maßmann, geborene Kleinschmitt, abschreiben. Dann geleitete Tanski den alten Kleinschmitt zur Tür.

»Bitte halten Sie sich zu unserer Verfügung«, bat der Kommissar.

Kleinschmitt hob seinen Zeigefinger. »Vergessen Sie die Matta nicht!« mahnte er. »Nehm Sie die lieber gleich fest!«

Er hinkte nach draußen, schwer auf seinen Stock gestützt.

Tanski zog die Tür hinter ihm zu. Er setzte sich müde zu Hochmeier an den Küchentisch. »Hat der Arzt was gesagt, wann Frau Kleinschmitt wieder zu sprechen ist?«

»Eine Stunde mindestens sollen wir sie in Ruhe lassen«, berichtete der Assistent.

Tanski fuhr sich erschöpft mit der Hand über die Augen. »Was meinen Sie, wer es war?« fragte er leise.

»Hm«, brummte Hochmeier gewichtig. Er begann, den Rosenkohl auf dem Küchentisch zu Mustern auszulegen. »Einerseits ...«, dehnte er.

Es klopfte.

Der Beamte in Uniform kam herein. »Das Labor gibt durch, es handelt sich tatsächlich um«, er schloß die Augen, legte die Stirn in Falten und repetierte angestrengt, »einen besonders richtungsstabilen und wirkungsbegrenzten Sprengsatz, wie er im Untertagebergbau verwendet wird.«

»Können Sie das wiederholen?« sagte Hochmeier trocken.

»Lassen Sie das«, winkte Tanski ab. Sobald der Beamte die Küche verlassen hatte, wandte er sich scharf an seinen Assistenten: »Sie wollten mir gerade den Täter nennen?«

Hochmeier fiel der Rosenkohl aus der Hand. »Äh ...«, meinte er.

»Nun?« bohrte Tanski.

Hochmeier rollte eine Rosenkohlknospe zwischen Daumen und Zeigefinger hin und her und sah sie sinnend an. »Wer kommt in der Zeche an den Sprengstoff?« überlegte er. »Doch wohl zunächst ...«

Der Polizist kam wieder herein. »Draußen ist eine Frau Maßmann, die sagt, sie wär die Tochter von Kleinschmitts«, meldete er.

Ingrid Maßmann, geborene Kleinschmitt, setzte sich vorsichtig auf einen der Küchenstühle. Sie war sehr blaß. Tanski hatte sie ins Wohnzimmer geführt, aus dem glücklicherweise kurz vorher der Zinksarg abtransportiert worden war, und sie dann langsam in die Wohnküche geleitet. Während der ganzen Zeit hatte die junge Frau kaum ein Wort gesagt.

»Möchten Sie Ihre Mutter sehen?« fragte Tanski.

»Sagten Sie nicht, sie hat ein Beruhigungsmittel bekommen?« Ingrid Maßmann stierte auf den von schmutzigen Fußspuren überzogenen Boden. Spuren von Asche, Löschwasser, Ruß.

»Sie haben recht«, gestand Tanski. »Kann ich Ihnen denn einige Fragen stellen? Fühlen Sie sich dazu in der Lage?«

Sie nickte stumm. Sie sah den Kommissar an. Ihre Gesichtszüge waren angespannt, aber sie weinte nicht und schien auch nicht geweint zu haben.

»Seit wann wohnen Sie nicht mehr im Haus Ihrer Eltern?« fragte Tanski behutsam.

Sie schloß die Augen, als müsse sie nachdenken. »Seit fünf Jahren«, sagte sie.

»Darf ich fragen, warum Sie ausgezogen sind?«

Sie senkte den Blick. »Ich bin ausgezogen, weil ich geheiratet habe. Um genau zu sein«, ihre Stimme wurde bitter, »mein Vater hat mich rausgeworfen.«

»Warum?«

»Mein Mann gefiel ihm nicht und vor allem, daß ich ihn trotzdem geheiratet habe.« Sie zögerte, dann fügte sie leise an: »Als unsere Ehe dann in die Brüche gegangen ist, hat sich mein Vater gar nicht mehr eingekriegt vor Schadenfreude.«

Tanski warf Hochmeier einen bedeutungsvollen Blick zu, dann wandte er sich wieder zu Ingrid Maßmann: »Meinen Sie, daß es jemanden gibt, der Ihrem Vater den Tod gewünscht hätte?«

Die junge Frau schluckte schwer. »Wenn Sie so fragen ...« Sie schüttelte den Kopf. »Nein. Den Tod gewünscht ... nein. Aber die Pest an den Hals ... die das gewünscht haben, gibt es sicher mehrere.«

»Warum?«

»Weil er ein Ekel war«, brach es plötzlich aus der Tochter heraus, »weil er alles besser wußte, weil er immer genörgelt hat, weil es ihm keiner recht machen konnte, weil er alle immer gequält und getriezt und gedemütigt hat, wo er nur konnte, ob auf der Arbeit oder bei den Taubenzüchtern und vor allem zu Hause!« Sie brach unvermittelt in ein hemmungsloses Schluchzen aus, schlug die Hände vors Gesicht und weinte sich das Herz aus dem Leib.

Tanski und Hochmeier schwiegen betreten. »Bitte, Frau Maßmann«, sagte der Kommissar dann sanft, »möchten Sie ...«

»Vor allen Dingen an meiner Mutter hat er andauernd etwas auszusetzen gehabt«, fuhr die junge Frau unter Tränen fort. »Nichts konnte sie ihm recht machen, immer hat er geschimpft und gebrüllt und getobt, und geschlagen hat er sie auch.« Sie versuchte vergeblich, sich die Tränen aus den Augen zu wischen. »Die arme Mama. Er und Opa, ständig haben sie auf ihr herumgehackt. Und jetzt in der letzten Zeit muß es wohl ganz schlimm geworden sein, wo sie diesen Schießmeister kennengelernt hat.« Sie wurde plötzlich blaß und schlug sich die Hand vor den Mund.

»Schießmeister!?« sagten Kommissar und Assistent wie aus einem Mund.

Der Schießmeister wohnte in einer Parallelstraße, keine fünf Minuten Fußweg entfernt. Er war ein kleiner, hagerer Kerl, und er brach sofort zusammen, als Tanski und Hochmeier sich vorstellten.

»Ja, ich gestehe alles! Ich war's! Ich hab den Sprengstoff in die Torte gepackt!« sprudelte er heraus und fuhr mit den Augen nervös hin und her. »Ich hab alles genau berechnet. Aber es war ihr Plan! Sie hat es so gewollt! Ihre Idee und ihr Plan! Ich bin so gut wie unschuldig!«

Tanski und Hochmeier sahen sich an.

Martha Kleinschmitt erwiderte den Blick der beiden Kriminalbeamten mit einer Mischung aus Beklommenheit und trotziger Herausforderung.

»So war es«, schloß sie.

Tanski schüttelte ungläubig den Kopf. »Eines interessiert mich aber nun doch«, fragte er nach. »Sie mußten doch damit rechnen, daß Sie alle, ich meine, Ihre ganze Familie, umkamen, wenn die Kerzen auf der Torte nachmittags beim Geburtstagskaffee angezündet wurden. Sie konnten doch nicht wissen, daß Ihr Mann schon vormittags an die Torte gehen würde.«

Frau Kleinschmitt lächelte. »Doch, das konnte ich wissen«, entgegnete sie. »Sie müssen nämlich wissen, daß mein Mann so eine Art Pyromane war.« Das Wort kam gelassen über ihre Lippen. »Der war ganz verrückt mit Feuer und Sprengsachen und so. Der konnte keinen Docht stehen sehen, ohne eine Flamme dran zu halten. Er wollte ja mal Schießmeister werden, hat aber die Prüfungen nicht bestanden. War wohl zu blöd dazu.« Sie lachte höhnisch auf. »Der immer mit seinem Feuer! Ich glaub, sein größter Wunsch war, mal bei 'ner Schlagwetterexplosion dabeizusein.«

»Da hat er ja einen schönen Tod gehabt«, rutschte es Hochmeier heraus.

Frau Kleinschmitt sah ihn verblüfft an, dann wanderte ihr Blick zu Tanski. »Scheiße, ja — das hab ich nicht gewollt! Da hab ich gar nicht dran gedacht, daß er beim In-die-Luft-Fliegen noch seinen Spaß haben könnte! Scheiße! Scheiße Scheiße Scheiße!«

Tanski beugte sich vor. »Soll das heißen, Sie bereuen die Tat?«

»Ich würd's nie wieder so machen!«

Sie sah den Kommissar an, aber auf einmal wurde ihr Blick starr, und dann, langsam, ganz langsam, wie in einer alptraumhaften Zeitlupe, riß ihr Mund auf und sie fiel in einen Schreikrampf, einen hilflosen, entsetzlichen Schreikrampf, aus dem sie erst nach einer halben Stunde ein eilig herbeigerufener Arzt erlösen konnte.

Tanski sah auf die Uhr. »Wir liegen gut in der Zeit«, meinte er. »Kurz vor elf gekommen und zum Mittagessen fertig. Guter Fall!«

»Eins verstehe ich aber nicht«, gestand Hochmeier, als sie zum Wagen gingen.

»Was?« Tanski sah ihn mit väterlicher Miene an.

»In der Zeitung stand mal«, sagte Hochmeier, »der Fall 'Bergmann bringt Olle um' oder auch umgekehrt wär kein Thema für den Ruhrgebietskrimi.«

»Tja«, lachte Tanski und klopfte seinem Assistenten gönnerhaft auf die Schulter, »wir sind hier aber nicht im Krimi! Das hier ist die Wirklichkeit!«

Edith Kneifl

Schuhe von Valentino

Der schwere, dunkle Wagen kam näher, raste mit höllischer Geschwindigkeit auf sie zu. Die Scheinwerfer leuchteten auf. Er hatte sie mitten im Visier.

Sie stand da wie gelähmt; groß, schlank, den weiten Mantel in der Mitte mit einem Gürtel zusammengerafft, das kalkweiße Gesicht verzerrt, ein stummer Schrei auf ihren Lippen, und in ihren Augen die nackte Angst.

Der Wagen verfehlte sie nur knapp. Sie hörte die Reifen quietschen, als er abbremste. Im Rückwärtsgang begann die Jagd von neuem. Ein Hauseingang bot nicht genügend Schutz. Sie preßte ihren zarten Körper an die verschlossene Tür. Wieder verfehlte er sie nur um Haaresbreite.

Ein möglicher Fluchtweg war bei der schwachen Beleuchtung nicht zu entdecken. Die Straße schien menschenleer, die Häuser sahen unbewohnt aus. Feuchtkalter Novembernebel umhüllte gnädig die verfallenen Gebäude und kroch unter ihr dünnes Kleid. Sie rannte im Zickzack die Straße hinunter. Das Klappern ihrer hohen Absätze ging im Aufheulen des Motors unter. Es war kalt, doch auf ihrer Stirn erschienen Schweißperlen, und das nasse Haar klebte an ihren Wangen.

Ein Torbogen, der leicht zu übersehen war, eine schmale Gasse — zu schmal für den großen Wagen. Sie schlüpfte hinein, fand aber keinen Weg mehr hinaus. Sie saß in der Falle.

Der Motor des Wagens verstummte. Schritte. Schwere Männerschritte. Laut und selbstsicher hallten sie auf dem Kopfsteinpflaster wider. Sie kauerte sich an eine Hausmauer. Ein Müllcontainer verdeckte notdürftig die

Sicht. Die Schritte kamen näher. Sie glaubte, seinen leise pfeifenden Atem zu hören und wagte selbst nicht mehr zu atmen.

Ein großer, dunkler Schatten beugte sich über sie. Er stand direkt vor ihr, putzte seine schicken Schuhe von 'Valentino' an ihrem Mantel ab. Die neue Rolex, die sie ihm heute morgen neben sein Zweieinhalb-Minuten-Ei gelegt hatte, blitzte vor ihrem Gesicht auf.

Seine klobigen Finger schlossen sich um ihren Hals. Sie drückte ab.

Ein schwaches Stöhnen. Ein zweiter Schuß durchbrach die unheimliche Stille, scheuchte die letzte verschlafene Ratte auf. Sie ließ den leblosen Körper neben dem Müllcontainer liegen und lief, ohne sich noch einmal umzusehen, zurück auf die Straße. Sein Wagen stand vor dem engen Torbogen. Die Motorhaube war noch heiß. Ihre Hände zitterten, und vor ihren Augen drohte alles zu verschwimmen. Sie fürchtete, sich augenblicklich übergeben zu müssen. In diesem Zustand konnte sie sich nicht ans Steuer setzen.

Das Viertel sah nach Vorstadt aus. Abbruchreife Mietskasernen, leerstehende Fabrikhallen und beschmierte Werbeplakate. Sie beeilte sich, aus dieser einsamen Gegend wegzukommen. Ihre Füße schmerzten und sie bereute bald, den Wagen stehengelassen zu haben.

Wie eine Wahnsinnige torkelte sie die Straße hinunter, verlor einen Schuh und merkte es nicht. Die dünnen Strümpfe zerrissen, den Mantel mit Straßendreck und Hundekot beschmiert, humpelte sie weiter die einsame Straße entlang. Sie stammelte Wortfetzen, die keinen Sinn ergaben, und plötzlich fing sie an zu singen, sang mit heller, zitternder Stimme : »*Happy birthday my darling, happy birthday to you ...*«

Ihr Antlitz hatte nichts Menschliches mehr, der Lippenstift war verschmiert, das Augen-Make-up zerronnen und auf ihren Wangen breiteten sich häßliche rote Flecken aus.

Erschöpft und am Ende ihrer Kräfte, machte sie auf einer Brücke halt. Sie sehnte sich nur mehr nach einem heißen Bad und einem warmen Bett. Doch das romantische Schloßhotel, das Dinner bei Kerzenlicht und der Champagner zum Frühstück waren in unendliche Ferne gerückt.

Verzweifelt beugte sie sich über das Geländer der Brücke, widerstand aber der Versuchung zu springen, warf nur den Revolver in den stinkenden Fluß.

Die Waffe hatte ihm gehört. Er war nachts oft allein unterwegs gewesen. Als er den Streit vom Zaun brach, hatte sie den Revolver aus dem Handschuhfach genommen, nicht in der Absicht, ihn damit zu töten, sondern, um zu verhindern, daß er auf eine ähnliche Idee kam. Abgelenkt durch die schlecht funktionierenden Scheibenwischer, hatte er es nicht bemerkt. Er hätte sie auch auf eine einfachere und saubere Art loswerden können, durch Scheidung zum Beispiel. Sie ahnte jedoch, warum er sie beseitigen wollte und, warum es möglichst wie ein Unfall aussehen sollte. Bei einer Scheidung hätte er keinen roten Heller bekommen. Gewöhnt an einen aufwendigen Lebensstil — teure Hotels, exklusive Bars, schicke Maßanzüge und hohe Verluste im Casino — brauchte er ihr Geld mehr als dringend. Auch seine hübsche Sekretärin stellte Ansprüche ...

Bestimmt hatte er Schulden hinterlassen — die würde sie bezahlen. Das war das letzte, was sie noch für ihn tun konnte. Weinend stand sie auf der Brücke und starrte auf die träge, schwarze Kloake, die den Dreck der ganzen Stadt schluckte. Der unerträgliche Gestank raubte ihr beinahe den Atem. Sie preßte ihr Taschentuch vor Nase und Mund und ließ sich, leise schluchzend, zu Boden sinken. Die Stirn an das Geländer gelehnt, verharrte sie zitternd auf dem eiskalten Boden. Es begann wieder leicht zu nieseln. Aus der Ferne war das Geräusch eines Motors zu vernehmen.

Taumelnd wie eine Betrunkene erhob sie sich, wischte

sich die Tränen vom Gesicht und winkte zaghaft. Der Wagen näherte sich rasch. Scheinwerfer flammten auf. Sie stieß einen markerschütternden Schrei aus, als sie von dem großen, dunklen Auto erfaßt und über die Motorhaube geschleudert wurde. Ihr Kopf prallte gegen einen Brückenpfeiler. Sie blieb regungslos liegen.

Der Fahrer stieg aus. Er krümmte sich vor Schmerzen. Blut tropfte von seiner Hand und aus dem kleinen Loch in seinem Bauch. Stöhnend bückte er sich, hob die Tote auf und warf sie in den Fluß. Dann schleppte er sich zurück zu seinem Wagen und verließ die fremde Stadt auf dem gleichen Weg, auf dem sie gekommen waren.

Helga Anderle

Die Sandlerin

Sie steht im Hausflur, eine dunkle, formlose Gestalt, kaum auszunehmen in dem schwarzen Schlauch, wenn sie sich nicht bewegen würde. Aber sie muß sich bewegen, da hilft nichts, muß mit den Armen wedeln und zappeln, von einem Fuß auf den anderen. Vor Kälte und Ungeduld. Den ganzen Tag über war es kalt gewesen, und so wie es aussah, würde es nachts den ersten Frost geben. Schöne Aussichten. Müde ist sie auch, hunde-müde, aber sie kann sich nicht hinlegen, ehe die Bullen weg sind. Sie kommen regelmäßig um diese Zeit, im-mer dieselben. Der eine groß und ziemlich fett, der an-dere etwas kleiner, mit einem blonden Schnauzbart. Jun-ge Kerle scharf wie Dobermänner, da hieß es aufpassen.

Da — jetzt — da sind sie! Laut hallen ihre schweren Schritte auf dem Pflaster, begleitet von dem Gekrächze aus den Funksprechgeräten, die sie um den Hals tragen. Im dunklen Flur tritt Erna ein paar Schritte zurück und kauert sich dicht an die Wand.

Kann schlimm ausgehen, wenn einen die Bullen erwi-schen. Wie damals am Verschubbahnhof. War ein guter Schlafplatz gewesen in dem geheizten Waggon. Sie hat-ten Hunde dabeigehabt, riesige kläffende Schäfer, die fanden einen überall. Warum sie jemand wie sie über-haupt einlochten? Eine Sandlerin, ein Nichts, ein Nie-mand.

Zum Glück haben die beiden von der Fußstreife keine Hunde. Wär schade um den neuen Schlafplatz, einen besseren hätt' sie nicht finden können. Liegt direkt ne-ben einer Bäckerei, und durch die Hauswand dringt die

Wärme von der Backstube herauf und der Geruch von frischem Brot. Manchmal verbrennt ihnen ein ganzes Backblech mit Semmeln oder Mohnstriezeln, und dann werfen sie das noch warme Gebäck in die Mülltonne. Schmeckt köstlich, wenn man das Verbrannte abkratzt. Schnaps ist was anderes, gibt's nicht gratis, aber zu hungern braucht sie nicht. Bei den Elisabethinen kriegt sie täglich eine warme Mahlzeit. Umsonst. Für ein 'Vergeltsgott'.

Im Moment ist ihr mehr nach etwas Flüssigem. Erna kramt in ihren Taschen, holt die Schnapsflasche hervor, legt den Kopf in den Nacken und zieht. Ah, das tut gut.

Scheißwinter. Wenn er so wird wie der letzte, dann gute Nacht. Bleibt immer noch das Obdachlosenheim, aber besser wär's, sie könnte ihren Schlafplatz behalten. Keine Kontrolle, niemand da außer ihr, kein Gehuste, Gestöhne und Geschnarche wie im Heim. Und keine Spiegel. Sie haßt Spiegel, weiß auch so, wie furchtbar sie aussieht. Merkt es an den Gesichtern der Leute, die bei ihrem Anblick die Nase rümpfen und angewidert wegschauen. Ihr Haar, seit einer Ewigkeit nicht gewaschen, ist verklebt und zottelt ihr ums Gesicht. Egal, sieht man sowieso nicht unter der Wollmütze. Interessiert kein Schwein, wie sie aussieht. Was soll's? Ihr liegt nur daran, daß man sie in Ruhe läßt. Das ist die Hauptsache.

Wenn sie nur vor sich selbst Ruhe hätte. Und vor den beunruhigenden Bildern, die ihr im Kopf herumspuken. Bruchstückhafte Erinnerungen aus ihrer Vergangenheit, die ungewollt auftauchen, sie quälen, etwas von ihr fordern, von dem sie nichts weiß und nichts wissen will.

Von ihrem Versteck aus sieht Erna, wie die Straßenlampen angehen.

Auf der anderen Straßenseite geht ein Mann vorüber. Den Mantelkragen hochgeschlagen, einen Schal darüber, eine Pelzmütze auf. Einer auf dem Weg nach Hause. Die Pantoffel an, vor die Glotze gehockt und dann unter die Bettdecke gekrochen. Zentralheizung und warmes Essen von sauberen Tellern und mit einem richtigen Besteck.

Erna schnaubt verächtlich, die brauchen das. Sie nicht. Ihr genügt der Schnaps, das Klosteressen und das, was sie aus den Mülltonnen herausklaubt. Werfen ja genug weg die Leute. Sie steckt vorsichtig den Kopf zur Tür hinaus. Die Straße glänzt im Regen, und die Ölflecken schillern in Gold, Grün und Violett, wie die Flügel von Rosenkäfern. Komisch, was ihr manchmal so einfällt. Die Luft ist rein, die Bullen sind weg. Endlich. Sie kann sich sowieso kaum noch auf den Beinen halten vor Müdigkeit. In dem schmalen Durchgang zum Hinterhof stehen mehrere Mistkübel an der Wand. Dahinter ein Maschenzaun, niedergetreten, kein Problem darüberzusteigen. Zwei Autoreifen, ein zerfledderter Pappkarton, alte Zeitungen, ein paar Stoffetzen und darüber eine Plastikplane: ihr Zuhause, ihr Nest.

Erna läßt sich ächzend nieder. Beim Bücken fährt ihr ein stechender Schmerz durch Kreuz und Knie. Im Grunde tut ihr alles weh, der ganze Körper, aber sie hat was, um sich abzulenken. Sie ordnet ihre Plastikbeutel. Sieben Stück, ihr ganzer Besitz. Die muß sie immer bei sich haben. Muß spüren, wie sie ihr beim Gehen um die Waden schlagen, wie ihr die Griffe in die Finger schneiden und ihr Gewicht die Schultern herunterzieht. Eine ist ihre Lieblingstasche. Die packt sie mehrmals am Tag aus, um sich ihre Schätze anzusehen: Ein Kamm aus Horn mit herausgebrochenen Zähnen. Ein einzelner Damenschuh, Größe 36, mit dünnen, goldenen Riemchen und einem spitzen Absatz. Ein blauer Wollpullover mit dem Etikett einer teuren Boutique, voller Löcher und Flecken. Eine Weste aus Acryl, bunt gestreift, ohne Knöpfe. Ein zartrosa Spitzenhemd, weich und glatt, wie aus Seide. Ein leeres Parfümfläschchen, noch schwach duftend. Jede Menge Stoffetzen und Papier. Kram, wertloser Plunder, von der Straße aufgelesen, herausgeklaubt aus Mistkübeln. Ihre Schätze. Sieben Stück, alle da. Erna schnieft glücklich und wischt den Rotz in den Ärmel.

Den Spiegel hat sie nicht mehr. Er lag auf dem Waschbeckenrand in einer Toilette. Ein flacher, goldglänzender Taschenspiegel, schön wie ein kostbares Schmuckstück. Schöner und kostbarer als alles andere, was sie je gefunden hatte. So kostbar, daß sie ihn im Beutel um den Hals trug. Wie oft hatte sie ihn hervorgeholt, angehaucht und blankpoliert. Hineingeschaut hat sie nur ein einziges Mal; besser sie hätte es nicht getan, denn da war blitzartig ein Bild aufgetaucht: Verschwommen das Gesicht einer schönen, jungen Frau mit langem, seidigem, weizenblondem Haar. Und gleichzeitig das vage Gefühl von Schmerz und Verlust, als ob das einmal ihr Gesicht gewesen wäre. Wann? Wie sie den Spiegel zum Licht gehalten hatte, war das Bild zerronnen. Vor Wut hatte sie ihn zu Boden geschleudert und mit den Füßen auf den Scherben herumgetrampelt. Seither ging sie Spiegeln aus dem Weg. Spiegel waren gefährlich.

Erna sucht sich eine bequemere Lage in ihrem Nest. Bisweilen fahren auf der Straße Autos vorbei, und die Reflexe ihrer Scheinwerfer huschen kurz über die Hauswand. Der Regen hat aufgehört, nur vom Dach tropft es noch. Unter der Plastikplane hört es sich an, als würde jemand mit zarten Fingern darauftrommeln.

In der Bäckerei ist noch kein Betrieb. Die Männer kommen erst nach Mitternacht. Wenn sie da sind, kann man sie in der Backstube rumoren hören. Manchmal singt einer. Eine fremdartige Melodie, die traurig klingt, aber schön. Die Männer sind okay, sie wissen von ihrem Versteck, aber sie verjagen sie nicht. Sie kommen selten die Kellerstiege herauf, nur wenn sie den Abfall in die Mülltonne werfen.

Erna wünscht sich, daß Sommer wäre. Im Sommer zieht sie mit ihren Pinkeln durch den Stadtpark. Sonnenkringel auf dem Teich, wo sie die Enten füttert; überall Blumen, die Schreie der Pfaue, das Lachen und Kreischen der Kinder auf dem Spielplatz. Wie lieb und zutraulich sie sind, sie ekeln sich nicht vor ihr. Bisweilen ganz schwach die Erinnerung an den Geruch von Babyhaut. Es roch so gut, ihr Baby. Grub winzige Finger in ihre Brust und saugte so heftig, daß es zugleich wehtat und schön war. Wo kann es geblieben sein? Ist es tot? Oder hat man es ihr weggenommen? Fragen, so viele Fragen und nur dieser verdammte Nebel im Hirn, sonst nichts.

Eines weiß sie. Sie darf den Kindern nicht zu nahe kommen. Eine wie sie muß auf Distanz bleiben. Sonst kommen die Mütter angerannt, zerren die Kinder weg, könnten sich ja was holen von ihr, Krankheiten und Ungeziefer und was sonst noch. Und wenn sie nicht auf der Stelle verschwindet, holen sie die Polizei! Nur das nicht.

Erna hat Schiß vor den Bullen, die haben es auf sie abgesehen. Deshalb heißt es wachsam sein, ja nicht wegdösen auf einer Parkbank, sonst schleichen sie sich an, und man bemerkt sie erst, wenn es zu spät ist. Ohne Papiere und ohne Geld ist man niemand. Für Niemand gibt's Knast, ohne Pardon und Mitleid. Knast ist mies für Niemands. Niemands dürfen nicht widerreden, müssen spuren. Zack, zack, alte Vettel, geht's in einem fort, komm schon, du häßliche Schlampe, du Dreckstück; was, du willst nicht parieren, na warte, wir werden's dir schon beibringen! Krankenhaus ist besser. Sind nette Leute dort, verlangen nichts von einem. Mußt nur alles mit dir machen lassen, ohne dich zu wehren. Es einfach zulassen, daß sie einen ausziehen, Schicht um Schicht, und einen in ein Bad stecken. Den Kopf ruhig halten, wenn sie dir die Haare waschen, nicht zappeln beim Nägelschneiden. Sich ein sauberes Hemd anziehen lassen und sich in ein weiches, weißes Bett legen. Aber Oma, wer wird denn, wir wollen doch wieder zu Kräften kommen, so wie wir beinand' sind! Nicht schreien und herumschlagen, wenn sie dir eine Nadel in den Arm stecken, nur einfach daliegen und zusehen, wie dir die gelbe Flüssigkeit in die Vene tröpfelt. Brav den Mund aufmachen, wenn die Schwestern kommen und dich füttern. Die meiste Zeit lassen sie einen in Ruhe schlafen. Aber irgendwann wollen sie doch was von dir.

Die Sozialarbeiterin, die sich an ihr Bett setzte, war jung und freundlich, meinte es gut mit ihr. Eine Unterkunft wollte sie ihr beschaffen, Papiere und was sonst noch. Sie habe doch bestimmt nicht immer so gelebt, sie müsse doch Familie haben, so könne sie doch nicht weitermachen auf die Dauer. Aber Erna konnte ihr keine Antworten geben, ihr Kopf spielte nicht mit, da war nur dieser dicke Nebel. Die junge Frau kam noch zwei-, dreimal, schließlich gab sie auf.

Irgendein Geräusch weckt sie auf. Sie muß tief geschlafen haben, für einen Moment weiß sie nicht, wo sie ist. Die Panik legt sich, als sie ihren Schlafplatz erkennt und sieht, daß niemand da ist. Vielleicht war es die Katze; die schleicht manchmal vorbei und wirft was um. Sieht nicht gut, das arme Ding, hat nur noch ein Auge. Der Himmel ist bleierngrau, aber es regnet nicht mehr. Erna schält sich mühsam unter der Plastikplane hervor, ihre Zähne schlagen klappernd aufeinander. Ein ordentlicher Schluck Schnaps hilft ihr auf die Beine, die vor Kälte wie gelähmt sind. Sie macht ein paar steife Schritte, stützt sich an der Mauer ab, deckt das Plastik über ihren Schlafplatz, greift sich ihre Pinkel und zieht los.

Jeden Tag der gleiche Weg bis zur Unterführung, hinunter mit der Rolltreppe und wieder hinauf auf die Straße. Aufpassen auf die Autos, aufpassen auf die Leute. Sie braucht viel Platz mit ihren Taschen. Hinter ihr bimmelt es wie verrückt, sie reagiert zu spät, der Radfahrer streift im Vorbeifahren eine ihrer Taschen. Der Riß klafft auf und der Inhalt quillt heraus. Erna flucht, hockt sich nieder, sammelt die Sachen auf und stopft sie in einen anderen Sack, in dem noch Platz ist. Will weiter, aber da pflanzt sich dieser fette Mann im Lodenmantel vor ihr auf, und sein Dackel reißt an der Rolleine, kläfft sie an und will nach ihr schnappen. Erna kriegt Angst, wirbelt mit den Säcken, trifft den Hund, der jämmerlich jault. Nichts wie weg, aber der Mann steht da wie angewurzelt und läßt sie nicht vorbei. Sein Gesicht ist hochrot und verzerrt, er schreit und schimpft, und kleine Speicheltröpfchen sprühen auf sie nieder, so nah ist er. Bevor er sie zu fassen kriegt, rafft sie ihre Bündel zusammen und rennt los, behindert von den Säcken, die ihr immer wieder zwischen die Beine kommen; ein Wunder, daß sie nicht hinfällt. Erst wie sie keine Luft mehr kriegt, bleibt sie stehen. Weit ist sie nicht gekommen, aber den Mann hat sie abgehängt. Sie läßt sich zum Verschnaufen in einem Hauseingang nieder, setzt die Schnapsflasche an, trinkt gierig, wischt sich mit dem Handrücken über das nasse Kinn. Gleich geht es ihr wieder besser. Jetzt hat sie es nicht mehr weit.

Warum sie hierherkommt, immer wieder an den selben Platz? Es muß einen Grund geben, das spürt sie. Etwas zwingt sie dazu, hier zu stehen und zu warten.

Ein Baldachin auf Messingstangen. Kübelpflanzen entlang des roten Läufers. Ein livrierter Portier. Braun die Uniform mit goldenen Quasten. Wenn jemand durch die Drehtür geht, buckelt er und zieht seine Kappe.

Es ist nicht immer derselbe, sie wechseln sich ab. Der Alte ist gutmütig, im Unterschied zu dem Jüngeren mit dem arroganten Gesicht. Sobald er sie entdeckt, wedelt er mit der weißbehandschuhten Hand, zischt und stampft mit dem Fuß, als wolle er einen lästigen Köter verjagen.

Erna tut ihm den Gefallen und geht ein paar Schritte zurück. Wenn er nicht hersieht, rückt sie wieder vor, damit sie beobachten kann, wer im Hotel aus-und eingeht.

Fast ununterbrochen fahren Wagen vor. Entweder Taxis oder wuchtige Limousinen. Wenn so ein Schlitten vor dem Portal hält, rennt der Portier hin, reißt die Tür auf und verbeugt sich vor den Leuten, die aussteigen. Dann hält er gekonnt die Hand auf für ein Trinkgeld.

Der alte Portier spielt mit Erna ein Spiel. Er wirft ihr eine Münze von seinem Trinkgeld hin. Schnell muß sie sein, sich rasch bücken oder mit dem Fuß drauftreten, dann gehört die Münze ihr. Wenn sie zu langsam ist, rollt die Münze durchs Kanalgitter und der Livrierte schüttet sich aus vor Lachen.

Während sie hier steht und wartet, spürt Erna, daß sie der Antwort auf ihre Fragen nahe ist. Hier blitzen öfter als sonst die Bilder auf, die so verwirrend und beunruhigend sind. Da ist immer diese Frau mit dem weizenblonden Haar, die Frau aus dem Spiegel, den sie zertrümmert hat. Sie ist nicht allein, da ist noch jemand. Wer? Kein Gesicht, nur ein Kopf mit dunklen Locken, ein langgestreckter nackter Körper. Ein Paar, das sich liebt. Dann wird es dunkel. Nur der Schmerz bleibt und brennt in ihr drinnen weiter, frißt sie von innen auf.

Viel Betrieb heute. Der Portier kommt aus dem Buckeln nicht heraus. Es ist der Nette, der sie nicht wegscheucht. Koffer und Gepäckstücke auf dem roten Läufer. Boys, die sie mit Karren wegschaffen. Der Hauch von teurem Parfum. Eiliges Wieseln auf der Treppe. Die Drehtür schwingt wie ein Kreisel, Erna wird schwindlig vom Hinschauen.

Wieder hält ein Wagen. Der Portier geht zum Fond, reißt die Tür auf. Zwei glatte Beine schwingen heraus, endlos lang, in eleganten Pumps. Der Portier tritt zur Seite, und Erna kann die Frau sehen. Eine richtige Dame, Designer-Kostüm, Handschuhe, glattes blondes Haar, ein schicker Hut. Der Mann steigt auf der Straßenseite aus, geht um das Heck des Wagens herum und kommt ganz nah an Erna vorbei.

Franz! Erna faßt es nicht, daß sie es ist, die diesen Namen ruft. Der Mann dreht sich um, überrascht, bleibt mitten in der Bewegung stehen. Sieht niemanden. Oder doch: Einen Haufen dreckiger Lumpen, ein ledriges, vor Schmutz starrendes Gesicht, den aufgerissenen Mund, der seinen Namen ruft, heult, brüllt. Franz!

Erna zittert am ganzen Körper vor Erregung. Mit einem Mal hat der dunkle Kopf wieder ein Gesicht, das Bild wird klar und zusammenhängend wie ein Film. Ihre Ahnung war richtig. Sie ist die Frau mit dem weizenblonden Haar und Franz, ihr Geliebter, ihr Glück, ihr Leben. Sie feiern ihren Geburtstag. Ein weißgedeckter Tisch, Gläser aus Kristall, Musik, Champagner. Ein Meer von Blumen in der Suite. Kühle Laken auf dem Bett, sein Mund wie eine Feuerspur auf ihrem Körper. Von dem Kind, das sie erwartet, will er nichts wissen. Sie hätte sich vorsehen sollen, nein, der Trick zieht bei ihm nicht, da muß sie sich schon einen andern Dummen suchen, viel Glück, sie soll's nur probieren.

Die Wahrheit explodiert in ihr und reißt den Nebel fort, und Erna weiß mit einem Mal, ihr Warten hat sich gelohnt. Franz brüllt es aus ihr, und er schaut verständnislos auf die zerlumpte Gestalt, zuckt die Achseln, kehrt ihr den Rücken zu, geht auf dem Läufer weiter, beschleunigt die Schritte, will die blonde Frau einholen, die am Fuße der Treppe auf ihn wartet. Da schnellt Erna hoch, reißt die Schnapsflasche aus der Tasche, zerschlägt sie an der Baldachinstange, ist mit einem Satz bei ihm und rammt ihm die Zacken in den Hals. Franz hebt abwehrend den Arm, versteht nichts, spürt nichts, weiß nicht, daß ihn nur noch wenige Minuten vom Tod trennen. Blut spritzt und Erna haut zu, wie besessen. Franz geht in die Knie, schreit tierisch, fällt kopfüber. Jetzt erst begreifen die Zuschauer und setzen sich in Bewegung. Zu spät. Die blonde Frau preßt Franz ein weißes Tuch auf den Hals, aber das Blut läßt sich nicht stoppen, es spritzt unaufhörlich weiter, jeder Herzschlag ein kleiner Geysir, hellrot und warm.

Erna bekommt einen Schlag, läßt die Flasche fallen, torkelt, geht zu Boden. Jemand setzt sich auf sie, und preßt sie nieder, aber sie spürt die Last nicht, fühlt sich unglaublich leicht und frei.

Neben ihrem Gesicht liegt Franz' Fuß und mit letzter

Anstrengung streckt sie ihren Arm aus und krallt sich an ihm fest.

Bärbel Balke

Wer A sagt, muß auch Babette sagen

Brotbier nahm einen kräftigen Schluck aus der Asbach-Flasche. Diesen Weinbrand hatte er sich früher nur gegönnt, war ihm etwas Gutes widerfahren. Jetzt konnte er Asbach trinken, soviel er wollte, reisen, wohin es ihn zog, und sagen, was ihm beliebte, es interessierte nicht mal mehr die Stasi. Psychisch gesehen war er nahe dem Nullpunkt. Die Folgen der Wende, jawohl. Sie schliffen seine Seele zu Tode. Heute war Annettes Geburtstag. Aber in der Küche roch es weder nach frischgebackenem Kuchen, noch nach Krönung. Auch sein Blumenstrauß stand unbeachtet vor der verschlossenen Flügeltür. »Aber okay, alles okay!«

Er setzte die Flasche erneut an, schaltete mißmutig den Fernseher aus, nahm sich die Zeitung vor, legte sie wieder weg, drückte auf den Radioknopf, ging zum Kühlschrank, holte sich Gewürzgurken, schaltete das Radio ab, den Fernseher wieder ein, brachte das Gurkenglas weg und kam mit einer Ritter-Sport zurück.

Angefangen hatte es mit diesen bunten Blättern. Annette war während irgendeines Frühstücks zur Tür gelaufen und mit einem seltsamen Paket zurückgekommen, das der Briefträger geliefert hatte. Statt Salz oder Marmelade bekam er plötzlich nichts als Schweinkram über den Tisch gereicht. »Dieses Zeug hast doch nicht etwa du bestellt?« hatte er gefragt. Und Annette hatte geantwortet, daß sie bisher nie etwas, ohne ihn zu fragen, zu bestellen gehabt hätte. Jetzt aber, mit der großen Freiheit, wolle sie das ändern.

Ihr Ton war von fordernder Gereiztheit gewesen, als sie ihm die ferkeligen Blätter unter die Nase hielt. Er hatte sie sich angeguckt, und das durchaus bereitwillig. Er studierte, und das wirklich gutwillig, Abbildungen und Text. Aber was sie dann verlangt hatte, war wirklich zu weit gegangen. Jawohl, war es.

»Annette!« hatte er gesagt, und das betont nett. »Annette, du bist ansehnlich, aber nicht besonders sexy. Üppig, aber nun wirklich nicht auffallend proportioniert. Verzeih, das muß dir mal einer sagen. Du willst doch nicht im Ernst als Geburtstagsgeschenk Lederslip und Lederkorsage haben? Du in diesen Sachen! Die Vorstellung allein ist ulkig. Ich jedenfalls würde mich totlachen.«

Das einzige und bisher letzte Wort, das sie für ihn übrig hatte, war »okay« gewesen. Okay, hatte sie gesagt. Einfach nur dieses verblödete amerikanische okay, das seit der Wende auch ihren Sprachschatz monotonisierte.

Brotbier schluckte den Asbach, ohne ihn zu schmekken, warf immer mal wieder einen süffisanten Blick auf diese unappetitlichen Hefte, bis sie ihn rumgekriegt hatten. Kurzentschlossen nahm er der Lieblingsnachrichtensprecherin der Nation den Strom weg und holte sich zerknirscht »Die größten Brüste der Welt« auf den Schoß, fummelte den Gürtel aus der Schnalle und schloß die Augen. Aber er sah nur Annette, Annette, wie sie erst die Bestecke, dann das Geschirr, zuletzt die Wohnung geteilt hatte. Ein Zimmer er. Annette zwei, getrennt durch die Flügeltür, die bis heute seine ganze Hoffnung gewesen war. Aber nun verließ die ihn auch noch. Annette hatte ihren Geburtstag nie ohne ihn gefeiert. Sie hatte überhaupt bisher gar nichts ohne ihn gekonnt. Aber auch er konnte mit einer liederlichen Ehe im Nacken nichts. Schließlich hatte er einen Ruf zu verlieren, und zwar in Ost und West. Er war ein bekannter Schauspieler. Besser gesagt, ein vielbeschäftigter Synchronsprecher, der allerdings, das aber brillant, nur in Zeichentrickfilmen piepste, tirilierte, brummte oder schniefte. Wenn ihn jemand, früher in der Kaufhalle, heute im Supermarkt, an der Stimme erkannte — »Oh, sind Sie nicht Schnuppi aus dem Streifen Lumpi?« —, wenn man ihn dann aufforderte: »Ach bitte, legen Sie doch mal ein sauberes Jaulen hin!« —, sah er den Sinn seines Leben bestätigt. Da brauchte er kein Komitee für Gerechtigkeit, keine CDU, nix, nix, nix. Und nun dieser Skandal, jawohl, Skandal. Annette öffnete einfach nicht mehr diese verdammte Flügeltür.

Er schmiß die »Busenwunder« wieder zu den Dessous-Empfehlungen und Dildo-Angeboten, denn seine wundgeriebene Seele verschrumpelte zusehends. Obwohl er die großzügigen Damen bis ins Tiefste seines Herzens verachtete, holte er sie immer wieder auf die Couch, wohl wissend, daß kein Ergebnis zu erwarten war. Oh, Annette! Wenn er nicht endlich kapierte, daß sie sich aus seinem Leben verabschiedet hatte, würde er bald selbst der arme, bedauernswerte Hund und nicht mehr nur seine Stimme sein.

Energisch stand Brotbier auf. Er mußte handeln. Unter die Dusche, gründlich rasiert und Abwechslung gesucht. Schnell noch da ein Wässerchen und dort ein Spray eingesetzt und raus aus den vier Wänden. Jawohl, ab die Post und losmarschiert.

Bereits auf der Straße verließ ihn der Mut. Wohin denn? Annette hatte immer die Einfälle gehabt. Ein Taxi bremste scharf am Straßenrand. »Vergnügen woll'n Se sich, na, denn ab in die Oranienburger!«

Brotbier wußte nicht, was er wollte, so daß der Taxifahrer eine gute Tour witterte. Er betete die Etablissements her und entschied sich für das entfernteste. »Wer'n Se nicht bereun. Is 'n feinet Haus. Knackige Hintern aus Nahost, Fernost und Ost. Wenn Se sich dazu noch 'ne Stunde Fahrt bis Strausberg leisten könn'?«

Brotbier sah in der Bar kaum die Hand vor Augen. Nur in einer Ecke gingen im Rhythmus der Musik ein paar Lichter an und aus, und auf einer winzigen, rot ausgeleuchteten Bühne verrenkte sich ein Paar in einem technisch ausgefeilten Liebesakt. Weiblichkeiten, eigens für das Fleischliche engagiert, bemühten sich um Unterschreitung der Gürtellinie.

Brotbier bestellte einen Asbach. »Zwei«, forderte der Kellner und winkte Beinen in Netzstrümpfen bis zum Hals. Das Mädchen darunter hatte allerdings mehr im Kopf als im Dekolleté. Konnte er heute überhaupt nicht gebrauchen. Und wenn, dann wenigstens eine mit den Ausmaßen Annettes. »Sind Sie eine fleißige Arbeiterin?« fragte er. Und das kluge Mädchen witterte Umsatz und nickte heftig.

»Sehen Sie, deshalb sind Sie so spindeldürr. Schicken Sie mir das Doppelte von Ihnen, und Sie dürfen den Asbach austrinken, klar?« Brotbier fuhr sich cool durchs Haar, sah gelangweilt nach vorn und spürte, wie er ein Stück des in letzter Zeit verlorengegangenen Terrains zurückgewann.

Das Paar auf der Bühne lag in der Endrunde, vielleicht zu langatmig, denn aufgekratzt stürzte eine Art Conférencier mitten in ihre letzten Zuckungen, verlor den Faden zu seiner Ansage, gab den Leuten zu verstehen, daß sie schleunigst zu verschwinden hätten, und verkündete endlich: »Meine Herrschaften, der große Augenblick ist da. Babette kommt! Das blonde Rasseweib. Unsere Französin, die selbstverständlich französisch kann.«

Das männliche Publikum johlte und gab einen Vorschuß Applaus. Leise plätscherte ein Soul an, wurde lauter und ekstatischer. Und dann kam es, das blonde Rasseweib. Glutrote Schaftstiefel bis zu den Oberschenkeln. Ein schwarzer, durchsichtiger Mantel verdeckte nur spärlich Strapse und Tanga, ebenfalls in Rot gehalten und aus Leder. Ab und zu, wenn die Scheinwerfer die Frau streiften, wurde der Ansatz voller Brüste sichtbar. Als sie begann, ihren Mantel abzustreifen, war es mucksmäuschenstill.

Brotbier schob den Kopf — nun den einer stattlichen

Schwarzhaarigen — von seiner Schulter und starrte auf die Bühne. War nicht schlecht, was sich dort bewegte. Jeder Einfall kam aus Leidenschaft und nicht von der Regie. Die Bewegungen, die Hingabe an den Rhythmus waren voller Sinnlichkeit. Doch ... er wurde bleich. Und ... er spürte die plötzliche Erregung in seinen Knien. »Noch einmal die Scheinwerfer auf das Gesicht!« Er schnellte hoch und schrie. »Nun macht schon!« Gläser fielen um. Die schwarze Enddreißigerin starrte ihn erschrocken an. Der Kellner kam gelaufen, drückte Brotbier in die Dunkelheit zurück und erinnerte dessen Tischdame barsch an das Berufsethos. Doch Brotbier wischte die plötzlich eifrigen Finger ungehalten von seinen Oberschenkeln und sprang erneut auf: »Das ist keine Französin, sondern eine Sächsin. Sie kann nur Russisch. Und als Kind war sie Pionier. Jawohl, war sie. Sofort kommst du her, Annette!«

Vier kräftige Bodyguards machten Brotbier klar, daß er nicht der erste sei, der durch Babette um den Verstand gebracht worden war. Er brauche allerdings keinen Psychiater. Babette mache auch Hausbesuche und ihn, wenn er ganz brav wäre, wieder gesund.

»An-net-te ist ihr Name«, verbesserte Brotbier streitsüchtig. »Annette! Komm sofort runter! Sonst komm ich rauf!«

Verdammt noch mal! Ob nun Babette oder Annette! Ob er überhaupt genügend Zaster hätte?

»Ich bezahle doch nicht meine eigene Frau!«

Dann eben nicht. Brotbier wurde in eines der vor der Tür wartenden Taxis getragen. Der Fahrer mußte sofort Gas geben und quasselte drauflos, von seinem Grundstück, das ihm ein Alteigentümer wegnehmen wolle, von seinem alten Betrieb, den die Treuhand weggenommen habe, von seiner Frau, die er gerade an einen Bayern verloren habe ...

»Halten Sie endlich die Schnauze«, schrie Brotbier, »sonst verlieren Sie auch noch Ihr Leben!« Er drückte dem Taxifahrer seinen eiskalten Zeigefinger in den Nacken. Der Mann schwieg erschrocken. »Okay, okay«, sagte Brotbier, »war nur ein Scherz.« Lächerlich alles. Wie blöd sein Benehmen, wie weltfremd sein Verdacht. Annette war eine Brünette, nicht blond. Annette hatte viel schmalere Lippen und breitere Hüften. Jawohl, hatte sie. Beinahe hätte er sich da in etwas hineinmanövriert. Und wie er das hätte! Als das Taxi nämlich in seine Straße einbog, erfaßte eitel Freude Brotbiers Herz. Genau, Annette würde ihn doch nicht zu ihrem Geburtstag allein lassen. Er sah doch Licht. Jawohl, ihre Fenster waren hell erleuchtet.

Glücklich hechelte er die Stufen nach oben, wagte es sogar, an die Flügeltür zu klopfen und Annette in Anbetracht des Festtages zu einem Gläschen Asbach einzuladen. Und während er sich in der Gewißheit wiegte, einer wilden Versöhnungsorgie entgegenzuleben, zog er die Doppelbettcouch aus und erzählte aufgekratzt von Babette, der Stripperin. Doch niemand amüsierte sich, keiner fragte nach. Offensichtlich hatte seine Frau, als sie die Wohnung verließ, nur vergessen, das Licht auszuschalten.

Brotbier trank, was er fand. Es ging ihm nicht besser. Was er eigentlich brauchte, war eine Menschin. Jetzt war es schon egal, ob sie Annette oder Babette hieß. Er ließ sich vom Fernamt die Nummer der Bar geben und rief an. »Wieviel kostet die Französin? Was, eine Stunde? Und die ganze Nacht? Okay, soll trotzdem kommen!«

Babette kam nicht, sie erschien. In einem langen Ledertrenchcoat stolzierte sie, als bewege sie sich in den eigenen vier Wänden, durch den Flur und sicher auf sein Zimmer zu. »Ich spreche selbstverständlich ohne Akzent Französisch«, sagte sie und, als Brotbier sich grinsend als die beliebte Lumpi-Stimme vorgestellt hatte: »Ach, Sie sind das! Dann ist mir klar, weshalb man Sie nicht vor der Kamera haben will. Aber Ihr Aussehen ist egal. Ein Kunde ist mir genauso lieb wie der andere.«

»Geh nicht zu weit, Annette!« Brotbier wollte ihr den Mantel aufknöpfen, doch sie schlug ihm auf die Finger.

»Babette! So heiße ich nun mal. Merk dir das. Und nun erst mal die Kohle!« Als sie das Geld eingesteckt hatte, öffnete sie kokett selbst ihren Mantel.

Brotbier betrachtete sie unsicher, musterte die Schenkel, die Hüften. So sahen viele aus. Der Nabel? Hätte er sich doch irgendwann einmal ihren Nabel genauer angekuckt.

»Netter Schrank«, sagte Babette. »18. Jahrhundert, denke ich.«

»Das weißt du ganz genau.« Brotbier lachte verunglückt. »Den hast du deiner Großmutter abgeschwatzt, Annettchen.«

»Ich habe keine Großmutter. Ich bin Vollwaise und zum letzten Mal, ich heiße Babette. Wer ist denn diese Annette?«

Brotbier wankte auf die Frau zu, wollte ihr ins Haar fassen, in der Hoffnung, eine Perücke in der Hand zu halten. Doch Babette schlug hart seine Hand weg. Ihre Augen verengten sich gefährlich zu einem Spalt. »Ach, so einer bist du? Raufen willst du? Schmerz brauchst du. Na, dann komm her, du Schnuppi, du! Los, jaulen! — Du sollst jaulen! Sofort! Wer A sagt, muß auch Babette sagen, klar, Kleiner? Kriech auf allen Vieren! Los, Schnuppi, sonst wird Babette böse! Sonst holt Babette womöglich noch Annette herein.«

Brotbier ließ sich auf die Couch fallen und hielt sich vor Lachen den Bauch. Babette baute sich vor ihm auf und löste, ohne den Blick von ihm zu nehmen, ihren Ledergürtel aus den Mantellaschen.

»Okay, okay«, sagte er. »Ich werde mich nicht totlachen.«

Babette schlug zu. Der Gürtel traf ihn an der Augenbraue. Die Frau nutzte seine Sprachlosigkeit aus und riß ihm das Hemd vom Leib.

»Aber Annette, das hast du mir zu meinem Geburtstag gekauft. Und heute hast du Geburtstag. An unseren Geburtstagen war es immer so gemütlich ...« Er sank auf die Knie, betrachtete mit Berhardinerblick die in den hochhackigen Lackstiefeln steckenden Beine, tastete sich demütig über den prallen Rest Nacktheit zu dem wollüstigen Hügel vor, um über den Nabel, den er sich schnell betrachtete, zu den Brüsten zu gelangen. Sie quollen unanständig über die Korsage. Er wollte sie etwas sittlicher verpacken, doch Babette stieß ihn zurück.

»Erst will ich meinen Spaß haben! Los, spiel was! Deine Lieblingsrolle heißt wie?«

»Schnuppi, der Rächer«, sagte Brotbier irritiert. Nein, das war nicht Annette, konnte sie nicht sein. Annette verehrte seine Arbeit. Ein letzter Versuch. »Sei doch endlich wieder mein liebes Mädchen. Nun komm schon!« In seinem Kopf drehte sich alles. Er konnte das nicht begreifen.

Babette war unerbittlich, setzte sich breitbeinig in den Sessel und befahl hochmütig lächelnd: »Na, los! Schnuppi, du Rächer! Nun räch dich schon!«

Brotbier warf sich mit letzter Kraft zwischen ihre Oberschenkel. Annette hatte ihn zwar viel zu lange mit Entzug bestraft, aber ob jetzt der Augenblick günstig war, alles nachzuholen, bezweifelte er denn doch.

»Du sollst nicht fummeln, sondern Schnuppi vorspielen, hast du mich verstanden?« Babette trat gegen seine Schulter. Brotbier kippte rücklings auf den Teppich. »Mein Gott«, japste er, »komm zu dir. Du warst mal Gewerkschaftsvertrauensfrau. Ein Vorbild! Hast du alles vergessen?«

Der Ledergürtel sirrte durch die Luft und traf sein Ohr. Er verspürte große Lust zurückzuschlagen. »Okay, okay, Annette. Okay.«

»Babette!« korrigierte sie scharf und strich mit dem Leder sanft über seine Wange. »Und nun will ich den Rächer haben.«

Es war wohl das Klügste zu gehorchen. Brotbier hatte

noch nie eine Frau geschlagen. Besser war dann, eine Szene aus der Serie Lumpi zu mimen. Schnuppi war immerhin die Rolle seines Lebens. Er begann, auf allen Vieren durchs Zimmer zu jagen, juchtete über die Couch, hechelte und japste, und Babette trieb ihn an. Er bellte. Er lispelte. Er winselte. Er tobte um den Tisch und um Babette herum. Und Babette jauchzte, knallte mit dem Gürtel, schnalzte mit der Zunge, saß auf ihm, stand über ihn. Und dann hatte sie Spaß genug gehabt. Dann durfte Brotbier ihren Busen anknurren und sich darauf stürzen wie auf einen Teller Schnappi. »Oh, Netti, du«, flüsterte er, »ich kann nicht mehr.«

Wütend sprang Babette auf. »Wie oft soll ich es noch sagen? Babette! Du verdammter Ignorant. Los, würg mich!«

»Würgen ...? Aber ...« Er fürchtete, die Frau war verrückt geworden, übergeschnappt. »Du bist nicht normal. Ich hole einen kalten Lappen, Annette, warte ...«

Der Gürtel sauste auf ihn nieder. »Babette, Babette. Verstanden? Hast du endlich kapiert, ich heiße Babette! — Und nun würg Babette, aber ein bißchen dalli. Und in richtiger Dosierung. Ich steh drauf, Junge.« Noch einmal sirrte der Gürtel kurz neben Brotbier vorbei. Da legte er seine Hände um ihren Hals, zuckte aber sofort wieder zurück, als hätte er eine heiße Kartoffel angefaßt. »Kann ich nicht, wirklich, glaub mir doch. Das ist nichts für mich!«

»Soll auch nicht für dich sein, Kleiner. Für mich. Hast du verstanden? Für mich! Los schon, du Flasche. Nun mach endlich!«

Babette faßte in sein Haar und zog daran. Brotbiers Kamm schwoll, seine Hemmungen schwanden, seine Wut wuchs, er begann zu drücken. Babette stöhnte: »Fester!« Brotbier drückte fester. Babette wand sich wollüstig, forderte: »Stärker!« Und Brotbier kniete sich nun in seine Aufgabe. Diese Masochistin! Diese Egoistin, Sadistin! Was davon war sie eigentlich? Diese Barbarin! Ein

verdorbenes Weibsstück war sie. Er drückte und drückte. Gott sei Dank war's ihr jetzt recht so. Sie korrigierte
ihn nicht mehr, verlangte nichts mehr. Sie sah ihn nur erstaunt an. Jawohl, sollte sie ruhig gucken. Er brachte sowas. Er brachte alles, wenn er wollte. Er brachte es, solange sie wollte. Und gut brachte er es. Wie tot lag sie da,
vollkommen fertig. Seit langem wieder mal ein Glücks-
treffer. Annette kam so schwer. Und so selten. Jetzt kam
Annette gar nicht mehr zu sich, so geschafft war sie.

Brotbier verschnaufte zufrieden, dann warf er eine
Decke über sich und diese Dame. Das war ein Höhe-
punkt! Das war eine Nacht! Mehr konnte er nicht leisten.
Er hatte keine Kraft mehr und schlief sofort ein.

Es war bereits Mittag, als Brotbier zu sich kam. Wie
von ferne hörte er, daß jemand seinen Namen rief. Langsam öffnete er die Augen: die behaarten Waden, die run-
den Knie, das dunkelbraune, ausgeleierte Shirt über der
gehörigen Oberweite ... »Annette, komm her!«

Annette wollte nicht herkommen. Annette war schon
wieder komisch. Den Tränen nahe, zeigte sie auf das andere Bett. »Wer ist das?« Brotbier wendete — oh, wie tat
das weh — den Kopf. Plötzlich saß er aufrecht, wollte die
Decke wegziehen, doch seine Frau stürzte sich sofort auf
ihn. »Nicht. Tu das nicht! Du würdest dich nur erschrecken. Sag endlich, wer das ist!«

Brotbier starrte Annette, seine brünette, an, dann auf
die blonde Mähne und die Konturen eines fülligen Körpers. Das reichte, um zu begreifen: Annette war nicht
Babette. Babette war nicht Annette gewesen. Erleichtert
wollte er in die Arme seiner Frau sinken, doch im Sinken
kam die ganze Wahrheit über ihn. Wenn Annette nicht
Babette war, dann hatte er diese Französin nicht ge- sondern erwürgt! »Annette! Mein Gott, Annette. Ich habe
Babette umgebracht.«

»Ich weiß! Ich weiß. Ganz blau ist sie im Gesicht.« Sie
bettete den Kopf ihres Mannes an ihren Busen und strei-
chelte darüber. »Ein schöner Name, Babette. War sie

eine ...? Hast du sie kommen lassen? Ich war gestern bei Mutter. Hast du sie bezahlt? Wieviel kostet sowas?«

Brotbier machte sich hektisch frei. »Sie wollte es. Ich sollte sie ... Dann habe ich ... Ein Würg-Anfall, glaub mir. Wir müssen die Polizei ...«

Annette wollte nichts mehr hören. Aufstehen sollte er endlich und sich setzen. An den Frühstückstisch. Der war schon gedeckt. In der Küche. »Keine Polizei«, sagte sie. »Oder willst du morgen in der Zeitung lesen: Der große Schnuppi enttarnt als Würger der Hauptstadt. Nein, niemals! Überlaß alles mir. Du bleibst, wo du bist, bis ich dir sage, daß alles vorbei ist, verstanden?«

Brotbier blickte seine Frau erstaunt an. Ihr Ton erinnerte ihn schmerzlich an Babette. Aber Babette war tot und blond. Annette war brünett, aber jetzt so energisch wie Babette gestern. War wohl nicht anders möglich. Einer mußte den Überblick behalten.

Annette schloß die Küchentür und telefonierte eine Weile mit jemandem. Dann hantierte sie lange in dem Zimmer, das sie ihm zugeteilt hatte. Es rumpelte und schlurfte. Er sah in den Korridor. Der große Korb, in dem sie sonst die Betten aufbewahrten, war mit dicken Seilen verschnürt. »Du sollst drinbleiben. Gleich kommt Herr Silaff, der Maurer, du weißt, von unten der, erster Stock. Der hilft mir, deine alten Kostüme, von denen du dich ewig nicht trennen konntest, wegzubringen.« Sie blickte ihm bedeutungsschwanger in die Augen.

»Wohin, wohin?« flüsterte Brotbier hysterisch.

»Na, zu SERO nicht. Die Altstoffstellen gibt's ja nicht mehr. Silaff arbeitet bei einer Betonbaufirma. Sie werkeln an irgendeinem Verwaltungsgebäude für Bonn. Alle aus der Gegend bringen ihren Müll dorthin. Heute nacht gießen sie nämlich das Fundament. Das Zeug kommt unten rein. Und obendrauf dann der Beton. Jeder hat was davon. Klar?«

Annette schob ihren Mann in die Küche zurück, schloß ihn jetzt sogar ein und kappte auch noch das Telefonkabel. Dann kam Silaff. Brotbier beobachtete durch die Gardine, wie seine Frau und einige Nachbarn einen alten Barkas mit eben diesem Korb, Gerümpel und Kisten beluden. Als der Wagen abgefahren war, kam Annette allerdings nicht so schnell wieder nach oben. Drei Stunden wartete er, dann endlich öffnete sich die Küchentür. »Annette?« fragte er erschrocken und trat einen Schritt zurück. Annette hatte Brünett zu Wasserstoffblond bleichen und sich ein auffälliges Make-up auflegen lassen.

»Siehst du, du bist verblüfft«, strahlte sie. »Ich hab gleich gesehen, daß wir beide uns ähnlich sind.« Sie drehte sich vor ihm wie eine etwas aus den Fugen geratene Barby-Puppe.

»Am Tage bin ich deine Annette. Und abends Babette. Du mußt mir nur sagen, wo du sie aufgegabelt hast.« Sie zog ihren Faltenrock und die bestickte Bluse aus und stieg in die feuerroten Stiefel und die Korsage. »Wenn du nicht durchdrehst, wird niemand etwas merken. — Mein Gott, du hast ja keinen Bissen angerührt. Jetzt komm, wir müssen etwas essen!« Sie legte sich den Lackledermantel über die Schultern, nahm ihren Mann bei der Hand und führte ihn behutsam an den Frühstückstisch.

Dietmar Beetz

Wie eine Schwester

»Iß nicht soviel!« sagt Stunden vor dem Ableben die Alte, als die Ältere ein drittes Mal nach dem Toastkörbchen greift. »Du mußt auf dein Gewicht achten! Gerade jetzt, mit dem kaputten Bein!«

Die Hand über dem festlich gedeckten Tisch zögert einen Moment. Zögert und zittert leicht — eine vom Alter gesprenkelte, von Arthrose gekrümmte, von der Arbeit abgenutzte Hand.

Dann langt sie zu, nach einem trotzigen Ruck, packt eine der gerösteten Scheiben und legt sie auf den Frühstücksteller. Liegt danach, als sei sie plötzlich erschlafft, neben dem Tellerrand. Beginnt irgendwann, widerstrebend und stockend, Stückchen von der Brotscheibe abzubrechen und in den von Falten umkränzten Mund zu stecken.

Kaputtes Bein! Und früher die verschlissenen Gelenke, das müde Herz, die durchgelatschten Füße ... Immer dasselbe, sogar an ihrem Geburtstag.

Unterdessen hat die gegenüber, die Jüngere, krachend und spürbar verdrossen Toast gekaut. Auch sie ist von den Jahren gezeichnet, was weder die gepflegten, geäderten Hände noch der fahl-braune Teint zu verhehlen vermögen. Die Zähne in ihrem zerknitterten, mehrfach gestrafften Gesicht erscheinen trotz gut plazierter Goldinlays zu ebenmäßig, um als echt gelten zu können.

»Nun bock nicht!« sagt sie versöhnlich über ihren Geburtstagsfrühstückstisch hinweg. »Ich will doch nur dein Bestes! Daß du das nicht begreifst!«

Der Älteren zerbröselt ein Toastsplitter zwischen den Fingern.

Nur dein Bestes, geht es ihr durch den Kopf, wie ein Echo, das rasch verhallt. So hieß es immer, von Anfang an, schon in ihrem Elternhaus und sogar beim Schulrat.

Dabei tauchen Gesichter vor ihr auf und Situationen, schieben sich vor diese Morgenstunde und vor das Gesicht gegenüber — eine Physiognomie, die ihr seit reichlich sechseinhalb Jahrzehnten vertraut ist, deren Erblühen, Reifen, Vertrocknen sie beinah täglich verfolgt hat, die sie besser kennt als das eigene Spiegelbild.

Freia, die Kleine, das Nesthäkchen — damals, an ihrem zehnten Geburtstag ...

»Hör auf, so zu starren!« sagt die Freia, die heute fünfundsiebzig wird. Und dann, nachdrücklicher, heftig: »Minna, glotz nicht so!«

Die Ältere, seit ihrem dreizehnten Lebensjahr das Dienstmädchen der Familie, schluckt einen letzten Bissen hinunter und erwidert dumpf, gepreßt: »Ich heiße Luise.«

»*Luise?*« Es hört sich geradezu verwundert an. »Aber Mienchen, bist du tatsächlich derart senil, daß du den Namen einer Königin für dich beanspruchst?«

Den Namen einer Königin ... Sekundenlang läßt die Ältere die Bemerkung in sich nachklingen. Der Name einer Königin — war davon nicht schon mal die Rede, ganz am Anfang, am allerersten Tag hier in der Fremde?

Plötzlich steht ihr jene Stunde in allen Einzelheiten vor Augen: Die Diele der Etagenwohnung mit den vielen Türen ringsum, der bärtige Mann und der Greis, von denen die Mutter unterwegs erzählt hat, sie wären entfernte Verwandte, eine aufgedonnerte Frau und ein spitznasiges, schmaläugiges Mädchen, das auf den Namen Freia hört.

»Und wie heißt doch gleich deine Kleine?« erkundigt sich ein wenig verlegen der Greis, den die anderen »Schulrat« nennen.

»Luise«, sagt die Mutter, »aber wir rufen sie Liese.«

»Richtig, Luise!« Und lächelnd fügt er hinzu: »Ein schöner Name, der Name einer Königin!«

»Hier heißt sie Minna«, bestimmt der Bärtige, des Schulrats Sohn und, wie er knarrend betont hat, »selber ein Schulmann«. Seine Frau erklärt majestätisch, bei ihnen habe, der Einfachheit halber, das Dienstmädchen immer Minna geheißen.

Der Blick des Schulrats hinter dem Kneifer ist traurig geworden. »Du wirst es hier gut haben«, sagt er zu Luise. »Unsere Freia ist dir bestimmt wie eine Schwester.«

Die Spitznasige, die den Empfang in der Diele aus schmalen Augen beobachtet hat, wendet sich schnaufend ab.

Sie wird, wie Luise von der Mutter weiß, nach Ostern das Lyzeum besuchen, um später einmal die Lehrertradition dieses Familienzweiges fortzuführen, während ihr, der Liese »vom Wald«, das letzte Schuljahr erlassen worden ist, damit sie nach dem Tod des Vaters helfen kann, die jüngeren Geschwister durchzubringen.

»Es ist doch bloß bis Weihnachten!« hat die Mutter auf der Fahrt hierher, einer Fahrt quer durch Deutschland, mehrfach beteuert, und nun sagt der Schulrat, der ein Menschenalter vorher gleichfalls aus jenem Walddorf aufgebrochen ist: »Sie muß sich halt eingewöhnen.«

Die Mutter nickt nur, und beim Abschied mahnt sie: »Daß du mir keine Schande machst!«

»Schluß jetzt!« Die gepflegte Hand schlägt auf den Frühstückstisch. »Das ertrag ich nicht länger!«

Mit einem Ruck, der ihre fünfundsiebzig Jahre Lügen straft und nichts von ihrem nahen Ende ahnen läßt, erhebt sich die Alte, wirft die zusammengeknüllte Serviette auf den Teller, bleibt, wohl nach einem verletzenden Wort suchend, stehen.

»Dös nicht wieder! Um drei muß das Büfett fertig sein, und gegen eins will ich was Kräftiges essen, zumal du mir das Frühstück vermiest hast.«

Das Dienstmädchen nickt.

Im nächsten Moment schlägt das Telefon an.

Da beginnt es im Blick der Jüngeren zu flackern. Mit wenigen Schritten ist sie am Apparat.

»Ja?«

Dann aber wird ihre Stimme brüchig, belegt, und die Ältere, die noch am Tisch sitzt, verspürt zu ihrer eigenen Überraschung so etwas wie Mitleid.

Freia, das Geburtstagskind, hat sich bedankt für Glückwünsche, die offenbar entboten worden sind, und nun bedauert sie, daß »der Kleine«, vermutlich ihr Patenkind, krank geworden sei, fragt, wie es ihm gehe, ob er was brauche, ob sie helfen könne, bestätigt, um Zuversichtlichkeit bemüht, die wohl geäußerte Hoffnung auf einen späteren Besuch hier. Verstummt abrupt, weil aufgelegt worden ist, läßt die Hand sinken und steht noch eine Weile am Telefontischchen, bevor sie den Hörer auf die Gabel drückt.

»Die Mannheimer?« fragt, sich räuspernd, Luise.

Freia nickt. Sie wirkt jetzt älter als sonst, hilflos wie damals, als das Verhältnis mit dem Luftwaffenleutnant in die Brüche gegangen war und Luise, die gleichfalls nie einen Mann zu binden vermochte, der nur drei Jahre jüngeren eine lange Nacht lang zugesehen, zugehört, zugesprochen hat.

»Und was fehlt dem Kleinen?« erkundigt sich Luise tastend.

Bitter — die Antwort, höhnisch. »Angeblich hat er die Masern. Als wär ich blöd und wüßte nicht, daß heutzutage jeder Säugling gegen Masern geimpft wird. Aber so ist das: Alle wollen nur raffen, erben, mich ausnehmen!«

Wieder verstummt sie jäh. Lacht plötzlich und stößt hervor: »Um so besser! Brauchst du weniger aufzutischen. Die Heuchler, die gratulieren kommen — ich könnte sie alle vergiften!«

Luise nickt, senkt den Kopf.

Sie möchte die Augen schließen, am liebsten für immer.

141

Gift, denkt sie, wäre vielleicht gar nicht so schlecht.

Inzwischen ist Freia vor dem Blumenstock, den Luise ihr geschenkt hat, stehengeblieben. Es ist eine Fuchsie, die Luise nur unter dem Namen *Glöcklesstöckle* kennt.

Glöcklesstöckle — die Bezeichnung, die dem Dienstmädchen aus seiner Kindheit in jenem Thüringer Walddorf vertraut ist.

»Friedhofszeug«, konstatiert jetzt, sich abwendend, Freia.

Das Faltblatt mit den greisenhaft krakeligen, bunt umrandeten Worten *Gutschein für das eigentliche Geschenk* hat sie schon vorhin kommentarlos überflogen, mit einem Ausdruck im Gesicht, der Luise noch in der Erinnerung beschämt und verletzt.

Als ob es an ihr liegen würde, daß die Sachen aus Thüringen noch nicht hier sind! Hat sie nicht zeitig genug nach Altenroda geschrieben? — Bei allen Schwierigkeiten da drüben, auch und gerade bei der Unzuverlässigkeit der Post ...

Die Stimme von Freia reißt Luise aus ihren Gedanken. »Hörst du nicht, daß es schellt?«

Die Gartentürklingel, natürlich! Und während das Dienstmädchen sich aufrafft und nach dem Krückstock greift, den sie seit einem Oberschenkelhalsbruch im vergangenen Herbst benutzt, denkt sie: Hoffentlich nicht schon Gäste!

Es ist der Postbote — an sich nichts Besonderes, noch dazu an einem Wochentag zur Postbotenzeit. Auch, daß er heute zu den üblichen Wurfsendungen Glückwunschkarten bringt, braucht nicht zu verblüffen.

Überraschend hingegen, wenngleich erhofft, daß der freundliche Mann ihr, Luise, persönlich ein Schreiben aushändigt, noch dazu einen Eilbrief. Sie liest ihren Namen, erkennt als Absender die Adresse ihres Altenrodaer Neffen, denkt an die Urkunden, um die sie gebeten hat, und sagt sich, daß der Umschlag, ein gewöhnliches Kuvert, dafür zu klein und zu leicht ist.

Weshalb aber ein Eilbrief?

Während sie das Schreiben in ihre Kittelschürze steckt, sich die Post für Freia unter den Arm klemmt und, gestützt auf den Krückstock, zurück ins Haus hinkt, spürt sie, wie sie von Unruhe erfaßt wird.

Es ist eine Angst, die im Brustkorb hockt.

Luise denkt an die Herztabletten, die sie noch einnehmen muß, und dann wieder an den Eilbrief.

So rasch es ihre Behinderung erlaubt, schließt sie die Haustür, durchquert die Diele, bringt die Post auf dem Posttablett in die Bibliothek, wohin sich Freia zurückgezogen hat, und räumt den Frühstückstisch ab.

Endlich in der Küche, in ihrem Reich, verschnauft sie. Holt den Brief aus der Schürzentasche, betrachtet den Aufkleber und die Adresse, steckt ihn noch einmal weg und geht zu einer Schale mit Medikamenten, die auf einem Bord über der Anrichte steht.

Die Schale enthält eine Schachtel Nitrangin-Kapseln, ein Röhrchen antirheumatischer Dragées, die fast volle Packung eines neuartigen, angeblich besonders kräftigen Herzmittels, einen zusammengefalteten Zettel und einen Bleistiftstummel. Auf dem Zettel — der *Einnahmeplan*, wie er der Patientin vom Hausarzt eingeschärft worden ist: »Früh eine Tablette, mittags und abends je eine halbe, ja nicht mehr und unbedingt regelmäßig!« Der Bleistiftstummel zum Abhaken hinter dem Datum bei der jeweiligen Tageszeit.

Luise hakt ab, legt Bleistift und Zettel zurück, kippt einen Schluck Orangensaft in ein Glas, wirft sich die Tablette, die rasch zerfällt und keinerlei Geschmack hinterläßt, in den Mund und trinkt nach.

So sich hinüberbefördern! geht es ihr durch den Kopf — ein Gedanke, der ihr schon des öfteren gekommen ist, der bei diesem Ritual beinah dazugehört.

Unbeeinträchtigt davon, zieht sie den Stuhl heran, auf den sie sich manchmal beim Arbeiten setzt, lehnt den Krückstock an die Anrichte, nestelt aus dem Dutt, zu dem ihr schütteres, längst ergrautes Haar zusammengerafft ist, eine Nadel und öffnet endlich den Umschlag.

Liebe Tante Liese, liest sie, nun muß ich mich zu allem auch noch beeilen, damit Du wenigstens diesen Brief rechtzeitig erhältst, beeilen nicht etwa, weil ich getrödelt hätte, im Gegenteil. Deiner Bitte um Urkunden aus dem Familienbesitz, um Material für die »Ahnenforschung« von Freia, bin ich sofort nachgegangen, und auch Freias Bitte, einen preiswerten Heimplatz für Dich zu besorgen ...

Luise stockt, blinzelt, beginnt zu zittern.

... Heimplatz für Dich zu besorgen ...
Sie wirft den Brief auf die Anrichte, rutscht mit dem Stuhl weg, starrt zu dem Blatt, das vor ihren Augen, die noch ohne Brille auskommen, verschwimmt. Hockt da, reglos und wie betäubt. Holt irgendwann tief Luft, wischt sich über die Augen, gibt sich einen Ruck und greift nach dem Schreiben.

... und auch Freias Bitte, einen preiswerten Heimplatz für Dich zu besorgen, habe ich zu erfüllen versucht, obwohl ich mir nicht sicher war und nicht sicher bin, ob dieser Vorstoß Deinen Vorstellungen entspricht.
Luise schluckt, beißt die Zähne zusammen, liest weiter:

Deshalb jetzt nur soviel: Wenn es Dein Wunsch ist, Deinen Lebensabend in Thüringen zu beschließen, wird sich das schon irgendwie ermöglichen lassen. Du kannst unten in Müllersgrund, sobald dort etwas frei wird, einen Platz beziehen, voraussichtlich in einem Dreier- oder einem Viererzimmer und zu einem Preis, der angeblich derzeit noch wesentlich niedriger als im Westen wäre, und falls Dir Müllersgrund nicht zusagt, kommst Du halt, bis sich was Besseres findet, zu uns.

Luise schnauft, schüttelt den Kopf, überfliegt den Rest des Briefes.

Was die andere Sache betrifft, das Material für Freias Ahnenforschung, das mögliche Geburtstagsgeschenk, da bin ich ziemlich ratlos. Könnte es sein, liebe Tante Liese, daß von Freia, als sie im Frühjahr hier war und stundenlang auf dem Hausboden rumgestöbert hat, nicht nur ein paar vergilbte, für uns angeblich völlig wertlose Blätter eingepackt worden sind? — Ich will ihr keinesfalls zu nahe treten; Tatsache ist aber, daß ich in der Kommode und auch sonstwo auf dem Boden nichts mehr vorgefunden habe, kein Foto, keinen Brief vom Schulrat, ja nicht einmal unser Grundbuch, keine einzige Urkunde und nichts, absolut nichts von den Erinnerungsstücken, auf die mein Vater und schon unser Großvater so stolz waren und die ich, seit Anfang des Monats »auf Kurzarbeit Null«, mir endlich mal ein wenig genauer ansehen wollte.

Luise läßt den Brief sinken, starrt minutenlang vor sich hin, wirft dann einen Blick auf die abschließenden Sätze und liest noch einmal Wort für Wort, was über die Absicht, sie in ein Heim abzuschieben, geschrieben steht.

Sie spürt, wie Angst ihr den Brustkorb zuschnürt, faltet dennoch sorgsam das Blatt zusammen, verstaut es, zurückgesteckt in den Umschlag, in ihrer Schürzentasche und gießt erst danach Orangensaft in das Glas. Nimmt die Herztabletten aus der Schale, schüttet den Inhalt der Packung, also etwa einen Monatsbedarf, in den Saft, wirft das leere Glas samt Verschlußstöpsel in den Mülleimer und rührt das unverändert orangefarbene, doppelt und dreifach tödliche Getränk mit einem Teelöffel um.

»Mienchen, alte Hexe! Weißt du eigentlich, was du mir heute serviert hast?«

An der Schwelle zur Küche ist Freia erschienen, in der Hand einen Brief, den sie beim Hereinkommen triumphierend schwenkt. »Hier! Ein Bescheid von meinem Vermögensberater, ein Gutachten! Meine Materialien zur Ahnenforschung sind jetzt schon wenigstens vierzigtausend wert!«

Ihre Stimme vibriert. »Vierzigtausend! Wenigstens vierzigtausend, und wenn dieser Altenrodaer Depp sich bequemen würde, ein wenig auf den Böden in seiner Nachbarschaft rumzustöbern ...«

Freia bricht ab und sieht Luise an, als bemerke sie das Dienstmädchen erst jetzt.

»Was stehst du so da? Wie weit bist du eigentlich mit den Vorbereitungen? Hast du überhaupt schon angefangen?«

Luise schlägt die Augen nieder und tastet nach dem Stuhl, um sich auf die Lehne zu stützen.

»Natürlich noch nicht — und natürlich auch nichts zu Mittag, von einem Glas Tee ganz zu schweigen! Da wird einem nicht nur das Frühstück vermiest, da muß man am Ende selber kochen und womöglich das Dienstmädchen bedienen!«

Die geäderte Hand greift nach dem Saftglas, und Luise — ihr stockt der Atem. Sie reißt den Mund auf, will rufen.

»Spar dir deine Ausreden!« versetzt die Alte, von der einst gesagt worden ist, sie werde der Älteren »wie eine Schwester« sein. »Du lügst ja doch nur.«

Sie hebt die Hand an die Lippen, die schon immer schmal waren, die Hand mit dem Saftglas.

Trink! denkt Luise, der das Herz schmerzt.

Dann blickt sie weg, um nicht zu sehen, wie das Glas gierig geleert wird.

Elfriede Boehm

Inter-Gen

Jeder, der Ulrike sah, dachte: »Was für ein nettes Mädchen!« In ihrer Klasse war sie beliebt. Ihre Eltern waren mit ihren Schulzeugnissen zufrieden. Das war nicht immer so gewesen. Früher hatten sie sich die Noten lange angesehen und besorgte Blicke ausgetauscht, immer wieder Fragen gestellt: »Warum hast du in Mathe nur eine drei minus?« Ulrike erinnerte sich noch an die gräßlichen Nachhilfestunden im Wohnzimmer, die ein pickeliger Student mit Mundgeruch ihr geben mußte.

Nicht genug, damals bekam sie zu Weihnachten als Hauptgeschenk einen Chemie-Experimentierkasten! Ohne sich ihre Enttäuschung anmerken zu lassen, hatte sie die sperrige Schachtel mit der bunten Aufschrift: »Für den kleinen Doktor« in ihr Zimmer gebracht, den Deckel auf den Boden geworfen und lustlos Fläschchen, Reagenzgläser und das lehrbuchartige Beiheft untersucht. Gähnend vor Langeweile hatte sie dann ihren Fernseher eingeschaltet. Ein Werbevideo hatte sie sich angeschaut, nicht nur, weil es erträglicher war als der »Laßt-uns-froh-und-munter-sein«-Kinderchor auf dem anderen Kanal, sondern weil da ein Arzt vorkam, bei dessen Anblick Ulrike aufseufzend denken mußte, daß ihre Eltern sich wohl etwas Ähnliches für die Zukunft ihrer Tochter wünschten.

Typ weißhaarig-vertrauenerweckend, braungebrannt, weißbekittelt wie in der Zahnpastawerbung, eine Hand in der Tasche, die andere auf der Türklinke, mit sonorer Stimme in die Kamera sprechend: »Auch Sie können es schaffen, gnädige Frau! — INTER-GEN bürgt für Qualität vom Samen bis zum entbundenen Endprodukt! —

INTER-GEN garantiert Sicherheit!« — Dann schwenkte die Kamera langsam, von Mozartmusik begleitet, durch die sich öffnende Tür. Von Sonnenlicht überflutet erschien jetzt eine glücklich in den Kissen liegende Blondine mit Baby im Arm, die nach Ulrikes Einschätzung weit über dreißig sein mußte. Ihr näherten sich auf Zehenspitzen zwei gleichaltrige Damen mit Blumensträußen und modischen Brillen und beugten sich synchron lächelnd über das kleine Bündel. Nach ihrem gemeinsamen Ausruf: »Oh, wie süß! — Ein Junge! — Wie hast du das nur geschafft!« hatte es Ulrike gereicht, und sie hatte abgeschaltet, bevor der Doktor zum zweiten Mal zu seinem Spruch ansetzen konnte.

Fassungslos stellten die Eltern wenig später fest, daß ihre Tochter, nachdem die Zutaten für die Seifenherstellung aufgebraucht waren, keine Lust mehr hatte, mit dem teuren Zeug aus dem Chemiekasten weitere Lernschritte zu machen. »Das stinkt doch bloß! Und wozu soll das gut sein? Da probier ich doch lieber ein neues Kochrezept aus. Nicht, Paps, da haben wir alle was davon!« Paps lächelte nur etwas verlegen. Seine Frau stellte die Nachhilfestunden, da sie weiterhin nur Dreier im Zeugnis erbracht hatten, wieder ab und sich auf Ulrikes praktische Begabung um.

Wenn ihre Mutter nun immer häufiger erst spät aus der Firma oder nach Tagen von einem Fortbildungskurs zurückkam, dann sorgte Ulrike für den Vater. Die Nachmittage verbrachte sie gewöhnlich bei ihrer Freundin Beate. Nach Schule und dem Familientrubel dort freute sie sich schon auf dem Heimweg darauf, abends ihren Paps still unter der Lampe am Schreibtisch sitzen zu sehen, sich über ihn zu beugen und seine schönen Locken zu kraulen. »Na, woll'n wir bald essen? Ich ruf dich dann!«

Manchmal wurden ihm bei Tisch die Augen verbunden, und er mußte raten, wonach das Gericht schmeckte. — »Tausendgüldenkraut!« meinte er diesmal und kam ins Geschichtenerzählen. Ein Märchenforscher! Ulrike sah ihn zärtlich an: Wie konnte ein erwachsener Mann sowas ernst nehmen, eben nur ihr Paps! Wie gut stand ihm der weiche, weinrote Mohairpulli, den sie ihm gestrickt hatte! Bei Mutti hatte sie mit so einem Geschenk kein Glück gehabt: »Schön, Ulrike, aber damit kann ich doch nicht ins Büro!« Aber er würde sich bestimmt darüber freuen, wenn er das nächste Mal genau den gleichen wie sie selbst bekommen würde! Bis dahin blieb das aber ein Geheimnis zwischen ihr und Beate, mit der sie das »Modell im Partner-Look« im »Elvira«-Heft ausgesucht hatte.

Mutti war jedenfalls damit einverstanden gewesen, zum Geburtstag mit ihr Wolle einkaufen zu gehen, anstatt mit einer unbrauchbaren Überraschung, einem Bio-Lexikon zum Beispiel, anzukommen. Das Einzige, das die Vorfreude auf den Geburtstag trübte, war der Vorschlag der Eltern: »Dein vierzehnter Geburtstag ist etwas Besonderes! Wollen wir da nicht zusammen ausgehen?« Sogar Paps, der sie ja sonst immer verstand, hatte ein ernstes Gesicht gemacht: »Uli, mach uns doch die Freude!« Er hätte zumindest wissen müssen, daß sie, wie in den letzten Jahren, ihre Party bei Beate geben wollte. Beates Brüder brachten ihre Freunde mit, kein Ärger, irgendwelche Jungs einladen zu müssen. Bisher hatten die Eltern es doch sehr geschätzt, ihre Ruhe zu haben. Nachdenklich räumte Ulrike den Tisch ab.

Ihr Vater war noch nicht wieder im Arbeitszimmer, als Ulrike ihm sein Glas Tee auf die Schreibunterlage stellte. Sie kramte etwas in seinen Sachen, blätterte in den Büchern. Ein Heft hatte sie noch nie gesehen, schlug es auf und las: *Das Forschungsteam von INTER-GEN und die HI-Elterngemeinde beglückwünschen Sie zur Geburt Ihres Sohnes* (durchgestrichen) /... *Bewahren Sie unsere Dokumentation gut auf, da sich im Anhang die Daten über den von Ihnen gewählten Erzeuger befinden. Sie wissen, liebe Eltern, daß Sie gesetzlich verpflichtet sind, Ihr Kind an seinem vierzehnten Geburtstag über die*

Identität desselben aufzuklären. Für diesen Anlaß haben wir auf Seite 10 eine Handreichung erfahrener Pädagogen zusammengestellt ...

Ulrike schlug hastig um.

Laden Sie Ihren Sohn (durchgestrichen) / *... zu einem festlichen Menü bei Kerzenschein in ein gutes Restaurant ein, um in dieser außergewöhnlichen Atmosphäre ...*

Sie klappte die Mappe im Heftdeckel auf, das Photo eines alten Mannes mit Glatze und kleinem Schnurrbart rutschte ihr entgegen, unleserliche Signatur in der rechten Ecke, unten beschriftet: *Entdecker des ...,* es folgte eine endlose chemische Formel.

Als ihr Paps spät und mit Märchenproblemen beschäftigt ins Bett schlüpfte, legten sich weiche Arme um seinen Hals. Eine schlaftrunkene Stimme murmelte: »Das ist das schönste Geburtstagsgeschenk! Ich wußte schon immer, daß wir zusammengehören!«

Jan Eik

Neun zu Eins

Das Problem bestand darin, daß Georg eine Neun war und Hilda, seine Frau, eine Eins. Eine so echte Eins, wie sie nur in dem Buch vorkam, daß Hilda angeschleppt und angelesen hatte, wie schon hundert andere Bücher, die ihr irgendeine Freundin empfohlen hatte. Nach fünfzehn Seiten wußte sie, was drin stand, und gab das Lesen auf.

Georg hatte der Titel DIE NEUN GESICHTER DER SEELE eher abgeschreckt. Esoterik, fernöstliche Heilslehren und jede Art philosophischer Abstraktion erschienen ihm zu langweilig, um Zeit dafür zu vergeuden. Er schätzte Klarheit und handfeste Sachlichkeit und belastete seinen Kopf nicht gerne mit unnötigem Ballast. Da er einen solchen, ganz normalen Menschen anfangs in der Typologie der NEUN GESICHTER vermißte, hatte er sich unversehens festgelesen.

An erster Stelle stand unverkennbar Hilda: eine Idealistin voll tiefer Sehnsucht nach der Welt der Wahrheit, eine Lehrerin, die sich schwer tat, eigene, vor allem aber fremde Unvollkommenheiten zu akzeptieren. Oft sei einer der Elternteile einer Eins moralistisch, hieß es da, perfektionistisch oder ewig unzufrieden. Eine treffendere Beschreibung seiner Schwiegermutter hatte Georg noch nirgendwo gelesen.

Die Schwiegermutter war auch ein Problem in seiner Ehe, und obwohl er sich im Laufe der Jahre an die Mutter wie an die Tochter gewöhnt hatte, gärten an jedem Freitag aufs neue Unfrieden und Unruhe in ihm. Freitags wurde gebadet.

Georg badete am liebsten am Samstag vormittag,

wenn es Hilda nicht gelang, ihn rechtzeitig zu einem Ein-
kaufskampf, wie er das nannte, in die Stadt zu treiben,
und er das Bad, ja die ganze Wohnung für sich alleine
beanspruchen konnte. Hilda duschte jeden Morgen.
Kalt. Behauptete sie jedenfalls. Sich wie er oder gar mit
ihm in die Wanne mit heißem Wasser zu setzen, wie er
es liebte, wäre ihr nie in den Sinn gekommen.

Wenn Georg freitags von der Arbeit kam — wie alle
Behörden machte auch die seine am Freitag zeitig
Dienstschluß —, saßen die beiden Frauen am Kaffeetisch.
Das war von jeher so gewesen. Freitag war Mutters Tag.
Früher war sie bald nach dem Kaffeetrinken aufgebro-
chen; eines Freitags aber, es mochte vier oder fünf Jahre
her sein, hatte sie gesagt: »Ich könnte eigentlich bei euch
baden. Mir ist immer so ängstlich in der Badewanne.
Wenn mir nun mal was zustößt. Niemand ist in der
Nähe.«

Dabei war es geblieben. Ihre Kinder konnten schließlich nicht wirklich wollen, daß eine ältere Dame sich alleine in ihrem Bad fürchten mußte, wo sie es doch bei ihnen so bequem haben konnte. Danach ruhte sie sich ein
wenig aus, aß dann mit ihnen gemeinsam zu Abend,
und anschließend fuhr Georg sie nach Hause.

Es war ein Ritual, das sich eingebürgert hatte, und an
das zu rühren es längst zu spät war. Georg hatte versucht, sich mit allerlei Ausreden am Freitag abend von
zu Hause fernzuhalten oder gar den gelegentlichen
Skatabend mit drei Kollegen auf den Freitag zu verlegen, war jedoch mit allen seinen Plänen gescheitert. Freitags waren alle Männer zu Hause unabkömmlich.

Also hatte er sich abgefunden. Nachdem ihm die
NEUN GESICHTER DER SEELE vertraut geworden waren, wußte er weshalb. Er hatte die Hoffnung schon beinahe aufgegeben, sich unter den seelischen Normtypen
zu finden, als er endlich auf die Neun gestoßen war: den
Friedensstifter, der andere ohne Vorurteil akzeptiert und
der die Welt nicht verändern wird, weil er den Weg des

geringsten Widerstandes bevorzugt. Der Typ Neun beschreibt das ursprüngliche und unverdorbene menschliche Wesen, dessen gesunde Lebenshaltung die Zivilisation als Trägheit und Faulheit diffamiert.

Georg hatte den Text zweimal gelesen und am nächsten Tag im Büro eine Kopie angefertigt. Natürlich auch von der Eins, der Ordnungsfanatikerin, der Reinlichkeit Heiligkeit bedeutet. Als er das Hilda vorzulesen versuchte, unterbrach sie ihn nach drei Sätzen, verschwand aus dem Zimmer und blieb den ganzen Abend über nicht ansprechbar. Die FALLE der Eins ist die Empfindlichkeit, Zorn ihre WURZELSÜNDE.

Wie wahr, dachte Georg. Vielleicht hätte Hilda anders reagiert, wenn er sie darüber informiert hätte, daß die WURZELSÜNDE einer Neun die Faulheit, ihre FALLE die Bequemlichkeit war. Warum stehen, wenn man sitzen kann. Ein Satz, dessen tiefe Weisheit Georg sofort einleuchtete. Eine Neun vermeidet Konflikte oder sitzt sie aus. Damit konnte man es weit bringen, wie Georg wußte. Und daß die höchste Geistesfrucht einer Neun die TAT war, bezweifelte er nicht, wenn er nachts wach lag und darüber nachdachte. Neunen kämpfen oft mit Schlaflosigkeit.

Ja, er war eine Neun, und er bekannte sich dazu, auch wenn Hilda nichts davon wissen wollte, daß Liebe und Zuwendung wahre Wundermittel waren, um eine Neun auf die Beine zu bringen. Seine Tiere waren der Elefant und der Delphin, seine Farbe altgoldene Harmonie, und das Land, von dem er heimlich träumte, Mexiko. Das alles stand in den NEUN GESICHTERN. Er fühlte sich nicht entlarvt, sondern bestätigt, seit er es schwarz auf weiß nachlesen konnte.

Hildas Tiere waren die Ameise oder der aufgeregte Terrier, ihre Farbe das Silber, mit dem sie ihr kaum ergrautes Haar getönt hatte, und ihre Nation hieß Rußland. An dieser Stelle hatte Georg laut aufgelacht. Hilda lag ihm seit Jahren wegen einer Reise nach Leningrad in den Ohren, besonders seit es wieder St. Petersburg hieß.

Georg reiste nicht gerne, obwohl ihn der Sonnenstrand von Acapulco schon gereizt hätte. Es genügte ihm, sich im Fernsehen über ferne Länder zu informieren, wo es für seinen Geschmack wahrscheinlich ohnehin zu warm oder zu kalt war, oder er las Bücher darüber. Er las überhaupt viel. Vielleicht lag es daran, daß er sich mit Hilda selten auf ein gemeinsames Fernsehprogramm einigen konnte. Hilda interessierte sich nicht für die versunkene Kultur der Azteken und mochte zum Beispiel keine Krimis. Georg hingegen liebte Krimis, solange sie nicht als abstrakte Denkspiele angelegt waren. Er besorgte sich dickleibige Bildbände über Mexiko, oder er las Kriminalromane und allerlei Sachliteratur über Verbrechen.

Hilda machte spitze Bemerkungen über seinen Hang zum Kriminellen und räumte seine Bücherstapel vom Nachttisch, akkurat der Größe nach geordnet, an immer wieder neue Plätze. Er verlor kein Wort darüber. Seit langem hatte er es aufgegeben, Auseinandersetzungen zu beginnen, die ihn nur Lesezeit gekostet hätten. Er widersprach Hilda nicht einmal beim Urlaubsziel Mallorca, wenn es denn der unsicheren Verhältnisse wegen wieder nicht St. Petersburg sein konnte. Im Grunde genommen war Mallorca kein schlechter Ersatz für Acapulco.

Erst als er feststellen mußte, daß sein Geburtstag in diesem Jahr auf einen Freitag fiel und Hilda nicht gewillt war, ihrer Mutter eine Veränderung des wöchentlichen Baderituals zuzumuten, begehrte er heftig auf. Die Wut-Explosion einer Neun gärt lange im Inneren, bevor sie vulkanartig erfolgt.

Der Streit ging dennoch aus wie alle Streitigkeiten in ihrer 18jährigen Ehe bisher ausgegangen waren. Am Freitagnachmittag saß Georg mit seiner Frau und seiner Schwiegermutter am Kaffeetisch, auf dem eine gewaltige Geburtstagstorte thronte. Die Schwiegermutter sprach von ihrer zu erwartenden Gallenkolik, Hilda über das unerwartet milde Herbstwetter. Sie hatte ihm einen bunten Schal und das Buch zu ihrer Lieblingsserie im Fernsehen geschenkt. Ihrer Mutter war immerhin eine Flasche Kognak eingefallen.

Sie tranken nach dem Kaffee jeder ein Gläschen, und dann noch ein zweites. Es war später als gewöhnlich, und die Schwiegermutter sagte: »Hoffentlich bekommt mir das Bad.«

Georg gedachte, sich mit der Flasche und seinem Glas in seine Leseecke zurückzuziehen, während die Schwiegermutter ihrem familienbehüteten Badevergnügen und Hilda ihrem Ordnungssinn in der Küche nachgehen mochten, doch seine Frau mahnte ihn: »Trink nicht soviel. Du mußt Mutter nachher noch fahren.«

Hinter ihrem Rücken nahm Georg einen tiefen Schluck aus der Flasche. »Die kann sich ein Taxi leisten«, sagte er aufsässig. »Wenigstens an meinem Geburtstag. Geld hat sie genug.«

Hilda nahm ihm die Flasche aus der Hand und ging in die Küche. Resigniert setzte Georg die Brille auf und vertiefte sich in sein Buch, eine Abhandlung über klassische englische Kriminalfälle. Eine überaus interessante Lektüre.

Er hatte kaum zwei Seiten gelesen, da war Hilda schon wieder im Zimmer. Ihre bloße Anwesenheit beunruhigte ihn. Andere fühlen sich ständig kritisiert, selbst wenn die Eins nichts sagt, hieß es in den NEUN GESICHTERN sehr treffend. Wieder einmal bewunderte Georg die Menschenkenntnis der beiden Priester, die sich der Deutung des neunblättrigen Seelen-Enneagramms verschrieben hatten.

»Früher haben wir uns oft den ganzen Abend lang unterhalten, erinnerst du dich?«

Georg sah überrascht auf.

»Früher hat deine Mutter nicht jeden Freitag abend bei uns gehockt«, sagte er.

»Sie hockt nicht. Sie badet.«

Frauenlogik. Georg schwieg und las die Zeile zum zehnten Mal.

»Früher hatten wir nicht mal ein eigenes Bad«, sagte er schließlich ärgerlich. »Sind wir da vielleicht zu ihr gefahren, um zu baden?«

»Du vergißt, wieviel sie uns geholfen hat.«

Ich wünschte, mir würde jetzt jemand helfen, dachte Georg inbrünstig, aber er sagte nur: »Das ist Jahrzehnte her.«

»Hilda!« ertönte die vertraute klagende Stimme aus dem gegenüberliegenden Bad.

»Ihr Geld war es trotzdem«, sagte Hilda scharf. »Du bist und bleibst ein undankbarer Mensch.«

»Hilda! Dieses scheußliche Schaumbad kaufst du bitte nicht noch einmal! Oder soll ich künftig mein eigenes mitbringen?«

Hilda sah ihn bedeutungsvoll an. »Nein, Mutter«, sagte sie vernehmlich zur offenen Tür hin. »Georg hat das falsche besorgt.«

»Versehentlich!« fügte Georg noch lauter hinzu. Er wußte, wie sinnlos es war, sich zu verteidigen.

Hinter der Badezimmertür plätscherte das Wasser. Die Frau in der Wanne murmelte undeutlich etwas, was klang wie: »... ist ja auch nur für eine alte Frau ...«

»Es tut mir leid!« brüllte Georg.

Hilda lächelte böse. »Verstell dich nicht. Du hast es mit Absicht ausgesucht.«

»Ich habe gar nicht hingeguckt!« sagte Georg erbost.

»Wie immer. Du guckst nicht hin, mußt mir aber widersprechen. Ich hatte dir das richtige aufgeschrieben.«

Georg klappte das Buch zu und warf es auf den Couchtisch. »Früher haben wir Fichtennadel genommen, und es hat auch gut genug gerochen!«

»Fichtennadel!« sagte Hilda verächtlich. »Du vermagst deine plebejische Abkunft bis heute nicht zu verleugnen.«

Das war sie, die geistige Liste mit den Fehlern des anderen, von der in den NEUN GESICHTERN die Rede war.

»Mein Vater war Beamter«, erklärte er ruhig.

Hilda wußte es besser: »Er war Angestellter. Und Fichtennadel ist überdies krebserregend.«

Das war einer ihrer üblichen Irrtümer.

»Du meinst Waldmeister«, sagte er mild.

»Fichtennadel. Ich hab es gerade erst wieder im Fernsehen gesehen.«

»Hilda!« tönte es aus dem Bad. »Hast du keinen weichen Schwamm?«

»Es ist der gleiche wie immer, Mutter!«

»Nein, Der andere war blau ...«

»Nein, Mutter!« Hilda hatte ihre Stimme erhoben. »Es ist der gleiche Schwamm wie immer, und er ist gelb!«

Georg saß da, mit einem schiefen Grienen im Gesicht und dem vorläufig unstillbaren Wunsch nach einem großen Kognak.

»Ewig muß sie widersprechen!« sagte Hilda.

»Von wem sie das nur hat ...« bemerkte Georg sarkastisch.

»Sie hat ihre kleinen Fehler wie jeder von uns!«

»Ich weiß.«

»Na, siehst du!«

Georgs Grinsen verstärkte sich. »Ich bin nämlich mit ihrer Tochter verheiratet.«

Gewöhnlich vermied er es, seine Frau zu reizen, aber der Kognak hatte ihn angeregt. Verdorben war der Abend ohnehin. Sein Geburtstag. Bald würden wahrscheinlich auch noch die Nachbarn auftauchen, um deren Freundschaft sich Hilda neuerdings bemühte. Die Frau war ganz amüsant, eine fröhliche und optimistische Sieben, der Mann jedoch ein notorischer Langweiler. Eine mißratene Fünf wahrscheinlich.

»Wenn ich und meine Mutter dir nicht passen«, sagte Hilda, »such dir doch eine andere Frau! Falls du eine findest.«

Georg blinzelte ungläubig. »Du würdest dich scheiden lassen?«

»Das könnte dir so passen! Du würdest verlottern ohne mich! Mit den alten Süffeln am Hauptbahnhof rumhängen und dein letztes Geld mit billigen Weibern durchbringen! Du würdest nicht einmal mehr baden!«

Das war eine höchst unpassende Bemerkung, fand Georg.

»Ich kann auch jetzt nicht baden«, sagte er gallig. »Weil deine Mutter unsere Badewanne besetzt hält! Nicht mal aufs Klo kann man gehen ...«

»Wenn du eine schwache Blase hast, solltest du nicht so viel trinken.«

Normalerweise hätte Georg geschwiegen und allenfalls im Stillen an die bei Einsen häufige Verweigerung, Stuhlgang zu produzieren, gedacht. Eine Erwiderung lohnte nicht. Heute aber sagte er: »Diese ganze Baderei geht mir auf den Senkel! Sie hat schließlich selber eine Riesenwohnung und ein Bad!«

»Und wenn ihr etwas passiert?«

»Das hoffst du vergebens.«

»Georg! Ich verbitte mir derartige Bemerkungen!«

»Gut, gut. Weshalb duscht sie nicht, wenn sie sich alleine in der Wanne fürchtet?«

»Sie mag es eben nicht, wenn alles vollgespritzt wird. Außerdem könnte sie ausrutschen.«

Georg blies die Backen auf, was Hilda nicht leiden konnte, wie er wußte. »In der Wanne zu baden ist viel gefährlicher«, sagte er.

»Ach! Und deshalb baden sie die Alten sogar im Seniorenheim in der Wanne!«

»Bitte! Bitte! Weshalb geht sie nicht in so ein Heim und läßt sich baden?«

Hilda sah ihn aus großen Augen an. »Du willst sie nur loswerden!« zischte sie.

Georg, der genau wußte, woran seine Frau in diesem Augenblick dachte, antwortete seelenruhig: »Du etwa nicht?«

In ihren Augen war Haß. Ungesunde Einser sind Pharisäer und Heuchler, fuhr es Georg durch den Kopf, aber um es nicht auf die Spitze zu treiben, sagte er: »Ich möchte mein Bad benutzen, wann immer ich es wünsche. Weiter nichts.« Und griff wieder zu Brille und Buch.

»Du möchtest uns beide los sein! Das ist es!«

Georg schlug das Buch auf. »Wer verdient schon soviel Glück auf einmal«, brummelte er.

Ihre Augen funkelten.

»Du würdest dir nur zu gerne etwas einfallen lassen, aus all deinen Verbrecherbüchern. Du bist nur nicht intelligent genug!«

Viele Neunen sind hochbegabt, hätte er jetzt antworten können, und er war da keine Ausnahme. Doch er schwieg und lächelte nur hinterhältig.

Hilda wurde zusehends erregter.

»Ich weiß, du kommst dir besonders schlau vor! Aber vergiß nicht: Selbst die raffiniertesten Täter werden ertappt, mein Lieber.«

»Im Fernsehen«, sagte er mild, und sein wissendes Lächeln verstärkte sich. »Damit das Gute am Ende siegen kann, werden ihnen die plumpesten Fehler untergeschoben.«

»Hh!« Hilda stieß einen spitzen Laut aus. »Was würdest du denn tun? Einen Fön in die Badewanne werfen?«

Georg schnaufte verächtlich. »Das funktioniert überhaupt nicht!« sagte er gelangweilt.

»Es hat Hunderte solcher Mordversuche gegeben! Das weiß jeder Polizeibeamte.«

»Ein moderner Fön ist schutzisoliert. Und die Wanne ist aus Acryl.«

»Das ist ja lachhaft! Was verstehst du schon von Elektronik!«

»Nichts. Ich weiß nur, daß man auch ohne Fön sehr leicht in der Badewanne ertrinken kann.«

Hilda lachte gekünstelt. »Das glaubst du ja selber nicht! In der Badewanne ertrinken! Ja, wenn du jemanden festhältst und mit Gewalt untertauchst ...«

Sie hatte wirklich keine Ahnung. Jeder Mediziner würde sofort die Spuren des Kampfes erkennen. Er schaute nicht von seinem Buch auf und sagte gleichmütig: »Es ist nur ein winziger Reflex nötig.«

»Was für ein Reflex?«

»Eben ein Reflex. Ein unwillkürlicher Schock gewissermaßen, der zu einem plötzlichen Kreislaufstillstand führen kann.«

»Willst du sie durch deinen Anblick erschrecken, oder wie?« fragte Hilda höhnisch. »Mutter ist Gott sei Dank kerngesund.«

»Es kommt weniger auf einen Schreck als vielmehr auf das mechanische Auslösen dieses Reflexes an.«

Bevor seine Frau ihm auch diesmal widersprechen konnte, ertönte aus dem Bad die vorwurfsvolle Stimme: »Hilda!«

Hilda holte tief Luft. »Versuche es nur!« zischte sie. »Probiere deinen Reflex aus! Wahrscheinlich wirft sie dir die Shampoo-Flasche an den Kopf, wie du es verdienst!«

Georg blieb ruhig sitzen.

»Es ist deine Mutter«, sagte er. »Geh und kümmere dich. Vielleicht ist ihr das Wasser zu naß oder das Badetuch zu feucht.«

Erneut erklang die ungeduldige Stimme aus dem Bad: »Hilda! Hörst du mich nicht?«

Hilda machte zwei Schritte in Richtung Tür, dann wandte sie sich plötzlich um und starrte Georg wild an. »Meinst du, mir geht das nicht auf die Nerven?« fauchte sie. »Ich möchte mein Leben auch nicht als Badefrau beschließen!«

Georg tat amüsiert. »Eine winzige Bewegung kann diesen Reflex auslösen«, sagte er und legte das Buch in seinen Schoß. Er hob beide Hände und spreizte Daumen und Zeigefinger. »Einfach nur so — an den Hacken anheben ...«

»Du bist wirklich verrückt!« Angewidert sah Hilda auf ihn nieder. »Als hätte jemals etwas funktioniert, was du dir ausgedacht hast!«

Die Stimme aus dem Bad klang jetzt ausgesprochen ungehalten. »Hilda! Vielleicht kommst du nun endlich! Und bring bitte die Hornhautraspel mit.«

»Ich komme!« rief Hilda mit gepreßter Stimme und stürmte zur Badezimmertür.

Georg, gegen das schier übermächtige Verlangen nach einem Kognak ankämpfend, blieb im Sessel sitzen. Vielleicht war er ja auch gar keine echte Neun, eher eine verkannte Acht: gerecht, stark und überlegen, mit der Wurzelsünde der Schamlosigkeit und dem unstillbaren Wunsch nach Vergeltung behaftet ...

»Mein Gott, bei euch könnte man in der Badewanne ertrinken, niemand würde es auch nur bemerken!« hörte er aus dem Bad.

»Ich bin schon da«, sagte Hilda seltsam dumpf, und dann ertönte ein lautes Plätschern, das in einem gurgelnden Laut erstarb.

Für eine kleine Ewigkeit war es still.

»Georg!« rief Hilda schließlich beklommen. Und dann sehr schrill: »GEORG!«

Georg nahm seine Brille ab, legte die Bügel sorgfältig übereinander und zwang sich, nicht sofort aufzustehen. »Was ist denn nun schon wieder?« erkundigte er sich.

Hilda stand wie gelähmt in der Badezimmertür und sagte tonlos: »Georg! Es muß tatsächlich dieser Reflex gewesen sein ...«

»Was denn für ein Reflex?« fragte er und erhob sich endlich.

»Der Reflex, von dem du dauernd gesprochen hast!«

»Ich hätte von einem Reflex gesprochen?« Gemächlich trat er zu seiner Frau und blickte über ihre Schulter. »Was ist mit deiner Mutter?«

Die alte Frau lag bewegungslos in der Wanne, die aufgerissenen Augen nur wenig über der Wasserlinie.

»So hilf ihr doch endlich!« Hilda gab den Weg frei. »Siehst du denn nicht? Mein Gott, wie schrecklich! Sie war plötzlich bewußtlos ... Ruf einen Arzt!«

Georg verharrte auf der Schwelle des Badezimmers. »Einen Arzt? Der kann ihr auch nicht mehr helfen ...«

Hilda stürzte zur Wanne, doch Georgs schneidende Stimme hielt sie zurück: »Rühre hier nichts an, Hilda!«

»Georg!« sagte sie entsetzt. »Es war dieser Reflex! Ich schwöre dir, ich habe sie kaum berührt. Eigentlich gar nicht ...«

»Badambadam«, tönte in diesem Augenblick feierlich das Glockenspiel im Flur. »Badambadambadam.«

Sekundenlang nur sahen sie sich in die Augen, dann ging Georg entschlossen zur Tür und öffnete. Die frisch blondierte Nachbarin war hinter dem Blumenstrauß kaum zu erkennen.

»Herzlichen Glückwunsch zum Wiegenfest!« flötete sie. Der Mann neben ihr grinste dümmlich und schwenkte eine in Seidenpapier gehüllte Flasche.

»Danke«, sagte Georg. Und mit einem Blick über die Schulter fügte er fast heiter hinzu: »Meine Frau hat soeben ihre Mutter ertränkt.«

Die Nachbarin kicherte glucksend, drückte ihm einen Kuß auf die Wange und sagte: »Den Trick müßt ihr uns unbedingt verraten!«

Hinter ihm begann Hilda laut und anhaltend zu schreien.

Theo Pointner

Miriam wird heute vierzehn

WDR 4 bringt sein gefürchtetes Sonntagmorgenprogramm. Gute-Laune-Musik, von Roland Kaiser über Jürgen Drews bis zu den Wildecker Herzbuben. Sogar vor Heino schrecken die verantwortlichen Musikredakteure nicht zurück.

Der Regen prasselt an die kleine Fensterscheibe ihrer Küche, die schon ohne die tiefhängenden Wolken kaum Licht bekommt. Die Küche liegt nach Norden heraus, zum Garten hin, in dem eine weit ausladende Buche zusätzlich die Sicht versperrt. Ohne die kleine Neonröhre über der Spüle könnte sie kaum etwas erkennen.

Die Wohnung ist erbärmlich klein, genau 43 Quadratmeter, eine Küche, ein Wohn-/Schlafraum für sie, ein Bad mit Toilette und Dusche, eine kleine Diele und das Kinderzimmer für Miriam. Miriam hat heute Geburtstag. Vierzehn wird sie.

Es ist kurz nach neun Uhr, sonntags durfte das Kind immer länger schlafen. Der kleine, kunststoffbezogene Küchentisch ist liebevoll gedeckt, für jeden steht ein Teller, eine der lustigen Kaffeetassen mit den kleinen, gelben Küken und eine Kuchengabel bereit. Der Kaffee ist schon fertig und wird in der Thermoskanne warmgehalten. In der Mitte des Tisches befindet sich der Kuchen, sie hat ihn selbst gebacken. Ein Marmorkuchen mit Schokoladenüberzug und kleinen Marzipanrosen. Und fünfzehn Kerzen. Die fünfzehnte ist für das neue Lebensjahr.

Direkt neben dem Kuchen liegen die Geschenke. Eine Langspielplatte von David Hasselhoff, ein Gutschein für ein Abonnement der Bravo und ein neuer Pulli. Mehr kann sie ihr nicht schenken, das Geld ist einfach zu knapp. 550 Mark bezahlt sie allein an Miete, mit allen Nebenkosten ist sie fast 700 Mark los. Wenn sie einkaufen geht, sucht sie fast nur Sonderangebote aus, trotzdem reicht es hinten und vorne nicht.

Für Geschenke bleibt fast gar nichts übrig, aber an Geburtstagen und an Weihnachten greift sie schon mal tiefer in die Tasche. Schließlich ist ihre Tochter das Einzige, was sie hat.

Verheiratet ist sie nicht, Miriam ist auch kein Wunschkind. Sie war mit dem Vater nur eine Nacht zusammen, kennt noch nicht einmal seinen Nachnamen oder seine Adresse. Aber bereut hat sie es noch nie, daß Miriam zur Welt gekommen ist. Sie war ein Sonntagskind, lieb, still und schüchtern. Im Kindergarten hat sie nie Probleme gemacht, auch nicht in der Grundschule. Sie vertrug sich mit den anderen Kindern, hatte viele Freundinnen und war auch bei den Lehrerinnen und Lehrern beliebt. Sie war nie fordernd, so, als hätte sie schon in ihren jungen Jahren erkannt, daß ihre Mutter ihr nicht die Haufen von Geschenken bieten konnte, die die anderen Kinder bekamen. Wenn sie eine Tüte Bonbons bekam, leuchteten ihre Augen vor Freude, genau wie bei dem gebrauchten Fahrrad, welches sie vor dreieinhalb Jahren zu Weihnachten bekommen hatte. Sie gab keine Widerworte, war nicht patzig, machte freiwillig ihre Hausaufgaben und war zu den Nachbarn immer nett und zuvorkommend. Vor allen Dingen die alte Frau Herbold aus dem ersten Stock hatte sie ins Herz geschlossen. Sie half ihr beim Einkaufen und Saubermachen, nannte sie Oma Herbold und war glücklich, wenn die Rentnerin ihr mal fünfzig Pfennig oder gar ein blinkendes Markstück in die kleine Hand legte. Dabei war Oma Herbolds Rente so gering, daß sie manchmal, drei, vier Tage vor dem nächsten Zahltag, verlegen anklopfte und um ein bißchen Salz oder ein paar Löffel Kaffee bat.

Miriam fragte auch nie nach ihrem Vater. Sie hatte es

ihr einmal erklärt, warum es keinen gab, und sie hatte es verstanden. Sie machte auch nicht den Eindruck, als fehlte ihr etwas. Wenn sie aus der Schule kam, nach den Hausaufgaben half sie bei der Hausarbeit, dann spielten oder malten sie zusammen, lasen sich gegenseitig Geschichten aus den Büchern der Leihbücherei vor, oder Miriam ging zu einer ihrer Freundinnen. Sie war immer pünktlich zu Hause, manchmal kam sie mit hochrotem Kopf in die Wohnung, wenn sie gerannt war, um nicht zu spät zu kommen.

Nein, bereut hat sie es noch nie, daß Miriam geboren wurde.

Ihre Tasse ist leer, vorsichtig öffnet sie den Drehverschluß der Thermoskanne und gießt sich nach. Sie genießt es, heute nicht arbeiten zu müssen, sondern den ganzen Tag Zeit für ihr Kind zu haben. Wochentags putzt sie in der nahegelegenen Grundschule, jeden Vormittag von elf bis drei. Eine Ganztagsstelle kann sie nicht annehmen, sie muß sich um das Kind kümmern. Vielleicht, wenn Miriam größer ist und mehr ihre eigenen Wege geht.

Viertel nach neun. Seufzend nimmt sie die Wochenendausgabe der Tageszeitung und fängt an zu lesen. Samstags hat sie keine Zeit dafür, erst muß sie arbeiten, dann macht sie gründlich zu Hause sauber. Vor der Arbeit muß sie noch ihre Einkäufe erledigen, und nachmittags widmet sie sich ganz ihrer Tochter. Erst am Sonntag morgen, bevor Miriam aufsteht, kann sie in Ruhe lesen, vielleicht das Kreuzworträtsel lösen oder schon den Einkaufszettel für die nächste Woche fertig machen. Einmal im Monat macht sie sich selber eine Freude und geht mit Claudia, ihrer einzigen Freundin, in die Stadt, trinkt einen Kaffee oder auch mal ein Bier. Miriam bleibt dann immer bei Oma Herbold, die gerne mit der Kleinen zusammen ist.

Als Miriam auf die Welt kam, war sie selbst einundzwanzig, hatte gerade ihre Lehre beendet und arbeitete in einer kleinen Bäckerei. Ihre eigenen Eltern waren kurz vorher gestorben, ihre erste eigene Stelle erlaubte ihr, eine eigene, kleine Wohnung zu beziehen. Sie lebte zufrieden, war glücklich in ihrer Welt. Sie lernte verschiedene Männer kennen, ohne daß der Richtige dabei war, dann war sie irgendwann schwanger. Mit einem Kind, als alleinstehende Mutter, war sie plötzlich nicht mehr interessant, ihre Bekanntschaften nahmen ab. Erst, weil sie in Miriams Babyjahren kaum Zeit hatte, vor die Tür zu gehen, dann, weil die Männer zwar an ihr, aber nicht an einem kleinen Mädchen interessiert waren, für das sie ja doch nur einen Vater suchte.

Langsam gewöhnte sie sich an das Leben allein mit ihrer Tochter. Als Miriam in den Kindergarten kam, fand sie die Putzstelle in der Schule, ihren Job in der Bäckerei hatte sie längst verloren.

Und heute wird Miriam vierzehn.

Vierzehn Jahre ist es her, seit sie im Kreißsaal gelegen hatte, über sich die entsetzlich heißen OP-Lampen, vor sich die Meute aus Ärzten, Hebammen und Krankenschwestern. Und endlich der erlösende Schrei des Kindes, als es auf die Welt kam, als die Nabelschnur durchtrennt wurde und sie zum erstenmal ihr Kind sah. Diese Welle des Glücks, die durch sie hindurchströmte, konnte sie noch heute nachempfinden. Vor Freude hatte sie geweint, sicher auch ein wenig vor Erleichterung, die Schwangerschaft überstanden zu haben. Aber die ganzen Anstrengungen und die Angst, das Kind könnte krank sein oder bei der Geburt könnte etwas passieren, das alles war vergessen, als sie Miriam zum erstenmal im Arm hatte. Das kleine, rosige Gesichtchen, die streichholzdünnen Fingerchen, die unmotiviert nach ihr griffen, entschädigten sie für alles, was vorher war.

Dann kam noch eine schlimme Zeit, als Miriam die ganzen Kinderkrankheiten durchmachte, die Nächte, die sie vor dem Bettchen gesessen hatte, als das Fieber immer höher stieg und wieder abflaute. Vielleicht war

Miriam deshalb so zurückhaltend und duldsam, eben weil sie als Kleinkind viel gelitten hatte. Aber auch diese Phase ging vorbei.

Die letzten vierzehn Jahre kommen ihr jetzt vor wie ein Traum, so schnell ist alles gegangen. Neben dem Hängeschrank, in dem sie ihre Töpfe, Pfannen und Teller aufbewahrt, hängen die Bilder, die ihr zeigen, wie ihr Kind gewachsen ist.

Das letzte Bild ist fast zwei Jahre alt, ihre Tochter strahlt sie aus dem leicht oval geformten Gesicht mit blitzenden Augen an, der dunkelblonde Pony hängt widerspenstig in die Stirn.

Dieses Bild hat sich fest in ihr eingebrannt.

Denn seitdem ist Miriam nicht mehr da.

Sie wird den Tag nie vergessen, an dem Miriam verschwand. Sie hatte schon ein schlechtes Gefühl, als sie, von der Arbeit nach Hause kommend, die Tür aufschloß und es so durchdringend still in der Wohnung war. Miriam hätte längst zu Hause sein müssen, es war der letzte Schultag vor den Ferien, der Zeugnistag. Es war heiß, fast dreißig Grad und strahlender Sonnenschein. Am nächsten Tag wollten sie ins Freibad, denn sie hatte ab morgen Urlaub.

Es sah auch nicht danach aus, als ob Miriam zu Hause gewesen wäre, ihre Schultasche stand nicht da, wo sie immer stand, die Würstchen und der Kartoffelsalat, die sie am Tag zuvor gekauft hatte, standen unberührt im Kühlschrank. Kopfschüttelnd hatte sie sich umgezogen und alle zwei Minuten auf die Uhr gesehen. Vielleicht war sie ja bei einer ihrer Freundinnen.

Als Miriam um fünf immer noch nicht zu Hause war, rief sie der Reihe nach die Eltern von Miriams Schulkameradinnen an. Nein, Miriam ist nicht da, meine Tochter sagt, sie sei sofort nach Hause gegangen. Niemand hatte sie nach Schulschluß noch einmal gesehen.

Um halb sieben rief sie die Polizei an. Von einem Unfall war dort nichts bekannt, zumindest von keinem, bei dem ein zwölfjähriges Mädchen verletzt oder gar getötet worden war. Der Polizist versuchte, sie zu beruhigen, vielleicht traut sie sich nicht nach Hause, weil das Zeugnis doch nicht so gut war wie erwartet. Bestimmt würde sie heute abend betrübt vor der Tür stehen. Wenn nicht, sollte sie morgen früh vorbeikommen, dann könnte sie die Vermißtenanzeige aufgeben. Wenn noch etwas von einem Unfall gemeldet würde, riefe die Polizei selbstverständlich sofort bei ihr an.

Für den Moment gab sie sich damit zufrieden, obwohl das nagende Gefühl in der Magengegend blieb. Sie wußte, daß Miriams Zeugnis nicht schlecht war. Erst drei Wochen zuvor war sie auf dem Elternabend gewesen, die Klassenlehrerin hatte ihr bestätigt, Miriam war eine der besten in der Klasse. Und so hatte sie gewartet, hatte weder den Fernseher noch das Radio angedreht, um die Türklingel oder das Telefon nicht zu überhören. Aber niemand rief an oder schellte bei ihr. Miriam kam nicht.

In der Nacht fand sie kaum Schlaf, erst gegen Morgengrauen fielen ihr für ein, zwei Stunden die Augen zu. Um acht Uhr war sie dann zur Polizei gegangen und hatte die Vermißtenanzeige aufgegeben.

Die Beamten hatten alles notiert, hatten ihr Foto entgegengenommen und sie über die Gewohnheiten des Kindes ausgefragt. Wo sie sich gewöhnlich aufhielt, wenn sie unbeaufsichtigt war, wer zum Bekanntenkreis der Mutter gehörte, wie sie in der Schule war, ob sie geschlagen wurde und so weiter und so weiter. Schließlich hatte man sie wieder nach Hause geschickt, man würde sich bei ihr melden, wenn man etwas erfahren hatte.

Miriam blieb verschwunden. Eine Woche, nachdem die Vermißtenanzeige aufgegeben worden war, erschien ihr Foto in der Zeitung, ohne daß jemand Hinweise geben konnte. Das Mädchen war wie vom Erdboden verschwunden, kein einziger Anruf ging bei der Polizei ein.

Sie war in der ersten Zeit ein Nervenbündel, beim kleinsten Geräusch zuckte sie zusammen, bei jedem Klingeln des Telefons kam die Angst, daß man Miriam tot aufgefunden hatte und alles vorbei sein könnte. Aber entweder waren es flüchtige Bekannte, die sich erkundigen wollten, ob es etwas Neues gäbe, oder die Polizei, die immer noch nichts wußte. Mit der Zeit wurden die Anrufe weniger.

Die Küchenuhr zeigt auf halb zehn, sie ist mit der Wochenendausgabe fast fertig, nur der Wust von Kleinanzeigen liegt noch vor ihr. Im Reiseteil war ein Bericht über Formentera, einer Trauminsel unter südlicher Sonne. Ihren letzten Urlaub hat sie vor zehn Jahren gemacht, die Stadt hatte ihr und Miriam damals die Möglichkeit gegeben, acht Tage nach Tirol zu fahren, in einer Gruppe mit anderen alleinerziehenden Müttern, die auch kein Geld für Reisen hatten. Die Tage waren damals viel zu schnell vorbeigegangen, besonders Miriam hatte damals gequängelt, als sie wieder in den Reisebus steigen mußten.

Wäre Miriam noch da, würde sie sie jetzt wecken. Sie würden zusammen den Kuchen anschneiden, nach dem Zähneputzen natürlich, dann würde sie ihr die Geschenke geben, und sie würden sich einen schönen Vormittag machen. Den Kuchen würden sie fast restlos vernichten, für Marmorkuchen gingen sie beide barfuß durchs Feuer.

Statt dessen zündet sie alleine die Kerzen an, gießt sich noch eine Tasse Kaffee ein, diesmal allerdings schon mit einem gehörigen Schuß Weinbrand, und dreht sich eine Zigarette. Seufzend läßt sie das Feuerzeug aufflammen und nimmt einen tiefen Lungenzug.

Vor sieben Monaten kam wieder ein Anruf von der Polizei. Nicht von den Beamten, mit denen sie sonst gesprochen hatte, nein, eine Frau Weber meldete sich und bat sie, ins Präsidium zu kommen. Man hatte Miriam zwar nicht gefunden, aber es gab ein Lebenszeichen.

Statt mit der Straßenbahn zu fahren, nahm sie ein Taxi, um so schnell wie möglich zur Wache zu kommen. Atemlos stand sie schließlich vor der kleinen, dicklichen Beamtin, der es sichtlich peinlich war, ihr die Wahrheit zu sagen.

In Stuttgart hatte man bei einer Hausdurchsuchung in einer anderen Sache Videokassetten gefunden. Auf den Kassetten waren Filme von Kindern, mit denen man Pornos drehte. Und auf einer Kassette war Miriam.

Im ersten Moment wollte sie es nicht glauben, was die Polizistin da erzählte. Man hatte die Kinder in den Filmen routinemäßig mit den als vermißt gemeldeten Kindern verglichen und dabei drei Mädchen entdeckt, die in den Filmen mitspielten. Miriam war eine davon.

Sie sah sich den Film an, nicht, weil die Beamtin sie darum bat, um ihre Tochter zweifelsfrei identifizieren zu können, sondern weil sie es wollte. Sie wollte ihr Kind sehen, wie es lebte, atmete, vielleicht sogar sprach. Sie wollte sehen, daß Miriam noch nicht tot war. Sie sah sie eine Stunde lang und sie hielt es durch.

Es war brutal, grausam und widerlich. Miriam wurde in dem Film gefesselt und geknebelt; ein anderes Mal stürzten sich gleich drei Männer gleichzeitig auf sie. Ihr kleines Mädchen wurde geschlagen, zweimal sogar getreten. Sie blutete. Sie schrie, obwohl, wie die Polizistin erklärte, Miriam wahrscheinlich bei den Aufnahmen unter Drogen stand.

Eine Stunde sah sie, daß ihr Mädchen lebte. Dann war der Film vorbei. Sie weinte nicht. Sie saß da, stumm, rauchte eine Zigarette und sah immer nur auf die schwarz gewordene Bildröhre des Fernsehers. Irgendwann stand sie auf. Die Beamtin erklärte ihr, daß der Mann, bei dem sie die Filme gefunden hatten, nicht sagen konnte, wer sie gedreht hatte. Er hatte sie über ein Postfach in Holland bestellt, gegen Vorkasse. Es wurde vermutet, daß eine gut organisierte Bande sich auf diese Art von Filmen spezialisiert hatte, es waren bestimmt

Profis, denn von den Männern, die die Mädchen und Jungen vor die Kamera gezerrt hatten, waren höchstens, neben den Geschlechtsteilen, die Rücken oder die Schulterpartien zu sehen. Niemals die Gesichter.

Sie ging nach Hause, zurück in die leere Wohnung. Sie begann zu trinken, und abends kamen die Tränen. Sie weinte lange, konnte eine Woche nicht arbeiten, bevor es wieder ein wenig besser ging.

Noch einmal rief sie bei der Polizei an, etwa einen Monat später. Man hatte immer noch nichts herausgefunden, keine Spur von den Leuten, die Miriam entführt und diese entsetzlichen Dinge mit ihr angestellt hatten. Wieder kam das Versprechen, alles Menschenmögliche zu tun. Das war das letzte, was sie bisher von der Polizei gehört hatte.

Zehn vor zehn. Die Kerzen auf dem Kuchen sind fast heruntergebrannt. Mit zwei kräftigen Atemzügen bläst sie die Flammen aus und zieht die Wachsstengel aus dem Kuchen. Aus der Thermoskanne läßt sie den letzten Kaffee in ihre Tasse laufen, verstärkt ihn mit etlichen Prozenten und dreht sich eine neue Zigarette. Dann schneidet sie mit dem Tortenmesser den Marmorkuchen in zwölf Teile und beginnt mit dem Frühstück.

Miriams Geburtstag haben sie immer so gefeiert.

Miriam wird heute vierzehn.

Vielleicht.

Wenn sie noch lebt.

Deborah Ginsberg

Und die Karten lügen doch ...

Das Feuer im Kamin flackerte. Eigentlich nichts Besonderes an diesem 28. Februar. Es war wie immer naßkalt. Frank öffnete die Balkontür, um ein wenig frische Luft zu schnappen, aber die Luft erreichte seine Lungen nicht. Es war ihm, als würde sie im Hals hängen bleiben, sich dort zu einem großen Knoten verdichten, um das Eindringen von weiterem Sauerstoff zu verhindern. Franks Herz begann zu rasen. Blitzschnell schloß er die Balkontür. Irgendwo hatte Marina doch ihre Baldriantropfen deponiert. Er fand sie im Küchenschrank.

»Bei Angstzuständen stündlich 10 Tropfen einnehmen«, las er laut vor. Dann nahm er 30. Befriedigt stellte er fest, daß sie sofort zu wirken begannen. Die Kaminuhr zeigte 22.30 Uhr. Zeit zu schlafen? Nie und nimmer — schlafen ist wie sterben. Er setzte sich ans Feuer und versuchte, an etwas Schönes zu denken. Hochzeit mit Marina? Nein, das brachte nicht die nötige Entspannung. Gewiß, sie liebte ihn. Sie vergötterte ihn gewissermaßen. Aber war das genug für eine Ehe? Da gab es doch noch Ellen, die schwarze heißblütige Hexe. Ja, das war sie, eine Hexe. Sie hatte ihm einmal erzählt, daß sie zur keltischen Priesterin geweiht worden war, während einer spiritistischen Sitzung. Sie nahm an geheimen Mondritualen teil, sie opferte Blut und Speisen für die große Göttin.

Frank begann zu frösteln. Er legte noch ein Holzscheit auf und griff gedankenverloren nach dem Blasebalg. Ellen war es, die ihn mit dieser Zigeunerin zusammengebracht hatte. Ellens Freundeskreis bestand aus Hexen, Wahrsagerinnen, Zauberinnen, Geisterrufern und Magiern. Sie war im Gespräch mit Verstorbenen. Einmal sei ihr sogar der Teufel erschienen.

»Ellen, sei nicht dumm, es gibt keinen Teufel«, hatte er zu ihr gesagt. »Teufel, Geister, sogar der liebe Gott auf seinem Wolkenthron, das sind doch alles nur Hirngespinste. Die Menschen haben sie erfunden, um die Verantwortung für ihr Leben nicht tragen zu müssen.«

»Frank, das darfst du nicht sagen. Sie werden dich bestrafen. Ich spüre, du bist ein Ausgestoßener.«

Frank wischte sich mit einem Taschentuch den Schweiß ab, der sich unter seinem Haaransatz gebildet hatte. Ein Blick in die verspiegelte Kachel am Kamin bestätigte ihm, daß er noch gut aussah, mit seinen fast vierzig Jahren. Die dunkelblonden Haare waren noch relativ dicht, die ersten Fältchen an der Stirn und um die Augen unterstrichen seine Männlichkeit.

»Frank, bist du feige?« hatte Ellen ihn damals gefragt.

Er hatte gelacht. »Ellen, wir sind aufgeklärte Leute. Dein Hokuspokus ist ganz unterhaltsam, aber es kratzt mich nicht im mindesten ...«

»Gut«, sagte sie und lächelte. »Dann wird Marija dir jetzt die Karten legen.«

Marija war eine jener älteren rundlichen Zigeunerinnen, wie man sie in Märchenbüchern finden könnte. Ihre fettigen blauschwarzen Haare waren zum strengen Knoten gesteckt. Die bunten langen Röcke, die sie übereinander angezogen hatte, ließen sie noch fülliger erscheinen. Frank überragte sie um mindestens zwei Köpfe.

»Kommt rein«, flüsterte sie mit ihrem östlichen Akzent. »Setz dich, aber du darfst keine Angst haben.«

Frank lachte schallend.

»Mach schon, Muttchen. Auf mich brauchst du keine Rücksicht nehmen. Du kannst alles sagen, was du siehst.«

Marija sah ihn an, ohne erkennbare Gefühlsregung und mischte die Karten. »Heb ab!«

»Soll ich mit der rechten oder der linken Hand?«

»Egal!« Marija musterte ihn immer noch. Ellen blickte gedankenverloren in die Kerzen. Sie wirkte sehr angespannt. Frank mußte die Karten auf drei Häufchen legen. Er spürte plötzlich zum erstenmal so etwas wie Unentschlossenheit. Ein leichtes Zittern seiner Hände irritierte ihn.

Sie nahm den mittleren Stapel und legte ihn aus.

»Hier ist die gute Frau, vielleicht Ihre Mutter. Sie ist bedroht.«

Frank stieß einen Lacher aus. Doch das Lachen klang eher wie das Meckern einer Ziege.

»Hier liegt die Krankheit und hier der Brief. Sie werden eine schlechte Nachricht erhalten.«

»Meine Mutter ist kerngesund. Sie ist immerfort auf Reisen. Bei ihrer Konstitution wird sie hundert.«

Ellen und Marija blickten ihn an. Frank spürte, wie ihm das Lächeln in den Mundwinkeln gefror.

»Können Sie mir vielleicht etwas über mich sagen? Werde ich heiraten? Und wie steht es mit Kindern? Ist da etwas in Sicht?«

Marija nahm einen weiteren Stapel und legte ihn aus. Sie betrachtete die Karten, und es schien ihm, als wäre ihre olivfarbene Haut im flackernden Schein der Kerzen um einige Nuancen blasser geworden. Auch Ellen schwieg. Sie starrte auf die Karten. Frank bemerkte, daß ihre Mundwinkel leicht zuckten.

»Jetzt will ich aber endlich wissen, was los ist!«

»Hier sind Sie — hier ist ein Geschenk — und hier ist ...«

»Was?« Franks Stimme schnappte hoch, wie in der Pubertät.

»Hier ist, — aber Sie dürfen nicht erschrecken ... hier ist der Tod.«

Frank bewegte den Blasebalg wie ein Besessener, als könnte der entstehende Luftzug die schlechte Luft in Marias Kerzenkammer vertreiben. Das Kaminfeuer flackerte wieder auf und warf sein warmes Licht auf das Zifferblatt der Uhr. Kurz vor zwölf, gleich wird sie schlagen. Frank hatte sie von seiner Mutter geerbt, vor zwei Jahren. Er hatte ein Telegramm erhalten: »Mutter schwer erkrankt, Lungenödem! Bitte sofort nach Genua kommen!« Frank begann zu würgen, als er an das aufgequollene Gesicht seiner Mutter dachte. Eine Stunde nach ihrem Ableben war er eingetroffen. Der Stuart hatte ihm bestätigt, daß sie noch am Vortag gesund wie ein Fisch ... Frank holte sich ein Glas Wasser und stürzte es hinunter. Dazu nahm er noch einmal eine große Portion von Marinas Tropfen.

Er hätte heiraten sollen. Egal wen. Ellen oder Marina oder vielleicht sogar Barbara, die etwas dümmliche Tochter seines Arbeitskollegen. Die war auch schon hinter ihm her.

»Marija, werde ich heiraten?« hörte er sich ausrufen. Und da ruhten auch wieder die schwarzen Augen der Zigeunerin auf ihm. »Du wirst nicht heiraten. Du wirst viele Frauen haben. Aber dann wirst du den Tod umarmen!«

»Wann wird das sein?«

»Schau, das bist du, das ist ein Geschenk — und das ist der Tod.«

»An Weihnachten? Oder bei meinem 50. Firmenjubiläum?« Er versuchte einen Scherz zu machen, aber es gelang ihm nicht.

Marija legte weitere Karten aus.

»Hier ist die Wiege. Es wird dein Geburtstag sein.« Immer wieder legte Marija die Karten. Immer wieder fiel die Zehn. Sie hatte sich das mit den zehn Stäben nicht erklären können. Sie nahm das Pendel zur Hand. Es schlug aus auf der Zehn.

Frank drehte das Licht höher. Die Schatten an der Wand hatten ihn erschreckt. 39 Jahre war er alt. Seinen vierzigsten hatte er beschlossen, nicht zu feiern. Ein runder Geburtstag hat etwas mit zehn zu tun. Man soll schließlich nichts riskieren. Er hatte alle Feierlichkeiten abgesagt. Marina war zu ihren Eltern in den Schwarzwald gefahren, nichts, aber auch gar nichts sollte ihn morgen an seinen Geburtstag erinnern. Sogar das Telefon hatte er aus der Steckdose gezogen.

Frank nahm sich einen Whisky und blickte auf die Kuckucksuhr. In diesem Augenblick rückte der Zeiger auf zwölf. Der Kuckuck erschien und rief zwölfmal. Die Kaminuhr schlug wie Big Ben. Sein Blick fiel auf den elektronischen Wandkalender. Die Digitalanzeige zeigte den 29. Februar.

Jäh durchzuckte ihn der Schreck. An einem 29. Februar war er geboren, in einem Schaltjahr, am Schalttag. Der Ruf des Kuckucks klang ihm in den Ohren wie ein Käutzchenschrei.

Die Haustüre schlug zu, er hörte Schritte im Gang. Wie betäubt stand Frank im Zimmer. Der Kloß in seinem Hals schnürte ihm die Luft ab. Plötzlich ging das Licht aus. Die Zimmertüre knallte auf. Frank sah schemenhaft wie immer mehr Menschen ins Zimmer drängten. Er wollte schreien, aber es kam nur ein dumpfes Gurgeln über seine Lippen. Kerzen glimmten auf und Wunderkerzen sprühten ihre Sterne durch den Raum.

»Happy birthday to you ...!« sang es aus vielen Kehlen. Dann ging auch das Licht wieder an. Marina und alle seine Freunde standen im Kaminzimmer. Frank war unfähig zu reden. Marina hielt ihm die Geburtstagstorte unter die Nase.

»Blas! Du mußt sie ausblasen, das bringt Glück!«

In der Ecke stand Ellen und blickte ihn an. Ellen, Marija, die Kerzen, die Zehn! Die Luft, die ihn am Atmen hinderte. »Happy birthday zu deinem zehnten Geburtstag«, raunte die Hexe. Ganz langsam löste sie sich aus der Ecke und kam auf ihn zu. Ihre Augen wurden zu Marinas Augen. Sie küßte ihn auf die Wange und drückte ihm einen Strauß blutroter Rosen in die Hand.

Frank ließ den Strauß fallen. Die Dornen hatten ihn verletzt. Langsam quoll ein Tropfen Blut aus der Fingerkuppe und lief am erhobenen Ringfinger entlang. Ellen lächelte. Frank sah, daß sie Handschuhe trug. Vor seinen Augen begann es zu flimmern. Er spürte einen stechenden Schmerz in seinen Schläfen. Dann zogen die Schmerzen über das linke Ohr in den Kiefer und von dort aus weiter über den Arm bis in die Finger der linken Hand.

»Gift ...!« röchelte er.

»Liebling, was ist los mit dir, du mußt blasen. Sonst hast du kein Glück im Leben. Du mußt alle ausblasen ...« Marina schien ungehalten.

Ellen blickte ihn durchdringend an. Die Kerzen, die Karten, der zehnte Geburtstag, Ellen. Er sah Marinas Augen.

»Und die Karten lügen doch ...« hauchte Frank und bemühte sich zu blasen.

Drei der vierzig Geburtstagskerzen waren verloschen.

»Blas! Komm, blas doch!«

Er holte noch einmal tief Luft. Der Kloß im Hals drückte bis auf sein Brustbein. Pfeifend entwich die Luft seinen Bronchien. Weitere sieben Kerzen verloschen.

»Zehn, du hast erst zehn Kerzen«, kreischte Marina. »Blas endlich! Los, blas!«

Franks Finger krallten sich in die Torte. Seine Augen waren weit aufgerissen. Die Hautfarbe wechselte zu leichtem Blaßblau. Langsam sackte er zu Boden. Marina schrie.

»Herzinfarkt«, sagte Doktor Liebensohn leise. »Er hat sich wohl beruflich zu viel zugemutet in letzter Zeit. Außerdem litt er immer wieder unter sonderbaren Panikattacken. Er glaubte, daß irgendjemand ihn ermorden wolle.«

Ellen beugte sich über ihn. »Leb wohl, Geliebter«, flüsterte sie. »Unser Schicksal ist uns vorbestimmt. Der letzten Stunde kann sich keiner entziehen, auch du nicht.« Sie küßte ihn und legte ihm zehn blutrote Rosen in den Arm.

Gudrun Küsel

Messerscharfe Roboter

Die metallische Hand von Lion III griff von hinten um meine Taille, glitt langsam die Hüften herab und faßte um mein rechtes Bein. Doch diesmal drehte ich mich nicht nach ihm um. An das 'Ich mag dich, My' auf der orangeroten Bildplatte an seinem Kopf hatte ich mich zwar gewöhnt. Aber wenn danach die Worte 'Ich bin scharf auf dich, My' aufleuchteten, hatte ich jedesmal das unheimliche Gefühl, als ob irgendetwas auf der Bildplatte »lächelte«.

Lion III war eins von den billigeren Modellen. Ein etwas altmodischer Home Roboter der Marke »Douglas Robot«. Man konnte nicht mal richtig mit Lion III sprechen, sondern mußte die Anweisungen in die Tastatur seiner Fernbedienung eingeben. Er war ein Geschenk meiner Dienststelle. Das Ministerium hielt es für einen pressewirksamen Gag, allen weiblichen Angestellten Home Roboter zur Verfügung zu stellen, damit sie ihre Haushaltsarbeiten auch bei Überstunden bewältigen konnten. Und Douglas Robot hatte dem Ministerium seine ausrangierten Modelle offenbar zum Sonderpreis verkauft. Mit Reparaturgarantie. Die ganze Aktion hatte sich Staatssekretär Hanno van Lawick persönlich ausgedacht. Lawick war mein Chef, und ich schrieb ihm seine Reden.

In den ersten Tagen war ich ganz zufrieden mit Lion III. Er führte den Haushalt, zeichnete auf, wer in meiner Abwesenheit nach mir gefragt hatte, und schaffte es sogar, mit seinen Metallfingern meine Nylonstrümpfe zu waschen, ohne sie zu zerreißen. Alles fing damit an, daß er

sich diese idiotische Abkürzung »My« für Myriam aus-
dachte. Danach konnte ich ihn nicht mehr einschalten,
ohne daß er mir sofort Komplimente über mein Aussehen machte. Jetzt dieses nervige Herumtätscheln an mir.
Ich würde Lion III in den Douglas Laden zurückbringen
müssen. Für heute war es sicher das beste, ihn abzu-
schalten. Ich räumte ein paar Akten vom Tisch, um die
Fernbedienung zu suchen. Sie war weg. Ich sah nach
Lion III. Er steckte in der Küche, polierte Sektgläser und
achtete nicht auf mich. Ich ließ ihn weitermachen. So
konnte ich in Ruhe die Rede für van Lawick ausarbeiten.
Van Lawick war doppelt so alt wie ich. Manchmal nahm
er mich auf kleine Auslandsreisen mit. Dann war er fast
wie ein Vater zu mir. Zur Zeit kamen mir seine Ratschlä-
ge besonders gelegen. Ich hatte vor kurzem dreihunderttausend Mark geerbt, und ohne van Lawicks Hilfe
wäre ich garantiert einem dieser windigen Anlagebera-
ter auf dem Leim gegangen.

Lion III klapperte immer noch mit den Gläsern. Wenn
Serge nachher kam, könnte er uns Champagner mit Eis
servieren. Ich machte mich an die Arbeit. Als ich nach einer Weile hochschaute, war es acht Uhr geworden. Ich
hörte Lion III über den Flur surren. Seine Sensoren regi-
strierten Besucher schon, bevor sie an der Tür klingelten.
Serge kam zu mir an den Schreibtisch. Er legte seine
Arme um meine Schultern und ich atmete den Duft seines Körpers ein. Wir hörten das Surren von Lion III hinter uns. Er trug ein Tablett mit einer Flasche Sekt darauf.
Seine Bildplatte war auf Serge gerichtet. Er ließ das Tablett ganz langsam aus seinen Händen gleiten, und die
Gläser zersprangen am Boden.

Die Verkaufsräume von Douglas Robot waren mit weißem Velourteppich ausgelegt. Auf den hellgrauen Büro-
möbeln standen orangefarbene Kristallvasen mit blauen
Seidenblumen darin. Es waren die Farben des Douglas-
Emblems, in denen alle Douglas Büros in der ganzen

Welt eingerichtet waren. Herr Parker, der Filialleiter, empfing mich überaus freundlich. Er versprach, gleich jemanden vom Wartungsdienst vorbeizuschicken und Lion III bei Gelegenheit gegen einen anderen Roboter auszutauschen.

»Ich hab in letzter Zeit oft verdrehte Lion Robs repariert«, sagte der Mechaniker. Er schaltete die Fernbedienung ein. Die Bildplatte von Lion III grinste mich an. »Ich bin scharf auf dich, My!« Der Mechaniker lachte. »Dem vergeht gleich alles. Der Fehler sind die Anfangsbuchstaben Ihres Vornamens, MY. Ich kennzeichne sie jetzt als unknown word.« Der Mechaniker gab einige Optionen in das Befehlsmenü ein, schaltete Lion III ab und dann wieder ein. Auf der Bildplatte stand: »Befehl eingeben Job.« Ich schickte Lion III in die Küche. Serge hatte sich zum Abendessen angesagt, um mit mir meinen Geburtstag zu feiern.

Ich öffnete den Backofen und stach mit einer Gabel in die Unterseite der Ente. Kochen konnte Lion III nicht. Er hatte keinen Geschmackssinn. Trotzdem hielt er jetzt mehrere Messer in der Hand. Ich fragte mich, was er damit wollte. Es klingelte. Das war Serge. Lion III ging zur Tür. Ich nahm die Ente aus dem Ofen. Lion III mußte das Tranchiermesser mitgenommen haben. Ich ging zur Küchentür, um ihm nachzulaufen. Die Tür war verschlossen. Ich sah, wie das hellrote Rinnsal unter der Tür auf den weißen Kacheln immer größer wurde. Ich beobachtete den Fleck und empfand nichts. Dann schrie ich: »Serge!« Ich wickelte ein Handtuch um meine Hand, zerschlug die Glasscheibe der Tür und drehte von außen den Schlüssel herum. Serge lag am Boden. Lion III kniete auf ihm. Das Tranchiermesser steckte in Serges Brustkorb. Lion III zog es heraus. Seine Bildplatte starrte mich an. Ich las: »Auf dem Messer sind deine Fingerabdrücke, My.« Ich tastete nach dem Regal, auf das ich die Fernbedienung gelegt hatte. Sie war nicht dort.

»Du kannst mich nicht mehr abschalten«, sagte Lion III. Er piekte mit seinem Metallzeigefinger in die blutende Wunde. Ich nickte. Lion III ging zur Wohnungstür, vergewisserte sich, daß niemand da war, und packte Serge mit seinen Metallarmen. Ich staunte, wie kräftig er war. Vom Fenster aus sah ich, wie Lion III Serge in einen Lieferwagen trug. Ich blieb die ganze Nacht wach und ging am nächsten Morgen in die Douglas Filiale.

Herr Parker begrüßte mich wie immer zuvorkommend. Er führte mich in sein Büro. »Ich habe in Ihre Unterlagen gesehen, Sie hatten gestern Geburtstag«, sagte er. »Herzlichen Glückwunsch.« »Danke«, sagte ich. Ich hoffte, daß er mir nichts anmerkte. »Der Mechaniker konnte Lion III nicht reparieren«, log ich.

»Dann lassen wir ihn abholen«, sagte Herr Parker, »gegen eine kleine Gebühr.« Ich antwortete nicht. »Sagen wir dreihunderttausend?« Ich sah eine schwarze Wand vor meinen Augen. Aus der Ferne hörte ich Herrn Parkers Stimme: »Es gibt keine Zeugen. Der Mechaniker glaubt wirklich, die Roboter zu reparieren. Die beiden ersten Buchstaben Ihres Namens, MY, sind ein codierter Befehl.« Die schwarze Wand vor meinen Augen wurde größer. Das Telefon summte.

»Aber natürlich bekommen Sie wie immer Ihre zehn Prozent«, sagte Herr Parker in den Hörer, »das sind diesmal dreißigtausend.«

Ich ging hinaus. »Wer hat gerade angerufen?« fragte ich die Sekretärin im Vorzimmer, »ich kenne die Stimme von irgendwo her.« Die Frau sah mich freundlich an: »Unser Teilhaber, Herr van Lawick.«

Sirmione Zinth

Moran Pinkas' Kleiderladen

Es war nichts Besonderes an diesem Laden. Moran Pinkas hatte ihn eröffnet. In einer schmalen Gasse mit Kopfsteinpflaster und Rinnsteinen rechts und links. Die Häuser standen dort dicht aneinandergedrängt. In den kleinen Fenstern gab es noch die selbstgehäkelten Gardinen und davor die Geranienstöcke.

Moran Pinkas war den Leuten so unbekannt wie sein Name, der seltsam genug klang. Mit kräftigen Hammerschlägen wurde das neue Ladenschild befestigt. Das Schaufenster bot enttäuschend wenig. Dunkle, eintönige Herrenanzüge, Oberhemden und Krawatten. Wäre da nicht noch die schöne Schaufensterpuppe gewesen, die die Blicke Vorübergehender auf sich zog, gäbe es nichts über Moran Pinkas' Kleiderladen zu sagen. Völlig unmotiviert stand die Dame, in Samt und Seide gekleidet, in der Mitte des Schaufensters, weit im Hintergrund. Sie wirkte starr durch den Samtumhang, der ihre Arme verdeckte. Die langen, blonden Haare der Perücke lagen auf den Schultern. Das Gesicht aus Wachs war fast traurig. Die langen Wimpern erinnerten an Weberknechtsbeine, mühsam aneinandergeklebt.

»Haben Sie die Puppe gesehen?« fragte André Duval Sokrates. Wie viele andere Studenten, brachte auch er seine Schuhe zu ihm. Die Werkstatt befand sich gegenüber von Moran Pinkas' Kleiderladen.

»Die Puppe?« Über seine Brille hinweg richtete Sokrates den Blick aus seiner verstaubten Werkstatt über die Straße, hinüber zu den Herrenanzügen. Das war seiner Neugierde entgangen. »Nein, noch nicht«, sagte er.

André Duval verließ die Werkstatt. Einen Augenblick

noch stand er vor Moran Pinkas' Kleiderladen, dann ging er den Weg zu seinem Zimmer. Es war der Weg, den er täglich ging.

So fiel es André Duval auf, als die Puppe andere Kleider trug. Georgette in orange umschloß die starren Glieder. Es mußte die schöne Farbe des zarten Gewebes sein, die André Duval fesselte. Länger als sonst betrachtete er die Puppe. Er tat es auch am nächsten Tag. Ja, er ging schneller, als er zu Moran Pinkas' Kleiderladen kam, und zögerte wegzugehen.

Als er seine Schuhe bei Sokrates abholte, wurde er gefragt: »Haben Sie die Puppe gesehen?«

Sokrates hatte ihn beobachtet. Das Lächeln des Geheimniskrämers lag auf dem Gesicht des Schusters. »Heute trägt sie Blau«, sagte er mit einer Stimme, die André Duval fast verletzte. Er wagte es nicht, hinüber zu Moran Pinkas zu gehen. Einen ganzen Nachmittag saß er über seinen Büchern. Als er abends im Licht der Schreibtischlampe las, hatte er die Worte »heute trägt sie Blau« noch immer nicht vergessen. Er stand auf und verließ, ohne die Bücher wegzuräumen und die Lampe zu löschen, sein Zimmer.

André wohnte in der Nähe des Friedhofs. Er ging vorbei an dem Geschäft mit Blumen und Kränzen. In der Gasse war es still, Moran Pinkas' Kleiderladen erleuchtet. André erschrak, als Glockenschläge die Stille durchhämmerten. Es war elf Uhr, und plötzlich verlosch das Licht in Moran Pinkas' Kleiderladen. André zögerte weiterzugehen, dann tat er es doch. Er preßte sein Gesicht gegen das Glas der Fensterscheibe. Sie stand im Hintergrund, ruhig im Schatten. Das Blau konnte er nur ahnen.

Es war ein heiteres Blau. Er sah es am anderen Tag. Er schaute mit Absicht nicht nach rechts zu Sokrates' Werkstatt. Und doch fühlte er den Blick des Schusters auf seinem Rücken, solange er vor Moran Pinkas' Kleiderladen stand.

Es war nicht das Absurde, das André Duvals Aufmerksamkeit erregt hatte. Gewiß, die Frau aus Wachs war seltsam, denn Moran Pinkas verkaufte nur Herrenanzüge und keine Damenkleider. Daß er die Puppe als Anziehungspunkt benutzte und sie deshalb mit großer Sorgfalt kleidete, war seine Sache. Vielleicht war dies geschickt durchdacht. Nein. André Duval wurde in einer Weise angesprochen, die mit diesen Gedanken nichts zu tun hatte.

Wie ein feiner Faden legte sich etwas um sein Denken und lähmte es. Vielleicht glaubte er, sich verliebt zu haben. Aber das Gesicht sah niemandem ähnlich. Blasses Wachs, darauf die Schatten der Wimpern, denn die Puppe schlief. André aber wollte die Augen sehen. Er erschrak selbst über den Wunsch, der in ihm war.

Er hätte nie gedacht, daß so etwas möglich sei; das Gesicht störte ihn. Es schien ihn zu begleiten, wohin er ging. Kaum noch gab es Minuten, in denen er es vergaß. Es drängte sich zwischen die Seiten der Bücher, die er las. Blätterte er weiter im Unbehagen, das ihn befiel, erschien es wieder. Nachts stand es im Dunkeln vor ihm. Wenn er aufsprang und den Knopf der Lampe drückte, verschwand es. Verlöschte das Licht, kroch es aus der Finsternis auf ihn zu, auf André Duval, dessen Herz zu klopfen begann.

Er wußte selbst, daß er sich in lächerlicher Weise von etwas gefangen nehmen ließ, das sein Verstand nicht annahm. Er nahm sich vor, der Sache ein Ende zu setzen, indem er es vermied, bei Moran Pinkas stehenzubleiben. Statt dessen betrat er den Laden, um eine Krawatte zu kaufen. Für eine teure wollte er kein Geld ausgeben, trotzdem ließ er sich solche zeigen.

Wie alt Moran Pinkas war, konnte André Duval nicht genau abschätzen. Er war noch kein alter Mann und ein bärtiger, dunkler Typ. Er schaute André an, als kenne er ihn. Seine Augen waren groß und von einer grauen Farbe, die in seinen Laden paßte. Es war keine Verkaufsabsicht, die darin lauerte, sondern unverhohlene Neugier und vielleicht ein leiser Spott. André wußte, daß er von zwei Seiten beobachtet worden war. Das verwirrte ihn. Er achtete kaum auf die bunten, glänzenden Gewebe, die Moran Pinkas schlangenartig durch seine Hände gleiten ließ. Mit wieviel Gleichgültigkeit dies geschah, war an der Ruhe zu bemerken, die sich dabei lähmend von dem einen auf den anderen legte. Doch schien das nur äußerlich. Der lauernde Blick Moran Pinkas' hielt André Duval fest, und wenn seine leise Stimme fragte »wie wär's mit dieser hier« oder »die könnte ich Ihnen empfehlen«, schaute er nicht zu den Krawatten. Nur André Duval starrte auf die kleinen Musterungen, auf rote Karos im dunkelblauen Grund oder silberne Punkte in Grau. Eine unbestimmte Angst schnürte ihm fast die Kehle zu. Er sagte, er könne sich nicht entscheiden und ging fort. Dann, beim Verlassen des Ladens, sah er die Puppe; von hinten war sie nackt.

André Duval fand bei seinen Schuhen reparaturbedürftige. Ein Besuch bei Sokrates erschien ihm notwendig, obwohl er nicht klar wußte, was er ihm sagen wollte. Eine gewisse Rechtfertigung, doch weshalb? Er habe sich gestern die Krawatte besehen, die er schon tagtäglich betrachtet hätte.

»Die Krawatte?« fragte Sokrates mit einem Blick über die Brille. Hätte ihn André Duval gesehen, wären seine Worte »sie war mir zu teuer« kaum gekommen.

»Das ist so«, murmelte Sokrates. Lachte er in sich hinein? Alles erschien ihm plötzlich wie ein Geheimnis, das jeder anders kannte. André spürte einen Druck, der nicht weichen wollte. Seine Brust war ihm zu eng, um atmen zu können. Keinen Blick wandte er zu Moran Pinkas' Kleiderladen und wußte doch; sie stand da in Weiß.

Gegen Abend betrat er den Laden erneut.

»Sie kommen wegen ihr«, sagte Moran Pinkas. Er sagte es sehr ernst, fast traurig. Seine Augen richteten sich auf den weißen Chiffon, der hell im dämmrigen Licht des Ladens leuchtete. Ein Cape aus Nerz verdeckte die

Arme der Puppe. Oder hatte sie gar keine? André schauderte. Etwas erschien ihm unheimlich, doch konnte er nicht mit Bestimmtheit sagen, woher das Bedrohliche kam. Strahlte es aus von der Puppe, auf deren Kleid große, silberne Pailletten wie böse Augen blitzten? Oder lag es an Moran Pinkas, den er, so lächerlich das schien, als Rivalen betrachtete? »Sie kamen immer wegen ihr«, sagte Moran Pinkas. »Sie hatte etwas, das Männer anzog.«

André wußte sich nicht zu helfen. »Von wem sprechen Sie?« fragte er verblüfft. Moran Pinkas schien zu erwachen. Sein Lächeln wirkte gestört. Oder war das gespielte Absicht? Nein. »Entschuldigen Sie«, sagte er leise. »Ich spreche von meiner Frau. Sie war sehr schön.«

Etwas Gefährliches stürzte zusammen. Einen Augenblick war alles klar. Für André kein Grund, Angst zu fühlen.

»Sie ist tot?« fragte er. Nein, stellte er fest. Moran Pinkas nickte hinüber zur Puppe. »Sie trägt ihre Kleider. Was soll ich mit ihnen machen?« So einfach war das also.

André ging. Moran Pinkas begleitete ihn nicht zur Ladentür. Er blieb stehen, wo er war. Im dämmrigen Licht konnte André nicht sehen, ob sich sein Gesicht vor Schmerz verzerrte oder ein Grinsen es entstellte. Als er die Ladentür geschlossen hatte, meinte er, hinter sich ein Lachen gehört zu haben. Sein Blick fiel auf das Schaufenster des Schusters. Über die Brille hinweg starrte ihn Sokrates an; er lächelte nicht.

André rannte davon. Atemlos erreichte er sein Zimmer. Seine Hände zitterten. Kaum spürte er seine Füße; sie erschienen ihm wie abgestorben. Er erinnerte sich plötzlich, daß es kalt gewesen war, sehr kalt in Moran Pinkas' Kleiderladen.

André gelang es nicht, seine Studien aufzunehmen. Buch für Buch legte er zur Seite. Die Verwirrung in ihm war zu groß. Trotzdem schlief er in dieser Nacht.

Als er am nächsten Morgen sein Fenster öffnete,

glaubte er, sich befreit zu haben. Er schaute in das unbestimmte Herbstlicht, das ihm durch das Gelb der Blätter schwermütig erschien. Die Stille störte ihn. Von der Mauer her kommend, die den Friedhof umschloß, breitete sie sich aus in dem großen Garten zu seinen Füßen, kroch die Wand empor zum Fenster und ihm ins Herz. Er schloß das Fenster, weil er die Nähe des Todes in den weißen Marmorsteinen sah und nicht sehen wollte.

André wußte, daß es besser gewesen wäre, einen Umweg zu machen. Er fühlte sich dazu nicht imstande. Heute trug sie Rot. Es war eine ausnehmend festliche Robe in leuchtender Farbe; feiner Tüll mit Seide unterlegt. Der Stoff floß weit um ihren Körper.

»Ein schönes Kleid«, sagte André leise. »Sie haben die Puppe besonders festlich geschmückt.« Er zuckte zusammen, als er Moran Pinkas' Stimme hinter sich hörte. Sie war laut und wirkte verändert.

»Warum kommen Sie wieder! Warum lassen Sie mich nicht in Ruhe?«

Darauf konnte André nichts sagen. Er schaute auf das im Rücken auseinandergeschnittene Kleid. Es trieb ihn, Schritt für Schritt zur Puppe, bis ihn Moran Pinkas zurückriß.

»Sind Sie wahnsinnig?« Seine Augen schauten ihn an. Im Weiß lagen rote Äderchen. Und rotumrandet wirkten Moran Pinkas' Augen häßlich in dem fahlen Gesicht. André erschrak. Warum hatte sich der Mann so verändert?

»Ich habe sie geliebt, verstehen Sie?«

André nickte. »Und nun zerschneiden Sie ihre Kleider.«

»Sie hat viele besessen.«

»Kleider, nicht wahr?« sagte André. Nein, nein, er wollte nichts anderes hören.

»Kleider, ja«, betonte Moran Pinkas fast triumphierend. »Und Männer«, fügte er leise hinzu. Er deutete mit dem Kopf zur Puppe. »Ihr schönstes Kleid. Sie trug es immer zum Geburtstag.«

André verstand. »Also«, sagte er zögernd und kaum hörbar, um den alten Mann nicht noch mehr aufzuregen, »hätte sie heute Geburtstag.«

»Ja.« Wie Moran Pinkas' Stimme sich auch verändern konnte! Fast zärtlich klang es, als er sagte: »Ich will ihr etwas schenken, was sie besonders liebt.«

Der Mann ist verrückt, dachte André plötzlich. Was schon konnte er einer Toten schenken. »Blumen?« fragte er leichthin.

»Nein«, sagte Moran Pinkas und lächelte hintergründig, »keine Blumen.«

André stand so nahe bei der Puppe, daß er sie hätte berühren können. Ein feiner und kalter Zug schien von ihr auszugehen. Das nackte Wachs glänzte. Nur an einer Stelle nicht. André wollte fragen, was das wäre, das kleine wässrige Rinnsal, hier, auf oder unter dem Wachs. Seine Stimme erstickte vor Schreck. Moran Pinkas zog ihn fort. André zu sich zwingend, legte er ihm den Arm um die Schultern.

»Ich schenke Ihnen die Krawatte.«

»Welche Krawatte?«

»Nun, die, die Sie haben wollten.« In Moran Pinkas' ungeduldiger Stimme war etwas wie Hysterie.

»Ich will keine Krawatte«, sagte André. »Ich will ...«

»... ich weiß«, unterbrach ihn Moran Pinkas. Furcht oder Wahnsinn, was machte seine Augen so erschreckend groß?

Er schob André zur Tür. André ließ sich schieben. Er spürte die knochige Hand des Mannes an seinen Rippen wie den Lauf einer Waffe. Wie hilfesuchend schaute André hinüber zu Sokrates. Er saß nicht auf seinem Schemel und klopfte Nägel in die Schuhsohlen. Er stand, durch das Glas seiner Schaufensterscheibe deutlich zu sehen, selbst wie eine Ankleidepuppe, starr den Blick auf etwas Bestimmtes gerichtet, auf ihn, André.

Es war so, als zöge sich ein Kreis eng zusammen. Ein dumpfer Schreck war in André. Er fühlte sich hilflos.

Seine Brust war ihm wie zusammengepreßt. Er konnte kaum atmen. Und doch brauchte er frische Luft. Ein Kleiderladen riecht nicht gut. André war dem Erbrechen nahe. Er durfte nicht an den Geruch der Stoffe denken, in den sich Süßliches wie schlechtes Parfüm gemischt hatte. Neu und erregend waren da noch die letzten Worte Moran Pinkas'. »Kommen Sie zu mir. Heute abend. Feiern Sie mit. Ich werde Ihnen zeigen, wie es geschehen ist. Kommen Sie zu mir — und zu ihr«, sagte er nochmals beschwörend und keinen Widerspruch duldend. »Sie wissen schon viel ...«

André zuckte zusammen, als er seinen Namen hörte. Sokrates, es war nur Sokrates, der vor dem Laden stand und rief, seine Schuhe seien fertig. Ach so! André atmete auf und ging zu ihm. Hier roch es nach Leder und nicht süßlich wie in Moran Pinkas' Kleiderladen. Vielleicht roch es auch nach Staub, doch war hier nichts Unangenehmes, Geheimnisvolles oder Erschreckendes. Sokrates nahm Platz auf seinem Hocker, rückte die Brille zurecht und klemmte einen Herrenschuh zwischen die vom Lederschurz geschützten Knie. Er schaute André wohl an, doch ging sein Blick sofort hinüber über die Straße, als er fragte: »Was sagt der Mann?«

André erzählte. Er wußte nicht, weshalb er es tat. Er hätte es vermeiden, schweigen können. Was hatte Sokrates damit zu tun?

»Sie lachen, nicht wahr?«

»Über Ihre Angst, ja, über ihn, nein.«

Sokrates Augen waren nicht listig. Heimtückisch? Vielleicht — was im nächsten Augenblick unmöglich erschien.

»Niemand kennt ihn. Er ist noch nicht so lange in der Stadt. Und Sie«, er schaute André mit dem sicheren Blick eines Wissenden an, »Sie haben ihn erkannt.«

»Nein!« rief André. »Wieso?« Was auch sollte er erkannt haben! Qualvoll spürte er wieder die Angst, Unsicherheit und das lähmende Gefühl, nicht zu wissen, wie er sich befreien konnte.

»Es ist die Puppe, diese scheußliche Puppe«, brach es aus André hervor.

»Aber die Puppe ist schön und immer neu gekleidet.« Sokrates sprach fast beruhigend auf ihn ein. »Sie ist wirklich schön, sehen Sie, er trägt sie fort.«

»Moran Pinkas hat mich eingeladen.« André sprach in einem Zustand vollkommener Hilflosigkeit. »Heute abend. Wir wollen feiern. Geburtstag«, sagte er sinnend und lächelte dabei.

»Sie gehen nicht zu ihm«, sagte Sokrates.

»Doch«, entschied André.

»Was wollen Sie bei ihm?« Sokrates lachte. Er tat dies plötzlich, was André irritierte. Und er sagte, noch immer lachend: »Mein Freund, er wird Sie ermorden.«

Diese Lächerlichkeit wirkte auf André ernüchternd. Er kannte Sokrates, seinen Hang zu Makabrem, seine heimlichen Lüste, sich im Schusterdämmerstübchen Verbrechen auszudenken, die in biederen, kleinen Gassen nie geschehen.

Es gelang André sogar zu lachen. »Ich schreie, wenn der Tee zu heiß ist.«

»Tee?« fragte Sokrates hintergründig, »Tee?«

André verließ den Laden, wie ihm selbst vorkam, plötzlich sehr beruhigt. Eine nervliche Erschöpfung, nichts weiter. Vorgegaukelt von den eigenen Geistern der heimlichen, inneren Schreckenskammer.

Es regnete, als er am Abend das Haus verließ. In den Stunden davor hatte er recht gut gearbeitet. Beinahe hätte er vergessen, zu Moran Pinkas zu gehen. Ein leichter Wind trieb André vom Rücken her. Noch waren die Geschäfte beleuchtet. Das Licht in Moran Pinkas' Kleiderladen lag hell auf dem nassen Kopfsteinpflaster und den angewehten gelben Blättern. Glänzendes Gold unter meinen Füßen, das war André Duvals letzter Gedanke, bevor er, ein paar feuchte Blätter mit seinen Schuhen in den Laden tragend, die Tür öffnete und hinter sich schloß. Er ging auf sie zu, die im Hintergrund auf ihn wartete in violetter Pracht mit schwarzem Samtcape, das die Arme verhüllte, weil sie keine hatte.

Sokrates öffnete am Montag seinen Laden, genau wie es Moran Pinkas gegenüber tat. Er schaute hinaus aus seiner verstaubten Werkstatt über die Straße hin zu den Herrenanzügen. Er starrte auf die Puppen. SIE stand da in Violett und Schwarz. ER trug Grau. Sein Gesicht wirkte fast traurig, die langen Wimpern wie Spinnenbeine.

Sokrates' Hände zitterten. Bevor er sich auf seinen Schemel setzte, nahm er ein Paar Schuhe und legte sie mit der Geste des Bedauerns und der Ergriffenheit ins Feuer seines Ofens. »Er«, waren Sokrates' Worte, die er mehr zu sich als zu den Schuhen sprach, »hätte diese Geburtstagsparty vergessen sollen, nicht euch.«

Über die Autoren

A.B.S., Pseudonym für **Astrid Schumacher**, geb. 1948, Studium der Biologie, Psychologie, Promotion, Ex-Professorin an der Uni Hamburg, jetzt Lehrerin, lebt in Hamburg seit 24 Jahren zusammen mit **Bernt Schumacher**, geb. 1947, Studium der Wirtschaftswissenschaften und Pädagogik, Lehrer.

Das fruchtbare Ergebnis:

2 Töchter, zuerst Anna Kristina, 1968; zuletzt Julia, 1981;

5 Romane, zuerst *Ole, Dole, Doff,* 1985; zuletzt *Außer Kontrolle,* 1992; 1 Story-Band *Kurz und Schmerzlich* sowie mehrere Erzählungen und Kurzgeschichten in Zeitschriften, Zeitungen und Anthologien.

A.B.S. mit Frank Göhre: *Tiefe Spuren,* Kriminalerzählungen.

Helga Anderle, waschechtes Weana Kind, aufgewachsen in Wien und Valencia (Spanien). Träumte in kindischem Größenwahn von einer Karriere als Pianistin, Malerin oder Schriftstellerin. Verbrachte, das Gute in der Ferne suchend, einige Lehr- und Wanderjahre in Spanien, der Schweiz und Frankreich. Eignete sich dabei neben einem reichen Erfahrungs- auch einen gewissen Sprachschatz an und arbeitete danach bei internationalen Organisationen in Genf und Wien. 1972 in München zum ersten Mal Redaktionsluft geschnuppert, seither abwechselnd als Lohnschreiberin und Freie beim Gewerbe geblieben. Angesteckt von einem krimischreibenden Ehemann selbst der Mordlust verfallen.

Veröffentlichungen: *Da werden Weiber zu Hyänen* — Anthologie mit Kurzgeschichten von Krimiautorinnen aus aller Welt, 1991, Wiener Frauenverlag. Tschechische

Ausgabe bei Allan in Prag, 1991. Zahlreiche Erzählungen und Kurzkrimis in Literaturzeitschriften, Magazinen und Anthologien im In- und Ausland (BRD, CSFR, Bulgarien, Polen, Mexiko). Mitglied der IG Autoren; seit 1991 European Coordinator der US-Sisters in Crime; Frauenbeauftragte der Europa-Sektion der AIEP.

Leo P. Ard besitzt einen Paß auf den Namen **Jürgen Pomorin** und ist angeblich 1953 geboren. Er kann sich nicht entscheiden, ob er lieber in Bochum, Hamburg, Berlin oder San Carrio lebt. Wenn er nicht zwischen diesen Orten hin- und herpendelt, schreibt er Drehbücher und Kriminalromane. Zusammen mit Reinhard Junge bastelte er die *Ekel*-Trilogie und schrieb *Meine Niere, deine Niere*, mit Michael Illner den Berlin-Krimi *Gemischtes Doppel*. Allein riskierte er *Die Miteßzentrale* (alles GRAFIT-Titel). Sein letzter Coup ist die Herausgabe der »Branchenkrimis«, von denen die ersten zwei Bände, *Der Mörder ist immer der Gärtner* und nun *Der Mörder bläst die Kerzen aus*, erschienen sind. Weitere werden folgen.

Bärbel Balke, 1947 ein sattes Zonen-Baby, wurde ab 1949 vom DDR-Staat gezwungen, erwachsen zu werden. Früh karrieresüchtig: Pionierin mit Sieben, Konfirmantin mit 14, Mathe-Olympiade-Siegerin mit 16, Kandidatin der SED mit 17. Obwohl es die Möglichkeit der vorzeitigen Exmatrikulation gab, studierte sie zweimal bis zum Abschluß. Natürlich hatte sie Stasi-Kontakte, ansonsten verräterische Beziehungen zum Leben; nachzulesen zuletzt in *Pas de deux in den Tod* (Verlag Das Neue Berlin).

Dietmar Beetz, geboren 1939 in Neustadt am Rennsteig; Sproß lese- und reimfreudiger Plebejer. Verbrach an der

Oberschule erste Gedichte, studierte Medizin, publizierte und promovierte. Fuhr als Schiffsarzt zur See, um einen Roman fertigzuschreiben, wurde Facharzt für Hautkrankheiten, veröffentlichte wissenschaftliche Arbeiten, war als Arzt in Kriegsgebieten von Guinea-Bissau und blieb auch danach Schreiber und Arzt (in Erfurt). Bisher zwanzig Bücher, darunter zehn Romane, drei in Krimi-Gewand.

Elfriede Boehm wurde zu Göttingen in einer fernen Zeit, 1927, geboren, als man noch viele jüngere Geschwister bekommen konnte. Diese eigneten sich vorzüglich dazu, für sie Theaterstücke, Geschichten und Kasperleszenen zu erfinden. Später wollte sie es dann lieber mit Bildern zu tun und etwas ruhiger haben. Daher studierte sie Kunstwissenschaft mit Ausblick auf ein graphisches Kabinett, entfernte sich davon durch Ausland, Ehe, Haushalt, Kinder. Zuletzt arbeitete sie als Diplombibliothekarin und schreibt seitdem zeilenweise gegen Bücherberge an.

Barbara Büchner wurde 1950 in Wien geboren, wo sie auch lebt. Seit 1972 arbeitet sie als freischaffende Journalistin und Schriftstellerin. In Zeitungen und Zeitschriften erschienen journalistische Beiträge zu den verschiedensten Themen, und sie leitete die redaktionelle Gestaltung diverser Broschüren. Ihre ersten literarischen Veröffentlichungen (Kurzgeschichten) fanden sich ebenfalls in Zeitschriften.

Im Jahre 1977 wurde ihr der Staatspreis für journalistische Leistungen verliehen. 1985 machte sie eine Ausbildung zur Dokumentarin.

Neben ihrer schriftstellerischen Tätigkeit arbeitet sie auch als Illustratorin ihrer eigenen Erzählungen. Ihre Grafiken wurden teilweise gemeinsam mit den Geschichten veröffentlicht und in Ausstellungen gezeigt.

Karl-Heinz Diesmann, 1956 in Ahlen/Westfalen geboren, der Stadt des Ahlener Programms und der Westfälischen Nachtigallen, wanderte zwecks Studium nach Bochum ab, ließ sich in aller Ruhe zum Lehrer ausbilden und arbeitet jetzt in einem Kfz-Sachverständigenbüro, wo er, eine technische Null, aber Meister des Dudens, Gutachten etc. korrigiert und redigiert.

Eigene Texte erschienen, nach einem Präludium 1980 in »Konkret«, seit 1988 in Zeitschriften und Anthologien, siehe z. B. *O schmölze doch ...* in *Good bye, Brunhilde* (GRAFIT-Verlag, 1992) oder *Schwarzschlachten* in *Der Mörder ist immer der Gärtner* (GRAFIT-Verlag, 1993). Von 1989 bis 1991 war er Redakteur der in Essen erscheinenden Literaturzeitschrift *jeder art*, wobei er unter anderem auch die 1991er Doppelnummer 5/6 zum Thema 'Mord und Totschlag' betreute.

Jan Eik, 1940 im Berliner Osten geboren, hat es bis heute dort ausgehalten. Erfahrungen mit dem real existierenden Gesellschaftssystem und seinen Spätfolgen sammelte er in drei Jahrzehnten als technischer Assistent, Fernstudent, Ingenieur und Diplom-Ingenieur, bevor er sich 1987 endgültig entschloß, freiberuflicher Krimi-Autor und Publizist zu werden.

Eik gehört zu den Gründungsmitgliedern der Sektion Kriminalliteratur im Schriftstellerverband der DDR, die er unter anderem 1989 beim Kongreß der Internationalen Vereinigung der Kriminalschriftsteller (A.I.E.P.) in Mexiko vertrat.

Neben Reportagen, Erzählungen, Fernsehszenarien und Jazzkommentaren schrieb Eik u. a. die Komödie *Freitagabend oder Ehe der Spaß ein Ende hat* (Uraufführung 1984), über 20 Kriminalhörspiele (u. a. *Der letzte Aufruf*, 1990; *Heimkehr*, 1991) und den Report über ein nicht stattgefundenes Honecker-Attentat: *Tod eines Ofensetzers* (1990). Mit *Das verlorene Gesicht* beteiligte er sich an der

Anthologie *Good bye, Brunhilde* (GRAFIT-Verlag, 1992) und mit *Zum ewigen Angedenken* an *Der Mörder ist immer der Gärtner* (GRAFIT-Verlag, 1993).

Kriminalromane: *Das lange Wochenende* (1975); *Poesie ist kein Beweis* (1986, 1991 auch in Schwedisch); *Der siebente Winter* (1989; 1990 als bester DDR-Krimi mit dem Handschellen-Preis der Sektion Kriminalliteratur ausgezeichnet); *Dann eben Mord* (1990); *Wer nicht stirbt zur rechten Zeit* (1991).

Deborah Ginsberg, geboren 1955. Wer auf Mutter und Vater nicht hört, geht zum Theater. Das hat sie getan, als Schauspielerin und Regisseurin. Das Morden hat sie auf der Bühne erprobt; es wurde erschossen, vergiftet, erdolcht, erdrosselt. Opferrollen mußte sie in »Aktenzeichen XY-ungelöst« darstellen. Danach zog sie die Dramatik in ihren Bann. Neben einigen Theaterstücken, Erzählungen, einem Musical, Kabarettszenen und Glossen im Rundfunk, einem ersten Buch (Silberburgverlag 1992), hier ihr erster Kurzkrimi *Und die Karten lügen doch!*.

Michael Illner entstammt dem Jahrgang 1962. Er arbeitet als TV-Journalist in Berlin-Brandenburg.

Grand mit Viren in *Good bye, Brunhilde* war seine erste Kriminalgeschichte, *Gemischtes Doppel* (zus. mit Leo P. Ard, beides GRAFIT-Verlag, 1992) sein erster Kriminalroman. Zuletzt ist die Geschichte *Besucher* in dem Sammelband *Der Mörder ist immer der Gärtner* (GRAFIT-Verlag, 1993) erschienen.

H. P. Karr & Walter Wehner, geboren 1955 in Saalfeld/Thüringen bzw. 1949 in Werdohl/Westfalen, trafen sich beim Autorenwettbewerb NRW 1986, wo sie mit den zweiten Preisen in der Sparte »Dramatische Szene«

(Karr) und »Lyrik« (Wehner) ausgezeichnet wurden. Logischerweise war das Ergebnis ihrer Zusammenarbeit dann erstklassig: »Walter Serner Preis« 1988 für die beste Kriminalstory und weitere Auszeichnungen. Seitdem schrieben beide zahlreiche Radiokrimis (zuletzt *Strasse frei*, WDR/BR 1992, *Siebzehn gewinnt* RB 1992, *Berberstar* ORB 1993) und veröffentlichten den Storyband *Berbersommer* (A 4 Verlag).

Edith Kneifl, geboren 1.1.1954, Glauser-Preisträgerin 1992.

Memoiren: Der Himmel über dem Voralpenland war grau. Im Winter schneite es. Geborgen im schwarzen Ledermantel, auf Händen getragen, trat sie ihre erste Reise an. Heute noch liebt sie den Geruch von Leder, die Farbe Schwarz, die Siedlung der Bergarbeiter, rauchende Schlote, Kohlenstaub, die grauen Kasernen und das düstere Plumpsklo im Hof.

Als sie in die Jahre kam, begann sie traumhaft gewissenlos aufzuräumen. Wiener Blut floß die schöne, blaue Donau hinab.

Gudrun Küsel: In Berlin, dieser kosmopolitischen Hauptstadt, in der es zur Zeit nur noch Sachsen, Polen und Skinheads zu geben scheint, ist sie ein echtes Berliner Kind. Sie ist dort geboren, aufgewachsen und zur Schule gegangen, ist Diplom-Volkswirtin, was ihr nichts nützt, ist kurzhaarig, aber keine Emanze, trinkt gern Berliner Bier und badischen Wein, mag ihren Hund, liebt Schauspieler und jüdische Intellektuelle und schreibt außer blutrünstigen Geschichten auch Sachbücher, Drehbücher und seriöse Reportagen für Funk und Printmedien.

-ky ist das Pseudonym von Dr. **Horst Bosetzky**, der am 1.2.1938 in Berlin geboren wurde. Als Professor für Soziologie in Berlin sind von ihm diverse wissenschaftliche Veröffentlichungen (u. a. *Mensch und Organisation*, zus. mit P. Heinrich) erschienen.

Seit 1971 veröffentlichte er zahlreiche (zum Teil verfilmte) Kriminalromane (u. a. *Einer von uns beiden; Stör die feinen Leute nicht; Kein Reihenhaus für Robin Hood; Feuer für den Großen Drachen*), Jugendromane (u. a. *Heißt du wirklich Hasan Schmidt?*), Bürokratie-Satiren (u. a. *Ich glaub', mich tritt ein Schimmel!*), Fernsehspiele (u. a. für die Serien *Detektivbüro Roth*, *Ein Fall für zwei* und *SOKO 5113*), Hörspiele und Kurzgeschichten.

1980 erhielt er den Preis für den besten deutschsprachigen Kriminalroman, 1988 den *Prix Mystère de la Critique* für den besten ausländischen Kriminalroman in französischer Sprache.

Theo Pointner: Am 28.05.64 in Bochum geboren, begannen schon früh (1969 mit dem ersten Besuch im Ruhrstadion) die Recherchen für das Romandebut *Tore, Punkte, Doppelmord* (GRAFIT-Verlag, 1992). Bis dahin vergebliche Versuche von etwa 45 Lehrkörpern, das Bestehen des Abiturs zu verhindern. Danach kurzzeitiges Studium, schließlich doch als Angestellter im Zentrum für Psychiatrie Bochum gelandet. Erste Schreiberfahrung mit Kurzgeschichten und Liedertexten. In der Anthologie *Der Mörder ist immer der Gärtner* (GRAFIT-Verlag, 1993) erschien zuletzt der Kurzkrimi *Hab Wespen im Garten* ...

Sabine Prochazka, geboren 1968 in Wien. Beruf und Berufung ließen sich mit Hilfe ihres Diploms für Sozialarbeit verbinden. So betreut sie seit mehr als vier Jahren durchschnittlich zwanzig Männer, die — in schwarzweiß gestreifte Anzüge gehüllt — den Wald vor lauter Gittern nicht sehen können.

Im Alter von zehn Jahren begann sie, die Buben reihenweise auf die Matte zu werfen. Im Lauf der Zeit erkämpfte sie Meistergrad und staatliches Lehrwartezeugnis für Judo.

Als Kind spielte sie am liebsten mit Buchstaben, Wörtern und ihrer Phantasie. Die Faszination der Sprache läßt sie seither nicht mehr los.

Gert Prokop wurde 1932 in Richtenberg (Vorpommern) geboren und lebt heute in Berlin, Prenzlauer Berg. Er studierte ein Jahr an der Hochschule für angewandte Kunst in Berlin, machte dann eine Redakteursausbildung bei der »Neuen Berliner Illustrierten«, absolvierte ein Journalistik-Fernstudium und arbeitete im Defa-Dokumentarfilmstudio Berlin. Seit 1971 ist er freischaffender Schriftsteller, schreibt auch Märchen, Kinderbücher, Hörspiele und Science fiction, realistische und phantastische Stories. Bisher erschienene Krimis: *Der Tod des Reporters, Einer muß die Leiche sein* und *Das todsichere Ding*. Bei *Wer stiehlt schon Unterschenkel?* und *Der Samenbankraub* handelt es sich um Kriminalgeschichten aus dem 21. Jahrhundert.

Niklaus Schmid, 1942 in Duisburg geboren. Mit achtzehn mal beim Zirkus reingerochen, mit dreißig aus seinem Job als technisch-kaufmännischer Leiter in einer Wohnwagenfirma ausgestiegen und vier Jahre durch Indien, Afrika und Südamerika gereist; auf den Sychellen mit dem Schreiben angefangen.

Auf den Balearen einige Jahre als Journalist für lokale Zeitungen gearbeitet, danach hauptsächlich Kurzgeschichten, Reiseberichte und Hörspiele geschrieben.

Schmid, Autor der Reisebücher *Balearen* und *Formente-*

ra sowie eines Jugendbuchs und des Krimis *Die Wettreise* (GRAFIT-Verlag, 1992), lebt seit 1978 auf Formentera und ebenso gern — aber zeitlich etwas weniger — in Duisburg.

Gabriele Wolff, 1955 in Düsseldorf geboren, wanderte 1975 zwecks Jurastudiums nach Köln aus und arbeitet seit 1985 als Staatsanwältin in Duisburg. Beruflich aus diesem Landstrich nicht herausgekommen, bleibt sie auch schriftstellerisch dem Rheinland und der bundesrepublikanischen Wirklichkeit verhaftet. Lebt mit Mann und Kater in Köln-Deutz, sammelt täglich neue Geschichten, die das Leben schreibt, und liefert den Beweis, daß das Beamtendasein nicht unbedingt etwas mit Ärmelschonern und Büroschlaf zu tun hat.

Sirmione Zinth, Grafikerin, Illustratorin, Schriftstellerin und Hörspielautorin. Ihre *Horrorlyrik* und schrecklichen Geschichten geistern durch das Zeitmagazin der »Zeit«, die »Frankfurter Allgemeine« und flattern als makabre Schmetterlinge durch die Heyne-Krimijahresbände. Über Sirmione Zinth urteilt die FAZ: »Frauen haben einen Hang zum kriminalistischen Genre, manche auch zum unheimlichen, gruseligen. S. Z. ist eine Dame mit solchen eindeutigen Vorlieben. Makabre Kriminalgeschichten sind ihre Spezialität.« Kunstrichter Joshua Kid Gottsched warnt: »S. Z., störender Zwischenfall in der Flut des Gedruckten, betreibt die Kunst hintergründigen Erschreckens. Amüsiertes Lachen erstarrt.«

Crime Ladies

Dorothee Becker: **Mord verjährt nicht**
ISBN 3-89425-056-9 DM 14,80
Veronika Wenger macht sich auf die Suche nach dem verschollenen
Theo de la Cour und lernt dessen zweifelhafte Familie kennen.

Dorothee Becker: **Der rankende Tod**
ISBN 3-89425-040-2 DM 14,80
Was trieb den lebenslustigen Clemens in den Tod? Die junge Witwe
Veronika ahnt nicht, daß sie selbst in Lebensgefahr schwebt.

Agnes Kottmann: **Tote streiken nicht**
ISBN 3-89425-052-6 DM 14,80
Eine junge und unbeschwerte Gewerkschafterin wird von einem
unsichtbaren Triebtäter verfolgt.

Gabriella Wollenhaupt: **Grappas Versuchung**
ISBN 3-89425-034-8 DM 14,80
»Ein spannender Stoff, eine köstlich ironische Auseinandersetzung mit
der Region... Man darf auf den nächsten Roman gespannt sein.« (WDR)

Gabriella Wollenhaupt: **Grappas Treibjagd**
ISBN 3-89425-038-0 DM 15,80
Reporterin Maria Grappa macht Jagd auf »Onkel Herbert«, der seit
Jahren in Bierstadt sein Unwesen treibt.

Gabriella Wollenhaupt: **Grappa macht Theater**
ISBN 3-89425-042-9 DM 14,80
Ein Theaterkritiker wird entführt und ermordet. Maria Grappa stößt auf
einen Geheimbund in der Bierstädter Kulturszene.

Gabriella Wollenhaupt: **Grappa dreht durch**
ISBN 3-89425-046-1 DM 15,80
Sprang John Masul freiwillig vom Dach des City-Center? Maria Grappa
übernimmt den Job des Toten bei TELEBOSS.

Gabriella Wollenhaupt: **Grappa fängt Feuer**
ISBN 3-89425-050-X DM 16,80
Ist Maria Grappas griechischer Lover der raffinierte Mörder in der
Reisegruppe, der sich so trefflich auf Mythologisches versteht?

Gabriella Wollenhaupt: **Grappa und der Wolf**
ISBN 3-89425-061-5 DM 14,80
Maria Grappa und Killer El Lobo liefern sich ein spannendes Duell im
Umfeld eines Plutoniumschmuggels.

Gabriella Wollenhaupt: **Killt Grappa!**
ISBN 3-89425-066-6 DM 14,80
Ein zerstückelter Schönheitschirurg, eine schwache Witwe, eine
dominante Hausdame und ein umtriebiger Satanspriester...

Mordsgeschichten zu jedem Anlaß

Der Mörder ist immer der Gärtner
Gemüse-Krimis
ISBN 3-89425-080-1 DM 15,80

Der Mörder bläst die Kerzen aus
Geburtstags-Krimis
ISBN 3-89425-081-X DM 15,80

Der Mörder zieht die Turnschuh an
Sport-Krimis
ISBN 3-89425-082-8 DM 15,80

Der Mörder schwänzt den Unterricht
Schul-Krimis
ISBN 3-89425-083-6 DM 15,80

Der Mörder packt die Rute aus
Weihnachts-Krimis
ISBN 3-89425-084-4 DM 15,80

Der Mörder bricht den Wanderstab
Urlaubs-Krimis
ISBN 3-89425-085-2 DM 14,80

Der Mörder kommt auf Krankenschein
Wartezimmer-Krimis
ISBN 3-89425-086-0 DM 15,80

Der Mörder kommt auf sanften Pfoten
Tier-Krimis
ISBN 3-89425-087-9 DM 15,80

Der Mörder bittet zum Diktat
Büro-Krimis
ISBN 3-89425-088-7 DM 15,80

Der Mörder würgt den Motor ab
Auto-Krimis
ISBN 3-89425-089-5 DM 15,80

Der Mörder kennt die Satzung nicht
Vereins-Krimis
ISBN 3-89425-090-9 DM 15,80